E-Z DICKENS SUPERSANKARI KIRJA 1 JA 2

TATUOINTI ENKELI: KOLME

Cathy McGough

Stratford Living Publishing

LUKIJAT SANOVAT...

Kun E-Z herää sairaalassa traagisen onnettomuuden jälkeen, hänen vanhempansa ovat kuolleet ja 13-vuotias poika ei voi liikuttaa varpaitaan. Vaikka hän on pyörätuoliin sidottu, hän huomaa voivansa lentää – hänen käsivarsistaan, tatuointien kohdalta, kasvaa siivet. Hän ei jää yksin selviytymään vieraassa uudessa maailmassa, sillä hänellä on setänsä Sam, joka ryhtyy kasvattamaan häntä, sekä yliluonnollisia olentoja, jotka ilmestyvät yllättäen.

Pidän E-Z:stä. Hän on omalaatuinen, ja vaikka onnettomuus romutti hänen unelmansa ammattilaisbaseballpelaajana, hän ei sääli itseään ja vetää lukijan mukaansa. Hänen asenteensa on piristävä (huolimatta siitä, että hänellä on siivet, ilman sanaleikkiä). Lukijat kannustavat häntä. On hyvä nähdä vammainen hahmo keskeisessä roolissa juonessa sen sijaan, että hän pysyisi sivussa ja vaikuttaisi vain vähän tapahtumiin. Aplodit kirjailijalle. Pidän myös konseptista, jossa aaveet antavat E-Z:lle erityisiä voimia, mutta toivoisin, että ne olisi kehitetty enemmän muiden päähahmojen tavoin. Siitä huolimatta tarina on ovela. Kirja vetoaa nuoriin teini-ikäisiin. Hyvin tehty.

VIISI TÄHTEÄ – Amazon-arvostelija – KIRJA KAKSI: KOLME

E-Z DICKENS SUPERSANKARI KIRJA KAKSI: KOLME, Cathy McGough, on upea supersankarisatu. Päähenkilöt E-Z, Lia ja Alfred vievät sinut seikkailuun, jossa on odottamattomia yllätyksiä. Ja mitä arkkienkeleillä on tekemistä heidän tehtävänsä kanssa? Selvitä se itse. Pidin todella juonesta, kirjoitustyylistä ja tarinasta, joka piti minut jännityksessä viimeiseen lukuun asti.

Suosittelen tätä kirjaa kaikille, jotka pitävät supersankarit, jännityksestä, toiminnasta, seikkailuista, teini-ikäisistä, nuortenkirjallisuudesta tai kaunokirjallisuudesta.

Omistautuminen

Dorothylle, joka uskoi.

Sisällysluettelo

ENSIMMÄINEN KIRJA:

TATUOINTI ENKEL

PROLOGI

E NSIMMäINEN OTUS LENSI E-Z:n rintaan ja laskeutui maahan leuka eteenpäin ja kädet lanteille. Hän kääntyi kerran myötäpäivään. Pyörähti nopeammin, ja sen siipien lepatuksesta kuului laulu. Laulu oli matalaa voihkimista. Surullinen laulu menneisyydestä, jossa juhlittiin elämää, jota ei enää ollut. Olento nojautui taaksepäin, pää lepäsi E-Z:n rintaa vasten. Pyöriminen pysähtyi, mutta laulu jatkui.

Toinen olento liittyi mukaan ja teki saman rituaalin, mutta pyöri vastapäivään. Ne loivat uuden laulun, josta puuttuivat piip-piipit ja zoom-zoomit. Sillä kun ne lauloivat, onomatopoeiaa ei tarvittu. Ihmisten kanssa käytävässä arkikeskustelussa sitä tarvittiin. Tämä laulu peitti toisen ja siitä tuli iloinen, korkealta soiva juhla. Oodi tuleville asioille, vielä elämättömän elämän oodiksi. Laulu tulevaisuudelle.

Niiden kultaisista silmäkuopista purkautui timanttituhkaa, kun ne kääntyivät täydellisessä synkronissa. Timanttipöly roiskui niiden silmistä E-Z:n nukkuvalle ruumiille. Vaihto jatkui, kunnes se peitti hänet timanttipölyllä päästä varpaisiin.

Teini nukkui edelleen sikeästi. Kunnes timanttipöly lävisti hänen lihansa - silloin hän avasi suunsa huutaakseen, mutta ääntä ei kuulunut.

"Hän herää, piip-piip." "Hän herää, piip-piip."

"Nosta hänet ylös, zoom-zoom."

Yhdessä he nostivat hänet ylös, kun hän avasi lasittuneet silmänsä.

"Nukkukaa lisää, beep-beep." "Nukkukaa lisää, beep-beep."

"Älä tunne kipua, zoom-zoom."

Hänen kehoaan syleillen nämä kaksi olentoa ottivat hänen tuskansa itseensä.

"Nouse ylös, beep-beep", hän käski.

Ja pyörätuoli, nousi ylös. Se asettui E-Z:n kehon alle ja odotti. Kun veripisara laskeutui, tuoli otti sen kiinni. Imeytti sen. Kulutti sen - kuin se olisi ollut elävä olento.

Kun tuolin voima kasvoi, se myös vahvistui. Pian tuoli pystyi pitämään isäntänsä ilmassa. Näin kaksi olentoa saattoivat suorittaa tehtävänsä. Heidän tehtävänsä yhdistää tuoli ja ihminen. Heidät sidottiin ikuisiksi ajoiksi timanttipölyn, veren ja kivun voimalla.

Kun teini-ikäisen keho tärisi, pistohaavat hänen ihossaan paranivat. Tehtävä oli suoritettu. Timanttipöly oli osa hänen olemustaan. Näin musiikki pysähtyi.

"Se on tehty. Nyt hän on luodinkestävä. Ja hänellä on supervoima, beep-beep."

"Niin, ja se on hyvä, zoom-zoom."

Pyörätuoli palasi lattialle ja teini sänkyynsä.

"Hänellä ei ole siitä mitään muistikuvaa, mutta hänen oikeat siipensä alkavat toimia hyvin pian, beep-beep."

"Entä muut sivuvaikutukset? Milloin ne alkavat, ja ovatko ne havaittavissa zoom-zoom?"

"Sitä en tiedä. Hänellä voi olla fyysisiä muutoksia... se on riski, joka kannattaa ottaa kivun vähentämiseksi, beep-beep."

"Samaa mieltä, zoom-zoom."

SYY

Kaikissa perheissä on erimielisyyksiä. Jotkut riitelevät joka ikisestä asiasta. Dickensin perhe oli useimmissa asioissa samaa mieltä. Musiikki ei kuulunut niihin.

"Älä viitsi, isä", kaksitoistavuotias E-Z sanoi. "Minulla on tylsää, ja satelliittikanavalla soitetaan juuri nyt Muse-viikonloppua." "Minulla on tylsää."

"Etkö ottanut kuulokkeita mukaan?" hänen äitinsä Laurel kysyi.

"Ne ovat repussani takakontissa." Hän huokaisi.

"Voimme aina pysähtyä ja hakea ne..."

Martin, pojan isä, joka ajoi autoa, tarkisti kellonajan. "Haluaisin päästä mökille vuorille ennen kuin tulee pimeää. Muse sopii minulle. Sitä paitsi olemme pian perillä."

Laurel käänsi satelliittijärjestelmän soittosäädintä heidän upouudessa punaisessa avoautossaan. Hän epäröi hetken Classic Rockin kohdalla. Kuuluttaja sanoi: "Seuraavaksi kuullaan Kissin hymni I Wanna Rock N Roll All Night. Älä koske siihen valitsimeen."

"Odota, se on hyvä kappale!" poika huusi.

"Mitä, ei enää Musea?" Laurel kysyi pitäen kätensä soittimella.

"Kissin jälkeen, okei?"

"Kiss sitten", Martin sanoi ja laittoi tuulilasinpyyhkijät päälle. Vielä ei satanut, mutta ukkonen jyrisi. Oksat ja muut roskat piiskasivat sisään ja ulos heidän autostaan, kun he nousivat vuorta ylöspäin.

Laurel aivasteli ja laittoi kirjanmerkin sivulleen. Hän risti kätensä täristen. "Tuo tuuli ulvoo todella. Haittaako, jos laitamme katon ylös?"

"Äänestän kyllä", E-Z sanoi ja poisti oksia vaaleista hiuksistaan.

THWACK.

Ei ollut aikaa huutaa - kun musiikki sammui.

Pojan korvat soivat yhä äänestä yhdistettynä neljän turvatyynyn räjähdykseen. Veri valui pitkin hänen otsaansa, kun hän kosketti jaloissaan olevaa asiaa: puuta. Veri kerääntyi puiseen tunkeutujaan ja sen ympärille. Hän kuljetti sormensa pitkin puun runkoa. Se tuntui iholta; hän oli puu, ja puu oli hän.

"Äiti? Isä?" hän nyyhkytti, rinta kohisten. "Äiti? Isä? Ole kiltti ja vastaa!"

Hänen täytyi kutsua apua. Missä hänen puhelimensa oli? Törmäyksen isku oli heittänyt sen pois. Hän näki sen, mutta se oli liian kaukana. Vai oliko se? Hän oli kiinniottaja, ja jotkut sanoivat, että hänen heittokätensä oli kuin kumia. Hän keskittyi ja venytti ja venytti, kunnes sai sen.

Signaali oli voimakas, kun hänen veriset sormensa painoivat hätänumeroa ja katkaisivat sitten yhteyden. Jotta he löytäisivät hänet, hänen oli käytettävä uutta tehostettua palvelua. Hän näppäili E9-1-1. Tämä antoi viranomaisille luvan saada hänen sijaintinsa, puhelinnumeronsa ja osoitteensa.

"Hätäpalvelut. Mikä on hätätilanteenne?"

"Apua! Me tarvitsemme apua! Pyydän. Vanhempani!"

"Kertokaa ensin, kuinka vanha olette? Mikä on nimesi?"

"Olen kaksitoista. Minua kutsutaan E-Z:ksi."

"Tarkista osoitteesi ja puhelinnumerosi."

Hän tarkisti.

"Hei E-Z. Kerro minulle vanhemmistasi. Voitko tavata heitä? Ovatko he tajuissaan?"

"En näe heitä. Puu kaatui auton päälle, heidän ja minun jalkojeni päälle. Auttakaa minua. Pyydän."

"Saamme sijaintinne nyt."

E-Z sulki silmänsä.

"E-Z?" Kovempaa, "E-Z!"

Poika tuli tajuihinsa. "Minä, anteeksi, minä."

"Lähetämme helikopterin. Yritä pysyä hereillä. Apu on tulossa."

"Kiitos." Hänen silmänsä lysähtivät kiinni, hän pakotti ne auki. "Minun on pysyttävä hereillä. Hän käski pysyä hereillä." Hän halusi vain nukkua, nukkua, jotta kaikki kipu loppuisi.

Hänen yläpuolellaan kaksi valoa, yksi vihreä ja yksi keltainen, välkkyi hänen silmiensä edessä. Hetken ajan hän luuli näkevänsä pienten siipien räpyttelevän, kun nämä kaksi esinettä leijuivat.

"Hän on huonossa kunnossa", vihreä sanoi ja siirtyi katsomaan lähemmin.

"Autetaan häntä", keltainen sanoi leijuen korkeammalla.

E-Z nosti kätensä huitaisemaan välkkyviä valoja. Korkea ääni sattui hänen korviinsa.

"Suostutko auttamaan meitä?" valot lauloivat.

"Kyllä suostun. Auttakaa minua."

Sitten kaikki pimeni.

VAIKUTUS

SAM, E-Z:N SETä OLI sairaalassa, kun hän heräsi. Poika ei kysynyt, missä hänen vanhempansa olivat, koska hän ei halunnut kuulla vastausta. Jos hän ei tiennyt, hän voisi teeskennellä, että he olivat kunnossa. Että he tulisivat hänen huoneeseensa ja halaisivat häntä millä hetkellä hyvänsä. Mutta mielensä syövereissä hän tiesi, itse asiassa hän uskoi, että he olivat kuolleet. Hän kuvitteli mielessään, kuinka hän heittäisi peiton syrjään ja juoksisi heidän luokseen, ja he tulisivat yhteen ryhmähaliin ja itkisivät siitä, kuinka onnekkaita he olivat. Mutta hetki, miksi hän ei voinut liikuttaa varpaitaan? Hän yritti uudelleen, keskittyen kovasti, mutta mitään ei tapahtunut.

Sam, joka katseli, sanoi: "Tätä ei ole helppoa kertoa sinulle", samalla kun hän yritti hillitä itkuaan.

"Jalkani", E-Z sanoi, "en tunne niitä."

Sam-setä puristi veljenpoikansa kättä. "Jalkasi..."

"Voi ei. Älä sano sitä. Älä vain."

Hän veti kätensä irti setänsä otteesta. Hän peitti kasvonsa luoden esteen itsensä ja maailman välille, kun kyyneleet valuivat hänen poskilleen.

Uncle Sam epäröi. Veljenpoika oli jo kyynelissä, jo surussa, ja silti hänen piti kertoa hänelle vanhemmistaan.

Ei ollut helppoa tapaa kertoa sitä, joten hän suolsi sen ulos: "Vanhempasi. Veljeni ja äitisi... he eivät selvinneet."

Tietää ja kuulla sanat olivat kaksi eri asiaa. Toinen teki siitä tosiasian. E-Z heitti päänsä taaksepäin ja ulvoi kuin haavoittunut eläin, vapisten ja haluten paeta, minne tahansa. Vain pois.

"E-Z, olen tässä sinua varten."

"Ei! Se ei ole totta. Sinä valehtelet. Miksi valehtelet minulle?" Hän rimpuili, puristi nyrkkejään ja löi niitä patjaan raivoissaan, eikä näyttänyt lopettavan.

Sam painoi sängyn vieressä olevaa nappia. Hän yritti rauhoittaa E-Z:tä, mutta tämä oli hallitsematon, riehui ja kirosi. Kaksi hoitajaa saapui; toinen laittoi neulan, kun taas toinen yritti Samin kanssa pitää E-Z:n paikoillaan ja kuiskasi hiljaa, että kaikki tulisi olemaan hyvin.

Sam katsoi, kun hänen veljenpoikansa unimaailmassa tai missä hän nyt olikaan, hymyili. Hän arvosti sitä hymyä, ajattelemalla, että kestäisi jonkin aikaa, ennen kuin hän näkisi sen uudelleen veljenpoikansa kasvoilla. Edessä oli pitkä ja vaikea tie. Hänen veljenpoikansa joutuisi kohtaamaan päivän, jolloin hänen elämänsä romahti. Kun hän tekisi sen, hän voisi taistella ja yhdessä he voisivat rakentaa hänelle aivan uuden elämän. Uusi – erilainen – ei sama. Mikään ei olisi enää koskaan sama.

Kaikki siksi, että he olivat väärässä paikassa väärään aikaan. Luonnon uhreja: puu. Puu, josta tuli luonnon ase ihmisten huolimattomuuden vuoksi. Puurakenteinen rakennus oli ollut kuollut, ja sen juuret olivat olleet maan pinnalla vuosia. Kun hänelle kerrottiin, että puu oli merkitty X:llä keväällä kaadettavaksi, hän halusi huutaa.

Sen sijaan hän soitti parhaalle tuntemalleen asianajajalle. Hän halusi jonkun maksavan – maksavan laskun kahdesta liian aikaisin päättyneestä elämästä ja veljenpoikansa särkyneistä jaloista ja elämästä.

Mutta mitä järkeä siinä oli? Mikään ei voisi muuttaa menneisyyttä – mutta tulevaisuudessa hän auttaisi veljenpoikaansa löytämään tiensä. Siinä hetkessä Sam laati suunnitelman.

Sam muistutti aikuista versiota Harry Potterista (ilman arpea). E-Z:n ainoana elossa olevana sukulaisena hän ottaisi veljenpoikansa huostaansa. Rooli, jonka hän oli laiminlyönyt aiemmin. Hän yrittäisi olla kuin vanhempi veljensä Martin – ei korvata häntä.

Hän ravisteli pois tekosyyt, jotka kuplivat sisällään. Yrittivät saada hänet käyttämään työtä vapautuakseen vastuusta. Hän kävelisi pois, pyyhkisi pois kaikki velvollisuudet. Sitten hän voisi lopettaa itsensä syyttämisen. Vihaten itseään kaikesta menetetystä ajasta.

Kun veljenpoika nukkui, hän soitti ohjelmistoyhtiönsä toimitusjohtajalle. Menestyneenä vanhempana ohjelmoijana alansa huipulla hän toivoi, että he pääsisivät kompromissiin. Hän kertoi heille, mitä halusi tehdä.

"Toki, Sam. Voit työskennellä etänä. Mikään ei muutu. Tee mitä sinun täytyy tehdä. Me tuemme sinua. Perhe on aina etusijalla."

Kun hän lopetti puhelun, hän palasi veljenpoikansa vuoteen ääreen. Toistaiseksi hän muuttaisi perheen kotiin, jotta E-Z voisi pysyä lähellä ystäviään ja kouluaan. Yhdessä he koottaisivat palaset takaisin yhteen ja rakentaisivat hänen elämänsä uudelleen. Siis jos hän ei menettäisi täysin malttiaan. Loppujen lopuksi hänellä oli poikamiehenä vain vähän tai ei lainkaan kokemusta lapsista – puhumattakaan teini-ikäisistä.

***

S AIRAALASTA LäHDETTYÄÄN - KOHTALON pakottamina - heillä ei ollut muuta vaihtoehtoa kuin luoda verisempääkin side.

E-Z vastusti, kieltävästi uskoen voivansa tehdä kaiken itse. Lopulta hänellä ei ollut muuta vaihtoehtoa kuin hyväksyä tarjottu apu.

Sam astui esiin - oli hänen tukenaan - melkein kuin hän olisi tiennyt, mitä hänen veljenpoikansa tarvitsi, ennen kuin tämä kysyi.

Ja hän oli E-Z:n tukena hänen elämänsä toiseksi pahimpana päivänä - kun hänelle kerrottiin, ettei hän enää koskaan kävele.

"Tule sisään", tohtori Hammersmith, yksi parhaista ortopedian neurologikirurgeista, sanoi.

Pyörätuolissaan E-Z astui sisään, ja Sam seurasi häntä.

Hammersmith oli kuuluisa korjaamaan korjauskelvottomia, ja hän aikoi korjata hänet. Aiemmissa konsultaatioissa hän oli luvannut nuorukaiselle, että tämä pelaisi taas baseballia.

"Olen pahoillani", Hammersmith sanoi. Muutaman sekunnin epämiellyttävän hiljaisuuden jälkeen hän täytti sen sekoittamalla joitakin papereita.

"Mitä tarkalleen ottaen olet pahoillasi?" E-Z tiedusteli ponnistaen kaikin voimin eteenpäin istuimellaan. Koska se ei onnistunut, hän pysyi paikallaan.

"Sen, mitä hän pyysi", Sam sanoi siirtyen vaivattomasti eteenpäin istuimellaan.

Hammersmith raotti kurkkuaan. "Toivoimme, että koska kaikki toimi normaalisti, halvaus olisi väliaikainen. Siksi lähetin sinut lisäkokeisiin ja ehdotin fysioterapiaa. Nyt ei ole epäilystäkään, olen pahoillani, E-Z, mutta et enää koskaan kävele."

"Miten voit tehdä tämän hänelle?" Sam kysyi.

Hänen sanojensa lopullisuus upposi. "Päästä minut pois täältä, Sam-setä!"

"Odota", Hammersmith sanoi, eikä pystynyt katsomaan heitä silmiin. "Pyysin apua, kollegoilta ympäri maailmaa. Heidän johtopäätöksensä oli sama."

"Kiitos paljon."

"E-Z, sinun on aika siirtyä eteenpäin. En halua antaa sinulle enää turhia toiveita. "

Sam nousi seisomaan ja laittoi kätensä pyörätuolin kahvoille.

"Hankitaan toinen mielipide ja kolmas ja neljäs!"

"Voitte tehdä niin", Hammersmith sanoi, "mutta me teimme sen jo. Jos olisi jotain uutta, tuolla ulkona - jotain, mitä voisimme hyödyntää - niin tekisimme sen. Asiat saattavat muuttua elinaikanasi E-Z. Kantasolututkimus tekee edistystä. Sillä välin en halua, että elät elämääsi jos ja ehkä."

Sitten suunnattu Samille,

"Älä anna veljenpoikasi tuhlata elämäänsä. Auta häntä rakentamaan itsensä uudelleen ja palaamaan takaisin elävien maalle. Niin, ja inhoan ottaa tämän puheeksi, mutta tarvitsemme pyörätuolin pian takaisin - näyttää siltä, että meillä on hieman pulaa. Jos et pahastuisi, jos voisit tehdä muita järjestelyjä."

"Hyvä on", Sam sanoi, kun he lähtivät Hammersmithin toimistosta puhumatta. Hän laittoi pyörätuolin takakonttiin, kiinnitti heidän turvavyönsä ja käynnisti auton.

"Kaikki järjestyy."

E-Z, jonka kyyneleet vierivät pitkin poskia, pyyhki ne pois. "Olen pahoillani."

"Sinun ei tarvitse koskaan pyytää anteeksi minulta, penska, kun näytät tunteesi."

Sam löi nyrkkinsä rattiin ja ajoi sitten ulos parkkipaikalta renkaidensa vinkumista.

He ajoivat eteenpäin puhumatta hetken aikaa, sitten hän kurottautui ja laittoi radion päälle. Se halkoi hiljaisuuden heidän välillään ja antoi E-Z:lle mahdollisuuden itkeä sen ulos tuntematta itseään itsetietoiseksi.

Kun he kääntyivät kotiautotielle, he olivat rauhallisia ja nälkäisiä. Suunnitelmana oli katsoa pari ohjelmaa ja tilata pizza.

Muutamaa päivää myöhemmin saapui upouusi pyörätuoli.

✳✳✳

E-Z:N UUDEN PYÖRÄTUOLIN LÄHELLÄ välkkyi kaksi valoa: yksi keltainen ja yksi vihreä.

"Tämä ei kelpaa, piip-piip." "Tämä ei kelpaa, piip-piip."

"Olen samaa mieltä, se ei kelpaa ollenkaan. Hän tarvitsee jotain kevyempää, vahvempaa, tulenkestävää, luodinkestävää ja imukykyistä, zoom-zoom."

"Sinä-tiedä-kuka sanoi, ettei meidän pidä tuhlata aikaa - joten tehdään se, ennen kuin ihminen herää, beep-beep."

Valot tanssivat pyörätuolin ympärillä. Toinen korvasi metallin ja toinen renkaat. Kun he saivat prosessin valmiiksi, tuoli näytti samalta kuin ennenkin, mutta se ei ollut.

E-Z kuiskasi unissaan.

"Lähdetään pois täältä! Beep beep!"

"Aivan takanasi! Zoom zoom zoom!"

Ja niin he tekivätkin, kun nuorukainen nukkui edelleen.

$$* * *$$

Vuotta myöhemmin E-Z:n mielestä näytti nyt siltä, että Samuli-setä oli aina ollut paikalla. Ei niin, että hän olisi korvannut hänen vanhempansa. Ei, siihen hän ei koskaan pystyisi, itse asiassa hän ei edes yrittäisi - mutta he tulivat toimeen keskenään. He olivat kavereita. He olivat enemmän kuin sitä, he olivat perhe. Ainoa perhe, joka kolmetoistavuotiaalla oli jäljellä maailmassa.

"Haluan kiittää sinua", hän sanoi yrittäen olla kyynelehtimättä.

"Sinun ei tarvitse kiittää minua, poika."

"Mutta minun täytyy, setä Samuli, ilman sinua olisin heittänyt pyyhkeen kehään."

"Sinut on tehty vahvemmasta materiaalista kuin tuo."

"En ole. Onnettomuuden jälkeen minua on pelottanut, todella pelottanut. Olen nähnyt painajaisia."

"Me kaikki pelkäämme, siitä puhuminen auttaa. Tarkoitan, jos haluat puhua siitä minulle."

"Sitä tapahtuu joskus öisin - kun nukut. En halua herättää sinua."

"Olen naapurissa, eivätkä seinät ole niin paksut. Huuda vain minua, niin tulen sinne. Ei minua haittaa."

"Kiitos, toivottavasti minun ei tarvitse, mutta on hyvä tietää."

He palasivat katsomaan televisiota eivätkä enää koskaan keskustelleet asiasta.

Kunnes eräänä yönä E-Z heräsi huutaen ja Sam oli lupauksensa mukaisesti paikalla.

Hän laittoi valon päälle. "Minä olen täällä. Oletko kunnossa?"

E-Z takertui sängyn reunaan kuin joku, joka oli syöksymässä jyrkänteen yli. Hän auttoi hänet takaisin patjalle.

"Voitko nyt paremmin?"

"Kyllä, kiitos."

"Tekeekö mieli puhua siitä? Voin tehdä kaakaota."

"Vaahtokarkkien kanssa?"

"Sanomattakin selvää. Tulen kohta takaisin."

"Selvä." E-Z sulki silmänsä hetkeksi, ja korkeat äänet jatkuivat. Hän peitti korvansa ja katseli keltaisia ja vihreitä valoja, jotka tanssivat hänen silmiensä edessä. Hän irrotti kätensä ja kuuli setänsä paljaat jalat, kun ne läpsyttelivät pitkin käytävää.

"Ole hyvä", Sam sanoi ja antoi mukillisen kuumaa kaakaota veljenpoikansa käteen. Hän parkkeerasi pyörätuoliin, jossa hän siemaisi ja huokaisi.

Vasemmalla kädellään E-Z huitaisi ilmaa ja melkein läikytti juomansa.

"Mitä sinä teet?"

"Etkö kuule sitä? Tuota korvia särkevää ääntä?"

Sam kuunteli tarkkaavaisesti, ei mitään. Hän pudisti päätään. "Jos kuulet jotain outoa, miksi yrität lakaista sen pois?"

E-Z keskittyi kuumaan juomaansa ja nielaisi sitten minimarshmallowin. "Et kai sitten näe valoja?"

"Valoja? Millaisia valoja?"

"Kaksi valoa: yksi vihreä ja yksi keltainen. Noin sormenpään kokoisia. Tässä päällä ja pois päältä - onnettomuudesta lähtien. Lävistävät korviani ja vilkkuvat silmieni edessä. Ärsyttävät minua."

Sam meni sängynpäädyn luo ja katsoi veljenpoikansa näkökulmasta. Hän ei odottanut näkevänsä mitään - eikä tietenkään nähnytkään - vaivannäkö oli rauhoittava. "Ei, mutta kerro lisää, niin ymmärrän paremmin, miten se alkoi."

"Onnettomuuspaikalla näin kaksi valoa, keltaisen ja vihreän, ja, älä naura, mutta luulen, että ne puhuivat minulle. Siksi olen nähnyt painajaisia."

"Millaisia valoja? Tarkoitatko niin kuin jouluvalot?"

"Ei niin kuin jouluvalot. Ei se ole mitään. Ne ovat nyt poissa. Luultavasti posttraumaattinen stressihäiriö tai takauma."

"Posttraumaattinen traumaperäinen stressihäiriö tai takauma ovat kaksi aivan eri asiaa. Mietin, pitäisikö sinun ehkä puhua jollekulle. Siis jonkun muun kuin minun."

"Tarkoitatko ystäviäni?"

"Ei, tarkoitan ammattilaista."

POP.

POP.

He olivat taas palanneet. Vilkkuivat hänen nenänsä edessä ja saivat hänet siristelemään silmiään. Hän pidätti itseään. Yritti olla lyömättä niitä pois. Kun Sam otti kupin toisella kädellä ja tunnusteli otsaansa toisella, hän läimäytti ilmaa. "Mene pois luotani!"

Sam katsoi, kun hänen veljenpoikansa jähmettyi kuin jääveistos talvifestivaaleilla. Sam napsautti sormiaan silmiensä edessä, mutta mitään reaktiota ei kuulunut. E-Z huokaisi ja nojautui taaksepäin, hengitti syvään ja kuorsasi sekunneissa kuin sotilas. Sam veti peiton ylös. Hän suuteli veljenpoikaansa otsalle ja palasi sitten huoneeseensa. Lopulta hän vaipui uneen.

Seuraavana päivänä Sam ehdotti E-Z:lle, että hän kirjoittaisi tunteitaan ylös, ehkä päiväkirjaan. Sillä välin hän tiedustelisi, voisiko hän varata ajan ammattilaiselle.

"Tarkoitatko kallonkutistajaa?"

"Tai psykologia. Ja sillä välin kirjoita se ylös. Kun näet niitä, miltä ne näyttävät - kirjaa havainnot ylös."

"Päiväkirja, tarkoitan, keneltä minä näytän, Oprah Winfreyltä?"

"Ei", Sam sanoi. "Kiddo, näet painajaisia, kuulet korkeita ääniä ja näet valoja. Ne voivat olla merkki, kuten sanoit, PTSD:stä tai jostain lääketieteellisestä. Minun täytyy tutkia asiaa ja puhua lääkärisi kanssa, kysyä hänen neuvonsa. Sillä välin ajatusten kirjoittaminen ylös, päiväkirjan pitäminen voi auttaa. Monet miehet ovat kirjoittaneet päiväkirjaa tai pitäneet päiväkirjaa."

"Nimeä joku, jonka nimen tunnistaisin?"

"Katsotaanpa, Leonardo da Vinci, Marco Polo, Charles Darwin."

"Tarkoitan jotakuta tältä vuosisadalta."

"Mainitsit jo Oprahin."

✲✲✲

E-Z:N MIELENTERVEYS PARANI MUUTAMAN terapeutin/neuvojan kanssa pidetyn istunnon jälkeen. Hän oli mukava eikä tuominnut teiniä, kuten E-Z pelkäsi. Sen sijaan hän tarjosi ehdotuksia ja konkreettisia strategioita E-Z:n rauhoittamiseksi ja auttamiseksi. Hän, kuten Sam-setä, oli myös ehdottanut, että poika kirjoittaisi kaiken ylös - päiväkirjaan tai päiväkirjaan.

Sen sijaan poika kirjoitti koulutehtävää varten novellin, jonka innoittajana oli hänen äitinsä lempilintu: kyyhkynen. Saatuaan kokeesta kiitettävän arvosanan A+ hänen opettajansa osallistui tarinalla maakunnan laajuiseen kirjoituskilpailuun. Aluksi hän oli järkyttynyt siitä, että opettaja oli ilmoittanut hänen tarinansa kilpailuun kysymättä häneltä. Mutta kun hän voitti, hän oli uskomattoman onnellinen. Sittemmin hänen opettajansa ilmoitti hänen tarinansa koko maan laajuiseen kilpailuun.

Sam aloitti uuden harrastuksen: sukututkimuksen, kun hänen veljenpoikansa syventyi kirjoittamisen taitoihin. Eräänä iltana, kun he söivät illallista, hän pamautti:

"Nyt kun olet kirjoittanut novellin ja menestynyt siinä, ehkä sinun pitäisi yrittää kirjoittaa romaani."

"Minä? Romaani? En todellakaan."

"Sinussa on kirjailijan verta", Sam-setä paljasti. "Jäljittäessäni historiaamme olen saanut selville, että olemme sukua ainoalle ja ainoalle Charles Dickensille."

"Ehkä SINUN pitäisi sitten kirjoittaa romaani." Hän nauroi.

"En minä ole se, jolla on palkittu novelli."

Vihreät ja keltaiset valot välkkyivät hänen lautasensa yläpuolella. Ainakaan hän ei kuullut tuota korkeaa ääntä, jossa setä Samuli pauhasi.

".... Loppujen lopuksi sinä ja minä olemme Charles Dickensin kanssa serkkuja kautta aikojen. Katso, mitä kaikkea olet voittanut. Olet uskomaton poika - mitä menetettävää sinulla on?"

Hänen nimensä on Ezekiel Dickens, ja tämä on hänen tarinansa.

KAPPALE 1

KOLMENTOISTA ENSIMMÄISEN ELINVUOTENSA AIKANA hänet tunnettiin useilla eri nimillä. Hesekiel, hänen syntymänimensä. E-Z, hänen lempinimensä. Hänen baseball-joukkueensa sieppari. Novellikirjailija. Vanhempiensa poika. Setänsä veljenpoika. Paras ystävä. Nyt heillä oli uusi nimi hänelle.

Ei sillä, että häntä haittaisi c-sana. Itse asiassa hän piti joistakin vaihtoehdoista vähemmän. Kuten ne kommentit, joita jotkut sanoivat, koska pitivät niitä poliittisesti korrekteina. "Tuo on se poika, joka on pyörätuoliin sidottu." He sanoivat tämän osoittaen häntä - aivan kuin he olisivat luulleet, että hänkin oli kuulovammainen. Tai he sanoivat: "Oli ikävä kuulla, että olet nyt pyörätuolissa." Se sai hänet säpsähtämään. Mutta se, mikä sai hänet raivon partaalle, oli: "Ai, sinä olet se poika, joka käyttää nyt pyörätuolia." Kenen tahansa, varsinkin nuoremman henkilön näkeminen pyörätuolissa sai jotkut ihmiset tuntemaan olonsa epämukavaksi. Jos he tunsivat niin, miksi heidän piti sanoa jotain?

Tämä herätti muiston kauan sitten. Muisto hänen vanhemmistaan, jotka katsoivat televisiosta Bambi-elokuvaa sateisena lauantai-iltapäivänä. Äiti teki kuuluisat popcorn-palleronsa. Heillä oli limsaa, M&Ms:iä, vaahtokarkkeja ja isän suosikki Twizzlers. Thumper-jänis sanoi: "Jos et voi sanoa jotain kivaa, älä sano mitään." Kun Bambin äiti kuoli, se oli ensimmäinen kerta, kun Bambi näki äitinsä ja isänsä itkevän elokuvan takia. Koska hän oli niin järkyttynyt heidän käytöksestään, hän ei vuodattanut kyyneleitäkään.

Jotkut koulun juntit kutsuivat häntä "puupojaksi - raajarikoksi". Muutamat olivat urheilijatovereita, jotka aikoinaan ihailivat häntä, kun hän oli kuningas levyn takana. Hän vihasi puupoika-viittausta enemmän kuin rampa-kommenttia.   Hän ei säälinyt itseään (ei useimmiten) eikä hän halunnut kenenkään säälivän häntä.

Kun hänen tuli aika palata kouluun heti ensimmäisenä päivänä, hän teki sen ystäviensä avulla. PJ (lyhenne sanoista Paul Jones) ja Arden tukivat ja työnsivät häntä tarpeen mukaan. Heidät tunnettiin pian nimellä The Tornado Trio. Lähinnä siksi, että missä tahansa he menivätkin, syntyi kaaos. Silloin E-Z oppi odottamaan odottamatonta.

Kun hänen ystävänsä eräänä aamuna muutamaa kuukautta myöhemmin tulivat hakemaan häntä kouluun - ja sanoivat sitten, etteivät menisikään - E-E ei ollut kovin yllättynyt. Kun he sanoivat, että heidän oli sidottava hänen silmänsä - sitä ei odotettu.

Takapenkillä hän kysyi. "Minne olemme menossa?" Ei vastausta. "Tykkäänkö minä siitä?"

"Kyllä", hänen ystävänsä sanoivat.

"Miksi sitten viitta ja tikari?"

"Koska se on yllätys", PJ sanoi.

"Ja arvostat sitä enemmän, kunhan olemme siellä."

"No, minä en voi paeta." Hän pilkkasi.

Ardenin äiti pysäköi. "Kiitos äiti", hän sanoi.

"Soita minulle, kun haluat, että haen sinut", äiti sanoi.

Ystävykset auttoivat E-Z:n pyörätuoliin ja lähtivät matkaan.

"Johtuuko se vain minusta, vai tuntuuko tämä tuoli kevyemmältä joka kerta, kun otamme sen pois?" "Kyllä." Arden kysyi.

"Se johtuu sinusta!" PJ vastasi.

Kun he kulkivat epätasaisella maalla, E-Z haistoi vastaleikatun ruohon tuoksun. Kun hänen ystävänsä ottivat silmiensä siteen pois - hän oli pesäpallokentällä. Kyyneleet nousivat hänen silmiinsä, kun hän näki entiset joukkuetoverinsa, vastustajajoukkueen ja valmentaja Ludlow'n. He olivat täydessä peliasussaan ja asettuneet riviin vastaliitua perusviivaa pitkin.

"Tervetuloa takaisin!" he hurrasivat.

E-Z pyyhkäisi kyyneleet pois hihallaan, kun tuoli siirtyi lähemmäs pelikenttää. Sen jälkeen, kun onnettomuus oli vienyt hänen unelmansa ammattilaispesäpallon pelaamisesta, hän oli vältellyt peliä. Kyhmy kurkussa hän oli niin täynnä tunteita, ettei saanut henkeä.

"Hän ei löydä sanojaan", PJ sanoi ja antoi Ardenille tönäisyn kyynärpäällään.

"Se on ensimmäinen kerta."

"Kiitos, kaverit. Ette olleet väärässä siitä, että tämä oli yllätys."

"Odottakaa tässä", hänen ystävänsä neuvoivat.

E-Z jätettiin yksin nauttimaan näkymistä baseball-timanttiin. Paikkaa, joka oli kerran ollut hänen lempipaikkansa maan päällä. Hän kyynelehti taas katsellessaan vihreän ruohon hohtavan auringonvalossa. Hän pyyhki ne pois, kun hänen ystävänsä palasivat mukanaan varustekassi.

Arden kumartui: "Yllätyskaveri, sinä saat tänään saalista!"

"Mitä tarkoitat? En voi pelata tässä!" hän sanoi ja löi kätensä pyörätuolin käsinojiin.

"Tässä, katso tätä, kun laitamme sinut kuntoon", PJ sanoi, ojensi puhelimensa ja painoi play-painiketta.

E-Z katseli hämmästyneenä, kun hänen kaltaisensa pelaajat pääsivät pesäpallokentälle. Hän katsoi tarkemmin heidän tuolejaan, joissa oli modatut pyörät. Eräs pelaaja rullasi levypallolle, otti pallon kiinni ja kiersi pesät.

"Vau! Tämä on mahtavaa!"

"Jos he pystyvät siihen, niin pystyt sinäkin!" Arden sanoi laittaessaan polvisuojat ystävänsä jalkoihin, kun PJ kiinnitti rintasuojan. Matkalla kentälle hänen ystävänsä heittivät hänelle kiinniottajan maskin ja hanskan.

"Lyöjä pystyyn!" Valmentaja Ludlow huusi.

Syöttäjä heitti ensimmäisen nopean pallon suoraan alueelle, ja PJ nappasi sen.

Toinen syöttö oli pop up. E-Z tarttui siihen, kiersi ja nosti itsensä ylös. Kurottautui. Hän yllätti jopa itsensä, kun hän sai sen kiinni. He eivät olleet huomanneet, mutta hän oli nostanut itsensä ylös. Hänen takapuolensa oli noussut tuolin penkistä, eikä hänellä ollut aavistustakaan, miten hän oli tehnyt sen.

"Vau", PJ sanoi, "se oli erinomainen kiinniotto."

"Joo, olisit luultavasti jäänyt siitä paitsi, jos tuoli ei olisi ollut."

E-Z hymyili ja jatkoi leikkiä. Kun peli oli ohi, hänestä tuntui hyvältä. Normaali. Hän kiitti kavereita siitä, että he saivat hänet takaisin vauhtiin.

"Ensi kerralla sinä lyöt", PJ sanoi.

E-Z pilkkasi, kun Ardenin äiti vei heidät autokauppaan ja sitten takaisin kouluun. Jos he kiirehtisivät, he ehtisivät ajoissa ennen seuraavan tunnin alkua. Oppilaat ruuhkautuivat käytävillä, kun hän rullasi kaapilleen. Hänen luokkatoverinsa kuulivat renkaiden läpsyttelevän äänen linoleumilattialla - ja he erkanivat.

E-Z oli ollut ensimmäinen poika, joka tarvitsi pyörätuolia koulussaan, mutta hän oli legenda jo ennen kuin menetti jalkojensa käytön. Oli vaatinut paljon, että hän oli pyytänyt apua, mutta kun hän oli pyytänyt, hän oli saanut sitä. Häntä kunnioitettiin jo urheilijana, hän oli voittanut itse ja osana joukkuetta lukuisia pokaaleja. Hänen täytyi voittaa heidän kunnioituksensa uudelleen uutena itsenään.

Pelin jälkeen he palasivat kouluun ja päättivät päivänsä. Koska koulupäivä oli ollut vain puolikas, E-Z oli melko väsynyt, kun Ardenin äiti ja hänen ystävänsä veivät hänet koulun jälkeen kotiin.

Kiitettyään heitä hän meni sisälle.

"Olen kotona, setä."

"Huomaan sen, oliko sinulla hyvä päivä", Sam sanoi.

"Kyllä, se oli hyvä päivä." Hän venytteli ja haukotteli.

"Tule nyt. Minulla on jotain näytettävää sinulle. Yllätys."

"Ei enää yhtään", E-Z sanoi seuratessaan setäänsä käytävää pitkin. Hän ohitti ensimmäisenä oikealla hänen vanhempiensa huoneen - jonka kohtalona oli jonain päivänä olla vierashuone. Siihen asti se oli juuri sellainen kuin he olivat sen jättäneet - ja sellaisena se pysyisi, kunnes E-Z päättäisi toisin.

Aina silloin tällöin Sam-setä tarjoutui auttamaan häntä huoneen läpikäymisessä, mutta veljenpoika sanoi aina samaa.

"Teen sen, kun olen valmis."

Sam suostui vastahakoisesti. Hän oli päättänyt, että hänen veljenpoikansa pitäisi siirtyä eteenpäin. Tämä oli ensimmäinen askel sitä kohti. Sittemmin hän oli puhunut neuvonantajansa kanssa, joka sanoi, että Samin pitäisi rohkaista E-Z:tä puhumaan enemmän vanhemmistaan. Hän sanoi, että heidän ottaminen osaksi hänen jokapäiväistä elämäänsä auttaisi häntä paranemaan nopeammin. He jatkoivat käytävää pitkin, ohittivat kylpyhuoneen ja pysähtyivät laatikon tai varastohuoneen eteen.

"Ta-dah!" Setä Sam sanoi työntäessään hänet sisään.

E-Z oli sanaton, kun hän otti vastaan juuri muuttuneen toimiston. Keskellä sijaitsi kirjoituspöytä, joka oli sijoitettu ikkunan eteen, josta oli näkymä puutarhaan. Sen päällä oli upouusi pelitietokone ja äänijärjestelmä. Hän työnsi tuolinsa pöydän alle - se sopi täydellisesti - ja juoksutti sormiaan näppäimistöä pitkin. Lähellä oli tulostin, pinottu paperia ja roskakori - kaikki oli suunniteltu käden ulottuville.

Hänen vasemmalla puolellaan oli kirjahylly. Hän vieritti itsensä lähemmäs. Ensimmäisessä hyllyssä oli kirjoja kirjoittamisesta ja klassikoista. Hän tunnisti useita vanhempiensa suosikkeja. Toisessa hyllyssä oli pokaaleja, muun muassa palkinto hänen kirjoittamisestaan. Kolmas ja neljäs sisälsivät kaikki hänen lapsuuden suosikkikirjansa.

Kaksi alinta hyllyä olivat tyhjiä. Hänen katseensa juoksi pitkin kirjahyllyn yläosaa, hänen oli pakko nousta tuolillaan taaksepäin nähdäkseen, mitä siellä oli.

Sam tuli huoneeseen hänen viereensä. Hän pani käden veljenpoikansa olkapäälle.

"Nuo, en ollut varma, oliko se liian aikaista. I..."

Pièce de résistance: perhekuva. Kyynel vieri pitkin hänen poskeaan, kun hän muisteli valokuvauspäivää. Se oli pienessä valokuvausstudiossa keskustassa. He olivat kaikki pukeutuneet hienosti. Isä sinisessä puvussaan. Äiti uudessa sinisessä mekossaan, punainen huivi kaulaan sidottuna. Isä harmaassa puvussaan - samassa, joka hänellä oli hautajaisissa.

Hän pidätti nyyhkytyksen, kun hän muisti valokuvausstudion asetelman. Studiossa oli kaikkea jouluista - vaikka oli vasta heinäkuu. Hän hymyili ajatellessaan juustoisia joulukoristeita ja tekotakkaa. Viikkoja myöhemmin kortti tuli postin mukana, mutta hänen vanhemmilleen se joulu ei koskaan tullut. Hän käänsi tuolinsa kohti uloskäyntiä ja lähti eteiseen setänsä perässä.

"Tiedän, että se vie aikaa. Olen pahoillani, jos menin liian aikaisin liian pitkälle, mutta siitä on yli vuosi, ja me, minä ja neuvonantajasi, ajattelimme, että oli aika."

E-Z jatkoi matkaa. Hän halusi päästä pois. Pakenemaan huoneeseensa ja sulkemaan maailman pois, sitten hänelle tuli jotain mieleen. Jotain ratkaisevaa. Hänen setänsä ei voinut tietää valokuvan historiaa. Jos hän olisi tiennyt, hän ei olisi laittanut sitä sinne. Kaiken sen jälkeen, mitä hän oli tehnyt hänen hyväkseen, hän oli hänelle selityksen velkaa. Hän pysähtyi.

"Emme koskaan käyttäneet sitä, se oli tarkoitettu joulukorttiimme, mutta ne eivät koskaan ehtineet jouluksi."

"Olen niin pahoillani. En tiennyt."

"Tiedän, ettet tiennyt, mutta se ei tee siitä vähemmän kipeää."

Uupuneena sekä fyysisesti että henkisesti hän siirtyi lähemmäs huonettaan. Hänen sisäinen vuoropuhelunsa jatkui positiivisella vahvistuksella. Muistuttaen häntä siitä, että kaikki näyttäisi paremmalta aamulla. Koska niin kävi melkein aina.

"Sen oli tarkoitus olla paikka, jossa voit kirjoittaa. Muista, että olet nyt palkittu kirjailija, ja sinulla on kirjailijaverta."

Hän oli melkein huoneessaan - miksei setä ollut päästänyt häntä pois? Hänen kiukkunsa leimahti.

"Kirjoitin yhden novellin, mutta se ei tarkoita, että voisin kirjoittaa lisää tai että haluaisin. Sanot, että suonissani virtaa Charles Dickensin veri, mutta minä haluan olla L.A. Dodgersin sieppari. Vaikka minua kutsutaankin puupojaksi - raajarikoksi, se ei tarkoita, että minun pitäisi tyytyä siihen. Miksi minun pitäisi tyytyä?"

"Kunpa et käyttäisi c-sanaa."

"Rampa, helvetin rampa", hän sanoi tehdessään äkillisen käännöksen ja lyöden kyynärpäänsä seinään. Hänen ei niin hauska, hassu luunsa sattui kuin hullu.

"Oletko kunnossa?"

E-Z murahti vastaukseksi ja jatkoi sitten matkaansa huoneeseensa. Hän aikoi paiskata oven takanaan. Sen sijaan hän kiilautui puoliksi sisään ja puoliksi ulos oviaukosta. Sitten hänen tuolinsa pyörät lukkiutuivat.

"FRICK!"

Sam vapautti tuolin sanomatta sanaakaan. Sulki oven mennessään ulos.

E-Z tarttui muutamaan särkymättömään esineeseen ja heitti ne seinää vasten. Rauhoittaakseen itsensä hän kuvitteli vanhempiaan, jotka kertoivat hänelle, kuinka ylpeitä he olivat hänestä. Hän kaipasi sitä. Mutta jos hänen isänsä olisi nyt täällä, hän haukkuisi hänet kakaraksi. Hänen äitinsäkin nuhtelisi häntä, mutta ystävällisemmin ja lempeämmin. Hän pyyhki kyyneleet pois. Tunsi häpeän kirvelyn, ja hänen ruumiinsa lyyhistyi pyörätuoliin silkasta uupumuksesta.

Setä Sam kysyi suljetun oven läpi: "Oletko kunnossa?"

"Jätä minut rauhaan!" E-Z vastasi. Vaikka hän tarvitsi hänen apuaan. Ilman häntä hän ei päässyt pyjamaansa tai sänkyynsä. Hänen täytyisi nukkua tuolissa, vaatteissaan. Sisimmässään hän tiesi aina totuuden. Jos hän lakkaisi välittämästä, kaikki muutkin lakkaisivat välittämästä. Sitten hän olisi todella yksin.

Hän pyöräytti tuolinsa ikkunan luo ja katsoi ulos yötaivaalle. Musiikkia. Se oli ollut ainoa asia, joka todella yhdisti heitä perheenä. Toki heillä oli erimielisyyksiään musiikkilajeissa, mutta kun radiosta tuli hyvä kappale, he panivat sen syrjään.

Mäyräkuinen musta kissa käveli nurmikon poikki. Hänen äitinsä oli aina halunnut, että he lähtisivät New Yorkiin katsomaan Catsia Broadwaylla. Hän toivoi, että he olisivat menneet yhdessä. Luoneet muiston. Nyt he eivät koskaan tekisi niin. Tuo kappale, jokin muistoista sai hänet kurottamaan puhelinta. Hän valitsi hard rock -hymnin ja laittoi äänenvoimakkuuden kovemmalle. Rummutti nyrkeillään rytmiä tuolinsa käsinojiin raivotessaan ja huutaessaan sanoituksia.

Kunnes hän rokkasi niin kovaa, että hän kaatui tuoliltaan ja putosi lattialle. Aluksi, kun hän näki huoneensa maan tasalta, hän halusi itkeä. Sen sijaan hän alkoi nauraa eikä voinut lopettaa.

"Oletko kunnossa siellä?" Sam kysyi.

"Uh, voisin tarvita apuasi." Hänen vatsaansa sattui naurusta niin paljon.

Samin ensireaktio oli hälytys - kun hän näki veljenpoikansa lattialla pitelemässä vatsaansa. Kun hän tajusi, että tämä piteli sitä naurusta, hän lyyhistyi lattialle tämän viereen.

Myöhemmin, kun Sam oli lähdössä, hän sanoi: "Kyllä sinä pärjäät, poju".

"Kyllä me pärjäämme."

Silloin he tekivät sopimuksen ottaa tatuointeja.

KAPPALE 2

"**A**NTEEKSI, EN VOI PELATA tänään kanssanne baseballia."

"Älä viitsi", Arden sanoi. "Et ollut niin huono viime kerralla."

"Painu helvettiin", E-Z vastasi. Hän kiihdytti vauhtia mennäkseen setäänsä vastaan ja törmäsi Mary Garneriin, päähuutosakin cheerleaderiin.

"Anteeksi, Mary."

Se oli ensimmäinen kerta, kun hän näki hänet onnettomuuden jälkeen. Hän katsoi ylös, kun hänen hiuksensa putosivat kuin verho hänen silmiensä eteen: ne tuoksuivat kanelilta ja hunajalta.

"Ääliö", hän sanoi. "Katso minne menet."

Hän perääntyi ja marssi pois. Hänen seurueensa seurasi häntä.

Mies hymyili ja kurtisti niskaansa katsellakseen, kun nainen käveli pois. Hänen ystävänsä tulivat rinnalle ja tekivät samoin. Arden vihelteli.

Hän vilkaisi olkansa yli ja vilautti lintua heidän suuntaansa.

"Luoja, hän on fantastinen", PJ sanoi.

"Hän on kuuma", Arden sanoi.

"Erittäin."

PJ kysyi nyt koulusta lähtiessään: "Kerro meille, miksi et halua pelata tänään."

"Joo, auttakaa meitä, ymmärtäkää", Arden sanoi vetäen kasvot ja risti silmänsä. "Meistä ei ole mitään hyötyä ilman sinua."

"Kuule, minä ja Sam-setä teimme sopimuksen. Tekevämme jotain yhdessä - jotain suurta - tänään koulun jälkeen."

Hänen ystävänsä ristivät kätensä tukkien hänen tuolinsa tien.

"Aiotko silti sulkea meidät ulkopuolelle - etkä edes kerro miksi?" punapää PJ sanoi.

"Olet täysi idiootti."

"Me emme ikinä tekisi sitä sinulle."

He kävelivät poispäin, vauhtia kiihdyttäen.

E-Z kiihdytti, mutta se ei riittänyt. "Odottakaa! Me otamme tatuointeja!"

Hänen ystävänsä pysähtyivät paikalleen.

"Otan tatuoinnin äitini ja isäni muistoksi - kyyhkysen siivet, yksi kumpaankin olkapäähän."

"Me tulemme mukaan!"

"Ajattelin, että saattaisitte luulla, että olen nössö."

He jatkoivat kävelyä puhumatta hetken aikaa.

"Sam-setä tapaa minut tatuointipaikalla."

KAPPALE 3

K UN SAM NÄKI VELJENPOIKANSA ystäviensä kanssa, hän
yllättyi.

"Luulin, että tämä sopimus oli meidän välinen, eli
salaisuus?"

"Kaverit halusivat viedä minut peliin - minun oli pakko
kertoa heille."

"Okei, reilua. Mutta minulla ei ole tapana toimia
heidän vanhempiensa sijaisena tai antaa lupaa heidän
vanhempiensa puolesta." Sitten PJ:lle ja Ardenille:
"Minulle sopii, että te kaksi olette täällä, mutta vain
vanhempanne voivat hyväksyä tatuointinne."

"Odottakaa!" PJ sanoi. "En ole koskaan edes ajatellut,
että saisimme tatuointeja."

"Omani sanovat varmasti ei", Arden sanoi. Hänen
vanhemmillaan oli ongelmia, ja hän käytti niitä
hyväkseen. Hän käyttäytyi kuin heidän jatkuva riitelynsä
ei häirinnyt häntä suurimman osan ajasta. Silloin tällöin,
kun hän ei enää kestänyt, hän hakeutui ystävänsä
luokse.

"Minun myös." PJ oli vanhin, ja hänellä oli kaksi viiden
ja seitsemän vuoden ikäistä siskoa. Hänen vanhempansa
kannustivat häntä näyttämään hyvää esimerkkiä, ja

useimmiten hän tekikin niin. Keskittymällä tulevaisuuteen urheilun parissa hän piti itsensä raiteillaan.

Teini-ikäiset jakoivat valopistehetken ja antoivat toisilleen peukut.

"Mitä?" Sam tiedusteli.

"Kerromme heille, miksi E-Z tekee sen ja että haluamme tatuointeja hänen tukeakseen", PJ sanoi.

Arden nyökkäsi.

"Hetkinen. Te kaksi ääliötä haluatte siis käyttää vanhempieni kuolemaa tekosyynä tatuoinnille?"

Sam avasi suunsa, mutta sanat karkasivat häneltä.

PJ ja Arden olivat naama punaisena ja tuijottivat jalkakäytävää.

E-Z päästi heidät pälkähästä. "Sopii minulle."

Sam sulki suunsa, kun hän ja kaksi poikaa muodostivat puoliympyrän pyörätuolin ympärille.

"Lupaa minulle kuitenkin yksi asia - perhosia ei sallita."

"Hei, mitä teillä on perhosia vastaan?" Sam kysyi.

KAPPALE 4

LYHYESTI SANOTTUNA PJ JA Arden saivat vanhempansa suostuteltua heidät ottamaan tatuoinnit.

"Tulen ihan kohta", tatuoija sanoi ja vilkaisi heitä neljää. Peiliä vastapäätä seisoi lihaksikas miespuolinen asiakas, joka oli lisäämässä uutta tatuointia lukuisten tatuointien kokoelmaan. Tämä uusi oli hänen peukalonsa ja etusormensa välissä. "Oletko sinä Sam?" tatuointia tekevä mies kysyi.

Samin vatsa tuntui hieman pahalta, sillä hän oli lukenut, että käsi oli yksi kivuliaimmista paikoista tatuoitavaksi. "Kyllä, puhuin kanssasi puhelimessa. Tässä on veljenpoikani E-Z ja hänen ystävänsä PJ ja Arden."

"Te kaikki neljä haluatte tatuoinnit, tänään? Koska odotin teistä vain kahta."

"Anteeksi siitä. Voimme tarvittaessa siirtää aikataulua, tai voin teettää omani jonain toisena päivänä", Sam sanoi toiveikkaasti.

"Onneksi tyttäreni tulee pian auttamaan minua. Tervetuloa siis Tattoos-R-Usiin. Voit odottaa tuolla. Ota itsellesi lasi vettä. Siellä on myös esitteitä, joihin haluat ehkä tutustua. Ne voivat auttaa sinua päättämään, mihin haluat tatuoinnin. Jokaisella kehon alueella on oma kipukynnyksensä." Tatuoitava lihaksikas kaveri naurahti.

"Kiitos", Sam vastasi, kun he siirtyivät kohti odotustilaa. Kun hän oli istuutunut sohvalle, hänen pomppiva polvensa sai PJ:n ja Ardenin voimaan pahoin. He ylittivät huoneen ja vilkaisivat ilmoitustaulua. Rauhoittaakseen hermojaan Sam höpötteli. "Tarkistin heidät internetistä, he ovat olleet alalla kaksikymmentäviisi vuotta, ja se mies, jonka kanssa puhuimme, on omistaja. Heillä on erinomainen maine Better Business Bureau -järjestössä. Lisäksi heidän nettisivuillaan on paljon viiden tähden arvosteluja."

Kaikki katseet kääntyivät, kun goottipukeutuneeseen asuun pukeutunut näyttävä nainen astui sisään tiloihin. Hän oli kolmekymppinen ja piirteistä päätellen omistajan tytär. Hänellä oli tatuointeja jokaisessa paljaassa lihassa ja satunnaisia lävistyksiä kaikkialla muualla.

"Anteeksi, että olen myöhässä", hän sanoi ja kosketti isäänsä olkapäähän. Hän vilkaisi odotustilaa ja kuiskasi miehelle jotain. Hän hymyili hampaallisesti ja kääntyi kohti asiakkaita.

"Hei, olen Josie." Hän ojensi kätensä ja kätteli jokaista heistä. "Tuo tuolla on Rocky. Hän on omistaja ja minä olen hänen tyttärensä."

"Minä olen Sam, ja tässä on veljenpoikani E-Z ja hänen kaksi ystäväänsä, PJ ja Arden." "Minä olen Sam." Hän ennemmin kaatui kuin istui takaisin.

Josie meni hakemaan hänelle lasin vettä.

E-Z mietti, miten paljon lävistyksen hänen kielessään täytyi sattua, sitten hän sanoi sedälleen: "Ei sinun tarvitse".

"Kutsutko sinä minua kanaksi?" E-Z sanoi koko kehonsa täristen, kun Josie laittoi lasin hänen käteensä. Kun hän nosti sen huulilleen, hän läikytti vettä.

"Te olette tatuointineitsyitä, eikö niin?" Josie kysyi.

E-Z:n mielestä hänellä oli suloinen ääni, kuin Stevie Nicksillä, hänen isänsä suosikkilaulajalla Fleetwood Macista, joka lauloi noita Rhiannonista.

Heidän ei tarvinnut vastata, sillä heidän hiljaisuutensa kertoi kaiken.

"No, olet erinomaisissa käsissä Rockyn kanssa. Hän on kaupungin paras tatuoija. Se sattuu kaverit. Kyllä, se sattuu. Mutta se on sellaista kipua, josta John Cougar laulaa. Tiedäthän - sattuu niin hyvin."

Sam irvisteli. "Kuinka paljon se oikeasti sattuu?"

"Riippuu kipukynnyksestäsi - ja siitä, mistä päätät saada sitä. Tuolla on esite, jossa kartoitetaan kehon eri alueet ja annetaan kipuluokitus."

E-Z tunsi kasvojensa kuumenevan, ja hänen ystäviensä ihonväri muuttui samanlaiseksi. Hän vilkaisi Samin suuntaan ja pani merkille tämän ihonvärin, joka oli muuttunut vihertäväksi.

Josie jatkoi. "Ensimmäisen tatuoinnin jälkeen saatat alkaa pitää siitä ja haluta lisää."

Sam nousi seisomaan, hänen vartalonsa tärisi pelosta.

"Hän saattaa tarvita raitista ilmaa", E-Z sanoi ja ohjasi setänsä kohti ovea.

Kun Sam oli päässyt ulos, hän käveli jalkakäytävällä ylös ja alas, ja hänen sydämensä hakkasi kuin se olisi meinannut hypätä ulos hänen rinnastaan. "Kunpa minä polttaisin."

"Arvostan todella sitä, että tulit tänne kanssani, mutta rehellisesti sanottuna sinun ei tarvitse tehdä sitä. Tiedän, että teimme sopimuksen, ja haluan tehdä tämän - äitini ja isäni muistoksi - mutta et ole minulle mitään velkaa. Mennään kävelylle, ehkä kahville, ja lähetetään tekstiviesti, kun olemme lopettaneet, jooko?"."

"Sanoin, että olen tukenasi, aina. Minä olen nyt täällä sinua varten. Vihaan neuloja. Ja poria. Luulin pystyväni siihen, mutta nyt tajuan, että pelko on minua vahvempi. Olen niin nössö."

"Sinä olet aina ollut tukenani, setä. Sinun ei tarvitse todistaa sitä minulle, kenellekään, ottamalla tatuoinnin, jota et edes halua. Häivy nyt täältä. Soitan sinulle, kun olemme valmiit." Hän pyöräytti itsensä takaisin ramppia ylös, ja hänen ystävänsä kaatuivat jonossa hänen takanaan. Hän vilkaisi olkansa yli Samia. Miesparka oli jäykkä kuin patsas.

"Kyllä minä pärjään. Lähde nyt."

Sam nauroi. "Mutta ennen kuin lähden, sinun on parasta antaa minulle eilen kirjoittamani kirje, jotta voin lisätä siihen PJ:n ja Ardenin nimet. Koska ilman minun lupaani - kukaan teistä ei saa tatuointeja."

"Hyvä ajatus", E-Z sanoi ojentaessaan lapun eteenpäin. Nyt allekirjoitettuna se tuli takaisin ylös. Hän laittoi sen taskuunsa, ja he menivät sisälle, jossa Josie odotti.

"Okei, sinä olet seuraava. Jos aiot pissata housuihisi, näytän sinulle, missä vessa nyt on."

"Haista paska", E-Z sanoi pyöräyttäessään tuolinsa paikalleen.

✳✳✳

Rockyn viimeistellessä työtään tiskillä Josie ojensi E-Z:lle kirjan, jossa oli tatuointeja.

"Tiedän jo katsomatta. Haluaisin kyyhkysen siiven, molempiin olkapäihin." Siinä ne taas olivat, vihreät ja keltaiset valot. Hän olisi niin halunnut huitoa ne pois, mutta hän ei halunnut Josien pitävän häntä myös hulluna.

Josie selasi kirjaa. "Oliko sinulla mielessäsi nämä?"

Hän nyökkäsi ja katsoi sitten peilistä, kun Josie pesi kätensä ja puki sitten mustat hanskat käteensä. Hän otti mustekupit steriileistä pakkauksista ja asetti ne pöydälle.

"Onko sinulla lappua, vanhemmaltasi tai huoltajaltasi? Oletan, ettet ole vielä kahdeksantoista?"

E-Z hymyili ja ojensi hänelle lapun.

"Kaikki näyttää olevan kunnossa. Nyt tärkeämpiin asioihin. Onko sinulla karvainen selkä?" Hän hymyili. "Jos sinulla on, meidän on ensin puhdistettava ja ajettava se. Tarkoitan koko selkääsi."

"Ei todellakaan."

Hänen ystäviensä kikatuksen ääni odotustilasta sai hänetkin hymyilemään. Sillä välin Josie katosi takahuoneeseen, ja sieltä kuului musiikkia. Sekunnin ajan Another Brick in the Wall, sitten ei musiikkia.

"Hei, miksi teit noin?" hän kysyi.

"Inhoan kaikkea Pink Floydia." Hän jatkoi tavaroiden pystyttämistä.

"Et voi sanoa noin, ellet ole koskaan kuunnellut Dark Side of the Moonia."

"Kuuntelin, se oli paskaa", hän sanoi vetäessään miehen paidan pään yli. "Ai!"

POP.

POP.

Ja kaksi valoa katosi.

Rocky käveli hänen luokseen ja asettui hänen viereensä. "Mitä hittoa?"

"Mitä hittoa, todellakin", Josie sanoi.

Mikä toi PJ:n ja Ardenin tänne.

"En tajua, E-Z. Miksi valehtelisit?"

"Ei tietenkään valehtelisi - E-Z ei koskaan valehtele", Arden sanoi.

"MITÄ!?" E-Z kysyi yrittäen liikuttaa tuoliaan niin, että hän näki, mitä he näkivät. "Valehdella? Minkä suhteen? Kerro minulle, mitä ikinä se onkaan. Minä kestän sen."

Josie kysyi: "Miksi valehtelit, että olet tatuointineitsyt?"

✳✳✳

"**M**INä EN TEHNYT SITä!" E-Z änkytti, vailla aavistustakaan, mitä hän tarkoitti.

"Hetkinen", Arden sanoi. "Älä viitsi, kamu, jos valehtelit, sinulla täytyy olla hyvä syy."

"Jigi on loppu!" PJ sanoi. "Tosin hän ei olisi voinut saada niitä ilman aikuisen lupaa."

Rocky nappasi käsipeilin ja asetti sen niin, että E-Z näki, mitä he näkivät. Kaksi tatuointia, toinen hänen oikeassa olkapäässään ja toinen vasemmassa. Siivet.

"Mitä ihmettä?"

"Hän sanoi haluavansa siivet", Josie sanoi. "Luulin, että olit kiltti poika."

"Niin olenkin! Rehellisesti sanottuna minulla ei ole aavistustakaan, miten ne joutuivat sinne, eivätkä nämä ole sellaisia siipiä, joita halusin. Halusin kyyhkyn siivet. Nämä näyttävät enemmänkin enkelin siiviltä."

"Älä viitsi, kaveri", Rocky sanoi. "Nämä on tehnyt ammattilainen. Vähän aikaa sitten. Ja ne ovat muuten aivan poikkeukselliset enkelinsiivet. Onnitteluni sille, joka ne teki. Sano heille, että jos he joskus etsivät töitä, tulkaa käymään luonani."

"Vannon, etten ottanut tatuointeja. Tämä on ensimmäinen kerta, kun olen ollut tatuointipaikassa. Kysy sedältäni. Hän tukee minua. Hän tietää."

"Tässä ei ole mitään järkeä", Arden sanoi.

Rocky pudisti päätään. "Myönnä edes, poika."

"Haluatteko te kaksi tatuointeja?" Josie kysyi kädet lanteillaan.

"En", he vastasivat.

"Miehet ovat sellaisia valehtelijoita", Josie sanoi, kun he sulkivat oven takanaan.

"Ei se mitään, kulta, on muutenkin aika syödä päivällistä." Sitten hän laittoi SULJETTU-kyltin oveen.

✳✳✳

S AM PALASI JA NÄKI kolme poikaa odottamassa studion ulkopuolella. Heidän kehonkielensä oli outoa. Punapää PJ:llä oli kädet ristissä, kun taas oliivinvärisellä Ardenilla kädet olivat lanteilla. Samin veljenpoika oli sillä välin lähellä kyyneleitä.

"Luojan kiitos, Sam-setä, luojan kiitos, että olet palannut."

Hän ryntäsi lähemmäs. "Voi ei, oliko se kauhean kivuliasta? Se helpottaa muutamassa päivässä. Kyllä se siitä. Anna minun nyt katsoa." Hän vihelteli, kun hänen veljenpoikansa kumartui eteenpäin, jotta hän sai nostettua hänen paitansa. "Hitto, noiden on täytynyt sattua."

"Varmaan sattui", PJ sanoi.

"Kun hän sai ne ensimmäisen kerran."

"Ensin? Mitä?"

"Hänellä oli ne jo, kun nainen riisui hänen paitansa."

"Mutta emme saa selville, miten?"

"Mitä tarkoitat? Voin vakuuttaa, ettei hänellä ollut niitä eilen."

"Näetkö, minä sanoinhan, että Samuli-setä tukee minua." Jos he eivät uskoisi häntä, he uskoisivat hänen setäänsä, mutta miksi he uskoisivat, että hän valehtelisi? He tiesivät, ettei hän ollut valehtelija.

"Rockyn mukaan hänellä on ollut nämä jutut jo jonkin aikaa."

"Näetkö, miten ne ovat parantuneet?" PJ sanoi. "Rocky ja Josie olivat ärsyyntyneitä, ja heillä oli siihen täysi oikeus, koska E-Z vaikutti yhtä yllättyneeltä kuin mekin."

"Entä te kaksi", Sam kysyi, "miten tatuointinne sujuivat?"

"Päätimme olla jatkamatta", PJ sanoi.

"Se ei tuntunut oikealta."

Sam sanoi: "Kertokaa meille, mitä tapahtui. Selitä itsesi mies, koska en saa siitä selvää."

"En voi. Sam-setä, sinä tiedät, etteivät he olleet siellä eilen. Minulla ei ole selitystä. Haluan vain päästä kotiin." Hän lähti liikkeelle, iski tuolinsa pyöriä, nopeammin, nopeammin vielä nopeammin. Hän halusi pois, minne tahansa pois. Jos he eivät uskoneet häntä, niin hitot heistä.

Kun hän lähestyi kadun loppua, valot vaihtuivat vihreästä punaisiin. Pieni tyttö yksinään oli jo etenemisvauhdissa ylittämässä katua. Hän astui jalkakäytävältä, kun asuntoauto kiersi kulman. Hänen pyörätuolinsa nousi maasta ja ampaisi kohti tyttöä. Mies ojensi kätensä ja tarttui tyttöön. Juuri ajoissa pelastaakseen hänet menemästä ajoneuvon pyörien alle.

Pyörätuoli laskeutui takaisin maahan, ja mies kantoi hänet turvaan. Hänen edessään seisoi normaalia suurempi valkoinen joutsen. Se näytti hänelle peukaloa siivellään ja lensi sitten pois.

"Joutsen", pieni tyttö sanoi, kun hän katseli ympärilleen vanhempiensa perään.

E-Z käytti tilaisuutta hyväkseen sulautuakseen väkijoukkoon ja kadotakseen kulman taakse, sitten hän näpäytti pyöriensä kehiä kovemmin kuin koskaan ennen ja oli pian muutaman korttelin päässä.

"Näitkö tuon?" Arden huudahti pysähtyen kulman kohdalla. "Auts", hän sanoi, kun hänen takanaan ollut nainen törmäsi häneen. "Auts" hän kuuli takanaan, kun muut hänen takanaan olevat jalankulkijat törmäsivät.

PJ piti pintansa, kun takana oleva mies törmäsi häneen. Ardenille hän sanoi: "Joo, minä näin sen... mutta en ole varma, mitä näin. Tatuoidut siivet olivat yksi asia, tämä oli... mitä? Ihme?"

"Se oli optinen harha", Sam sanoi, kun hänen puhelimensa värähteli. Se oli viesti E-Z:ltä, jossa häntä pyydettiin hakemaan hänet mahdollisimman pian rautakaupan parkkipaikan läheltä. "E-Z tarvitsee minua, pystyttekö te kaksi pääsemään takaisin kotiin?"

"Toki, ei mitään ongelmaa, Sam."

"Toivottavasti hän on kunnossa."

Sam teki tiensä takaisin autolle yrittäen pitää päänsä kylmänä, kun hän yritti logisoida, mitä oli juuri tapahtunut.

Kumpikaan pojista ei halunnut puhua siitä, mitä he olivat nähneet - E-Z:n pyörätuoli lennossa.

"Näittekö te tuon?" toiset kuiskivat heidän takanaan, kun väkijoukko oli kerääntynyt.

"Olisipa minulla ollut puhelin valmiina", eräs nainen sanoi.

Toinen nainen, jolla oli mikrofoni ja kamera, työntyi eteen. Kun valot vaihtuivat, hän ylitti tien, ja häntä seurasi itkevä pariskunta - pienten tyttöjen vanhemmat. Heidän takanaan oli asuntoauton kuljettaja.

"Luojan kiitos, että olitte paikalla", hän huusi. "En nähnyt häntä. Olet sankaripoika. Kiitos."

"Äiti!" lapsi huusi, kun äiti veti hänet syliinsä. Äiti ja hänen miehensä halasivat häntä tiukasti, kun toimittaja siirtyi paikalle ja kuvaaja kuvasi hetken.

Lähistöllä nyyhkytti mies, joka oli melkein törmännyt häneen. Toimittaja ja kuvaaja puhuivat hänen kanssaan. "Hän pelasti hänet, hänet ja minut. Poika, poika pyörätuolissa."

He yrittivät löytää häntä, mutta hän oli kadonnut. Hän piileskeli kuin rikollinen. Odotti, että Setä Samuli tulisi pelastamaan hänet. Yritti ymmärtää, mitä oli tapahtunut. Yritti olla sekoamatta.

Takaisin tapahtumapaikalla kaksi valoa, yksi vihreä ja yksi keltainen, pyyhki kaikkien lähistöllä olevien mielet. Sitten ne tuhosivat kaiken nauhoitetun materiaalin.

"Mitä me teemme täällä?" toimittaja kysyi.

"Ei aavistustakaan", kameramies vastasi.

Kotimatkalla E-Z tunsi itsensä tavallaan, tavallaan sankariksi. Mutta hän tiesi, että todellinen sankari oli tuoli; hänen pyörätuolinsa, joka oli lähtenyt lentoon.

E-Z Dickens oli tatuointienkeli.

✳✳✳

"MINä LENSIN SETä SAMULIA. Minä todella lensin."

Sam ajoi pihatielle ja pysäköi.

"Sinähän näit sen? Näit minun pelastavan sen pikkutytön. En olisi ehtinyt ajoissa, ja pyörätuolini tiesi sen, nousi maasta ja kiihdytti kohti tyttöä."

"Kyllä, minä näin sen. Se oli poikkeuksellista. Tarkoitan sitä, miten pelastit sen pikkutytön vahingolta, mahdollisesti kuolemalta. Mutta tuolisi ei noussut ylös. Se oli vauhtia, joka vei sinua eteenpäin. Adrenaliinipöhinän ja sen takia, miten nopeasti sinun piti liikkua päästessäsi sinne, tuntui varmaan siltä kuin olisit lentänyt - mutta et lentänyt."

"Minä lensin. Tuoli lähti maasta."

"E-Z tule. Sinä tiedät ja minä tiedän, että et lentänyt. Sinun täytyy tietää se. Tarkoitan, mitä luulet olevasi? Helvetin enkeli?"

Sam nousi autosta, veti pyörätuolin takakontista ja tuli auttamaan veljenpoikaansa siihen. Samalla E-Z:n oikea olkapää raapaisi oven reunaa vasten, ja hän huusi kivusta.

"Vettä!" hän huusi. "Tuntuu kuin olisin syttymässä tuleen."

Sam juoksi keittiöön ja palasi takaisin vesipullon kanssa.

E-Z kaatoi sen olkapäälleen. Se helpotti hieman, sitten hänen toinen olkapäänsä tuntui kuin se olisi ollut tulessa. Hän kaatoi loput pullosta sen päälle. Sam työnsi hänet sisälle taloon, samalla kun E-Z yritti repiä hänen paitansa pois. Sam auttoi häntä vetämään sen pään yli.

"Voi ei!" Sam huusi peittäen nenänsä. Hänen veljenpoikansa lapaluut näyttivät nyt hiiltyneeltä grillilihalta ja haisivat siltä. Hän kiirehti keittiöön hakemaan lisää vettä.

Matkalla E-Z huusi ja jatkoi huutamista, kunnes hän menetti tajuntansa.

KAPPALE 5

O LI PIMEää, JA HÄN oli aivan yksin, ja vain kuun varjo levisi hänen yläpuolellaan taivaalla.

Hänen kätensä olivat ristissä rintakehän päällä, aivan kuin hän oli nähnyt ruumiita aseteltuna avoimen arkun hautajaisissa. Hän ravisteli niitä. Nyt rentoutuneena hän laski ne pyörätuolinsa käsinojalle vain huomatakseen, ettei hän ollutkaan siinä. Hän pelkäsi kaatuvansa ja löi kätensä uudelleen ristiin rintakehänsä päälle. Mutta odottakaa, hän ei kaatunut, kun hän avasi kätensä - hän teki sen uudelleen ja pysyi pystyssä.

E-Z piti toista kättään tiukasti rintaansa vasten, kun taas toinen, hänen oikea kätensä, ojensi kätensä niin pitkälle kuin mahdollista. Hänen sormenpäänsä koskettivat jotain viileää ja metallista. Vasemmalla kädellään hän teki samoin ja löysi jälleen metallia. Hän kumartui eteenpäin ja kosketti seinää edessään ja teki saman takanaan. Kun hän liikkui ympäriinsä, hänen allaan oleva istuin liikkui, ja se antoi ja otti kuin jousitusjärjestelmä. Tämä järjestelmä piti hänet pystyssä, vai oliko?

PFFT.

Sumun ääni, joka nousi ilmaan. Lämmin, se tehosti hänen hajuaistiaan ja kylvetti hänet laventelin ja sitrushedelmien kimppuun.

Hän vaipui syvään uneen, jossa hän näki unia, jotka eivät olleet unia, sillä ne olivat muistoja. Onnettomuus - se tapahtui uudelleen - silmukoiden. Hän heitti päänsä taaksepäin ja ulvoi.

"Hetkinen, olkaa hyvä", naisen ääni sanoi.

Se oli robottiääni, jollaisen kuulee nauhalta, kun ihminen ei ole paikalla.

Hän pelkäsi liikaa nukahtaakseen uudelleen ja kysyi: "Kuka siellä on? Olkaa hyvä. Missä minä olen?"

"Sinä olet täällä", ääni sanoi ja kikatti sitten. Nauru kajahti siilon kaltaisesta säiliöstä ja kolahti hänen korviinsa, kun se tuli ja meni.

Kun se loppui, hän päätti murtautua ulos. Käyttäen kaikki voimansa hän ojensi kätensä ja ponnisti. Se tuntui hyvältä. Tehdä jotain, mitä tahansa - aluksi - kunnes klaustrofobia sai yliotteen.

PFFT.

Suihku, lähempänä tällä kertaa, meni suoraan hänen silmiinsä. Sitruunahappo kirveli, ja kyyneleet valuivat kuin hän olisi pilkkonut sipulia, ja hän nousi ylös.

Hetkinen...

Hän kaatui taas. Hän väänsi varpaitaan. Hän teki sen uudelleen. Hän ojensi oikean jalkansa. Sitten vasen jalka. Ne toimivat. Hänen jalkansa toimivat. Hän nosti itsensä...

Ääni, miespuolinen tällä kertaa, sanoi: "Pysykää istumassa."

Hän puristi itseään oikeaan reiteen ja sitten vasempaan. Kuka olisi uskonut, että pari nipistystä voi tuntua näin hyvältä?   Kukaan ei voinut pysäyttää häntä. Kunhan hän vielä pystyi käyttämään jalkojaan, hän nousisi taas seisomaan.

Hänen yläpuoleltaan kuului ääni, kuin hissin liike. Ääni voimistui. Hän katsoi ylös. Siilon katto oli tulossa alas. Se kasvoi ja kasvoi. Lopulta se pysähtyi kokonaan.

"Istuutukaa", miesääni vaati.

E-Z nosti itsensä ylös, mutta katto painui alaspäin - kunnes hän ei enää pystynyt seisomaan. Hän istui kärsivällisesti odottaen, että se vetäytyisi sisään kuin hissi, joka nousee ylöspäin - mutta se ei liikkunut.

PFFT.

"Päästä minut ulos!"

"Lisää laudanumia", naisen ääni sanoi.

Seinät pysähtyivät ja ruiskuttivat sitten ulos ylipitkän annoksen.

PPPFFFTTT.

Se oli viimeinen ääni, jonka hän kuuli.

✳✳✳

TAKAISIN SÄNGYSSÄÄN - MIETTIEN, oliko hän menettänyt järkensä ja kuvitellut, että koko siilotapahtuma oli E-Z. Se tuntui todelliselta, se haisi todelliselta. Ja ne kaksi ääntä - mikseivät ne näyttäytyneet? Hän raapi päätään ja näki kaksi valoa silmiensä edessä. Kuten ennenkin, toinen oli vihreä ja toinen keltainen.

"Haloo?" hän kuiskasi, kun hyttysten vitsauksen kaltainen korkea vinkuna hyökkäsi hänen kimppuunsa. Hän laukaisi oikean kätensä taaksepäin ja iski voimakkaan iskun. Mutta ennen kuin se osui, hän jähmettyi, käsi ilmassa. Hänen silmänsä hämärtyivät kuin hypnotisoidulla kanalla.

POP.

POP.

Valot muuttuivat kahdeksi olennoksi. Kumpikin työnsi olkapäätä, ja E-Z putosi tyynylle, jossa hän sulki silmänsä ja nukkui.

"Meidän pitäisi tehdä se nyt, beep-beep", entinen keltainen valo sanoi.

"Varmistetaan ensin, että hän nukkuu, zoom-zoom", entinen vihreä valo sanoi.

"Okei, ryhdytään hommiin, piip-piip."

"Onko meillä hänen suostumuksensa, zoom-zoom?"

"Hän sanoi suostuvansa, mutta hän ei muista. Pelkään, ettei se ole sitova sopimus. Se voi olla vain osittainen, ja tiedät-kyllä-kuka vihaa osittaisia. Puhumattakaan siitä, että ihmisen osittaisosat jäisivät kiinni beep-beepin välissä."

"Niin, pidän hänestä liikaa antaakseni hänen tulla betwixt and betweener zoom-zoom." "Niin, pidän hänestä liikaa antaakseni hänen tulla betwixt and betweener zoom-zoom."

"Tykkäämisellä ei ole mitään tekemistä asian kanssa. Älä unohda, mitä joutsenelle tapahtui. Puhumattakaan - miksi ihmiset sanovat, mitä ei pidä mainita, ennen kuin he mainitsevat sen, mitä eivät halua sanoa?" Odottamatta vastausta. "Olisimme pulassa ja tiedät-kyllä-kuka olisi hyvin vihainen beep-beep."

"Mutta ihmisellä on jo tatuoidut siivet. Oikeudenkäynnit eivät ala, ennen kuin kohde on suostunut." Hän napsautti sormiaan ja kirja ilmestyi. Hän räpytteli siipiään luoden tuulahduksen, joka käänsi sivuja. "Katso, tässä sanotaan, että siivet asennetaan vasta sen jälkeen, kun koehenkilö on hyväksynyt. Kun hän siis suostui, se taisi sinetöidä sopimuksen." "Zoom-zoom." Hän nosti kätensä, ja kirja lensi ylöspäin, aivan kuin se olisi osunut kattoon, mutta sen sijaan se katosi sen läpi.

Ne lensivät, yksi laskeutui E-Z:n olkapäälle ja toinen hänen päähänsä.

"En tehnyt sitä", hän sanoi avaamatta silmiään.

"Nuku lisää, Zoom-Zoom", hän sanoi koskettelemalla miehen silmiä.

"Shhhh, beep-beep."

"Äiti tule takaisin. Ole kiltti ja tule takaisin!"

"Hän on hyvin levoton, zoom-zoom."

"Hän näkee unta, beep-beep."

E-Z avasi suunsa ja kuorsasi kuin norsunpoikanen. Tuuli piti ne ilmassa - ei tarvinnut räpytellä siipiä. Ne kikattivat, kunnes E-Z sulki suunsa. Lähettäen ne vapaaseen pudotukseen. Räpyttelemällä raivokkaasti ne toipuivat nopeasti.

"Voi ei, hän kiristää hampaitaan, piip-piip."

"Ihmisillä on outoja tapoja, zoom-zoom."

"Tämä ihmislapsi on kokenut tarpeeksi. Antamalla nämä oikeudet, hän tuntee vähemmän kipua, beep-beep."

Ensimmäinen olento lensi E-Z:n rinnalle ja laskeutui, leuka eteenpäin työntyneenä ja kädet lanteilla. Olento kääntyi kerran, myötäpäivään. Pyörähti nopeammin, ja sen siipien lepatuksesta kuului laulu. Laulu oli matalaa voihkimista. Surullinen laulu menneisyydestä juhlistamassa elämää, jota ei enää ollut. Olento nojautui taaksepäin, pää lepäsi E-Z:n rintaa vasten. Pyöriminen pysähtyi, mutta laulu jatkui.

Toinen olento liittyi mukaan ja teki saman rituaalin, mutta pyöri vastapäivään. Ne loivat uuden laulun, josta puuttuivat piip-piipit ja zoom-zoomit. Sillä kun ne lauloivat, onomatopoeiaa ei tarvittu. Ihmisten kanssa käytävässä arkikeskustelussa sitä tarvittiin. Tämä laulu peitti toisen ja siitä tuli iloinen, korkealta soiva juhla. Oodi tuleville asioille, vielä elämättömän elämän oodiksi. Laulu tulevaisuudelle.

Niiden kultaisista silmäkuopista purkautui timanttituhkaa. Ne kääntyivät täydellisessä synkronissa. Timanttipöly roiskui niiden silmistä E-Z:n nukkuvalle ruumiille. Vaihto jatkui, kunnes se peitti hänet timanttipölyllä päästä varpaisiin.

Teini nukkui edelleen sikeästi. Kunnes timanttipöly lävisti hänen lihansa - silloin hän avasi suunsa huutaakseen, mutta ääntä ei kuulunut.

"Hän herää, piip-piip." "Hän herää, piip-piip."

"Nosta hänet ylös, zoom-zoom."

Yhdessä he nostivat hänet ylös, kun hän avasi lasittuneet silmänsä.

"Nukkukaa lisää, beep-beep." "Nukkukaa lisää, beep-beep."

"Älä tunne kipua, zoom-zoom."

Hänen kehoaan syleillen nämä kaksi olentoa ottivat hänen tuskansa itseensä.

"Nouse ylös, beep-beep", hän käski.

Ja pyörätuoli, nousi ylös. Se asettui E-Z:n kehon alle ja odotti. Kun veripisara laskeutui, tuoli otti sen kiinni. Imeytti sen. Kulutti sen - kuin se olisi ollut elävä olento.

Kun tuolin voima kasvoi, se myös vahvistui. Pian tuoli pystyi pitämään isäntänsä ilmassa. Näin kaksi olentoa saattoivat suorittaa tehtävänsä. Heidän tehtävänsä yhdistää tuoli ja ihminen. Heidät sidottiin ikuisiksi ajoiksi timanttipölyn, veren ja kivun voimalla.

Kun teini-ikäisen keho tärisi, pistohaavat hänen ihossaan paranivat. Tehtävä oli suoritettu. Timanttipöly oli osa hänen olemustaan. Näin musiikki pysähtyi.

"Se on tehty. Nyt hän on luodinkestävä. Ja hänellä on supervoima, beep-beep."

"Niin, ja se on hyvä, zoom-zoom."

Pyörätuoli palasi lattialle ja teini sänkyynsä.

"Hänellä ei ole siitä mitään muistikuvaa, mutta hänen oikeat siipensä alkavat toimia hyvin pian, beep-beep."

"Entä muut sivuvaikutukset? Milloin ne alkavat, ja ovatko ne havaittavissa zoom-zoom?"

"Sitä en tiedä. Hänellä voi olla fyysisiä muutoksia... se on riski, joka kannattaa ottaa kivun vähentämiseksi, beep-beep."

"Samaa mieltä, zoom-zoom."

Uupuneina kaksi olentoa kyyhöttivät E-Z:n rinnalle ja nukahtivat. Tietämättä, että ne olivat siellä, kun hän venytteli aamulla - ne putosivat lattialle.

"Hups, anteeksi", hän sanoi siivekkäille olennoille ennen kuin kääntyi ympäri ja nukahti uudelleen.

✳✳✳

"**O**letko hereillä?" Sam kysyi ennen kuin avasi oven hiukan. Hänen veljenpoikansa kuorsasi, mutta hänen tuolinsa ei ollut siellä, minne hän oli sen jättänyt auttaessaan hänet sänkyyn. Hän kohautti olkapäitään ja palasi huoneeseensa, jossa hän luki muutaman luvun David Copperfieldiä. Tuntia myöhemmin hän palasi veljenpoikansa huoneeseen.

"Kop, kop."

"Huomenta", E-Z sanoi.

"Sopiiko, että tulen sisään?"

"Toki."

"Nukuitko hyvin?"

"Luulen niin." Hän venytteli ja nojautui sitten päätyyn.

"Miten tuolisi päätyi tänne? Luulin pysäköineeni sen seinää vasten."

Hän kohautti olkapäitään.

"Ja katso käsinojia - oletko maalannut ne?"

Hän kumartui, näki punaisen sävyn ja kohautti taas olkapäitään. "Mitä minulle tapahtui?"

"Sinä pyörryit. En ymmärrä, miksi. Sanoit, että tuntui kuin olkapääsi olisivat olleet tulessa. Etsin netistä kuvauksesi perusteella, ja esiin tuli homeopaattinen lääke. Uskomatonta, mitä kaikkea sieltä löytyy. Sekoitin suihkepulloon laventeliöljyä veden ja aloen kanssa ja pumppasin sitä suoraan ihollesi. Sanoivat, että se antaisi välitöntä helpotusta. He eivät vitsailleet, koska rentoutuit ja nukahdit."

"Kiitos, oloni on nyt paljon parempi." Hän yritti nousta sängystä, mutta zzzzzit lensivät hänen päässään kuin hän olisi Wile E. Coyote. "Taidan jäädä vielä hetkeksi sänkyyn."

"Hyvä ajatus. Voinko tuoda sinulle jotain?"

"Ehkä paahtoleipää? Mansikkahillolla?"

"Totta kai, poika." Hän poistui huoneesta ja sanoi palaavansa pian. Kun hän palasi ruokaa tarjottimella tuodessaan, veljenpoika yritti syödä, mutta ei pystynyt pidättelemään mitään.

"Ehkä vain vettä."

Sam toi pullon, josta E-Z yritti juoda, vaikkei pystynytkään pitämään sitä sisällään.

"Taidan jatkaa lepäämistä." Hänen silmänsä pysyivät auki, tuijottaen eteenpäin tyhjää. "Mitä kello on?"

"Kello on viisi aamulla, ja tänään on lauantai. Olet ollut tajuttomana lähes kaksitoista tuntia. Säikäytit minut."

Yhteys, laventeli molemmissa paikoissa, tuntui E-Z:stä oudolta. Oliko hän kokenut tosielämän ristitulon? Se oli liian suuri sattuma, jos siilo oli todella olemassa. Vai oliko se ollut unta? Enemmänkin painajainen. Mutta hänen jalkansa kyllä toimivat tuon metallisäiliön sisällä. Hän palaisi hetken päästä takaisin - ehkä ottaisi minkä tahansa riskin - saadakseen jalkansa taas käyttöönsä.

"E-Z?"

"Öh, mitä? Minä. Rehellisesti sanottuna, luulen, että haluaisin sulkea silmäni ja levätä vielä vähän."

Sam poistui huoneesta ja sulki oven takanaan.

E-Z ajelehti tajuissaan, samalla kun onnettomuus soi silmukassa. Valkoiset siivet yllään, Stevie Nicks säesti soundtrackilla. Samalla taustalla kaksi valoa - yksi vihreä ja yksi keltainen - pomppi ylös ja alas.

$$***$$

S EURAAVIEN PäIVIEN AIKANA HäN yritti koota palasia yhteen mielessään laatimalla luettelon yhteisistä piirteistä:

Valkoiset siivet - valkoiset siivet tatuoituna hänen hartioihinsa. Stevie Nicksillä oli unessa valkoiset siivet.

Laventeli - Sam-setä käytti laventelia ja aloeta lievittämään palovammoja. Siilossa laventeli suihkutteli ilmaa rauhoittaakseen häntä.

Keltaiset ja vihreät valot. Hän näki niitä onnettomuuden jälkeen ja huoneessaan.

Pyörätuoli - oli lentänyt, jotta hän voisi pelastaa pikkutytön. Kun hän oli kiinniottaja, hänen takapuolensa oli lähtenyt tuolista, jotta hän voisi ottaa pallon kiinni.

Käsinojat - olivat nyt punaiset. Ei vastaavia tapauksia. Ei selitystä.

Palava tunne olkapäissä / olkapäihin ilmestyneet tatuoinnit. Ei selitystä.

Hän ei enää uskonut jumalaan, ei onnettomuuden jälkeen. Mikään jumala ei antaisi puun murskata hänen vanhempiaan. He olivat hyviä ihmisiä, eivät koskaan satuttaneet ketään. Se, mitä hänen jaloilleen tapahtui, oli toisarvoista. Mikä tahansa jumala, joka olisi ollut minkään arvoinen, olisi kurottautunut ja pysäyttänyt sen ennen kuin se tapahtui.

Paitsi jos jumala oli olemassa, hän oli lounaalla. Aivan.

Hänen kehossaan tapahtui muutoksia, ja hän halusi vastauksia. Syvällä sisimmässään hän tiesi, että ainoa keino saada niitä oli palata siihen kirottuun siiloon - jos se oli olemassa.

KAPPALE 6

SEURAAVANA AAMUNA E-Z LEIJUI ilmassa sänkynsä yläpuolella, koska hänelle oli kasvanut siivet. Matkalla katsomaan uusia lisäosiaan vaatekaapin peilistä hän melkein törmäsi seinään.

"Onko kaikki kunnossa?" Sam huusi viereisestä huoneestaan.

"Kyllä", hän vastasi, liitäen sivuttain ja ihaillen uutta lentokykyään.

Höyhenpeitteiset siivet kiehtoivat häntä. Erityisesti se, miten ne työnsivät häntä eteenpäin, ikään kuin ne olisivat yhtä hänen ruumiinsa kanssa. Tuntien itsensä enemmän linnuksi kuin enkeliksi, hän yritti muistaa koulussa oppimansa ornitologian. Hän tiesi, että useimmilla linnuilla oli ensisijaisia höyheniä, mahdollisesti kymmenen. Ilman ensisijaisia höyheniä ne eivät pystyneet lentämään. Hänen siivissään oli yli kymmenen ensisijaista höyhentä ja myös enemmän toissijaisia höyheniä. Hän yritti kääntyä vasemmalle, sitten oikealle, testaten ohjattavuuttaan. Painottomana hän liikkui ympäri huonettaan. Leijui pyörätuolin yläpuolella – jota hän ei enää tarvinnut. Näillä siivillä hän voisi lentää ympäri maailmaa. Laittoi kätensä lanteilleen, kuten Superman, ja suuntasi itsensä oven suuntaan. Hän saapui sinne, kun Sam avasi oven.

"Sä säikäytit mut puolikuoliaaksi!" Sam sanoi, melkein hyppäämällä ilmaan.

Yllättynyt teini yritti hallita tilannetta. Hän muutti suuntaa aikomuksenaan mennä sänkyyn. Siirtyminen ei kuitenkaan ollut niin helppoa kuin hän oli toivonut, ja hän putosi vapaapudotuksessa.

Sam juoksi pyörätuolin luo ja liikutti sitä edestakaisin pitääkseen sen veljenpoikansa alla.

E-Z toipui ja nousi jälleen ilmaan.

"Tule heti alas!" Sam huusi ja heilutti nyrkkejään ilmassa.

E-Z lensi sänkyä kohti ja laskeutui turvallisesti. Hänen siipensä sulkeutuivat kuin musiikiton harmonikka. "Se oli tosi hauskaa. En malta odottaa, että pääsen lentämään kouluun."

Sam kaatui veljenpoikansa tuoliin. "Mitä tuo oli? Luuletko todella, että voisit lentää noilla kouluun? Sinusta tulisi naurunalainen."

"He tottuisivat siihen, ja sen sijaan, että kutsuisivat minua puupojaksi – raajariksi, he voisivat kutsua minua lentopojaksi. Kyllä, pidän siitä."

"Mitä minä näin, se oli taitamaton yritys. Ja lentopoika kuulostaa naurettavalta."

"Se oli ensimmäinen yritykseni. Opin vielä sen salat."

Sam pudisti päätään, kun uteliaisuus voitti ja hänen tunteensa pakenivat. "Voinko katsoa lähempää?" hän kysyi. "Siis ilman, että sinä lähdet lentoon?" hän kysyi noustessaan seisomaan, kun E-Z kääntyi häntä kohti. "Ne ovat poissa. Täysin. Tarkoitan tatuointeja. Ne on korvattu oikeilla siivillä – ja sinä voit lentää. Voi pojat!" Hän istui alas ennen kuin kaatui.

"Heräsin, siivet ilmestyivät ja seuraavaksi huomasin lentäväni."

"Se on taikuutta. Sen täytyy olla. Tai ehkä me näemme unta, sinä olet minun unessani tai minä olen sinun unessasi ja pian heräämme ja..." Sam yritti pysyä rauhallisena veljenpoikansa vuoksi, mutta sisimmässään hänen sydämensä takoi.

"Se ei ole unta."

"Miten ne ilmestyivät? Piti sinun sanoa jotain? Siis, onko olemassa taikasanoja, joita pitää sanoa?"

"En muista sanoneeni mitään. Voisin kai kuitenkin kokeilla." Hän mietti hetken ja otti Rodinin Ajattelijan asennon. "Odota hetki, annan jotain kokeilla." Hän heilutti ilmaa kuin taikasauvalla: "Autem!"

"Milloin opit latinaa?"

"Duolingo, ilmainen sovellus puhelimellani."

"Minäkin, opiskelen ranskaa. Kokeile en haut."

"En haut!" Edelleen ei mitään. "Nosta minut ylös! Qui exaltas me!" Ärsyyntyneenä hän ristitti kätensä. "Onneksi tulit sisään ja näit minut lentämässä, muuten et uskoisi minua!" Hän mietti, mitä PJ ja Arden puuhasivat – hän ei ollut nähnyt heitä päiväkausiin. Seuraavaksi hän huomasi, että hänen siipensä avautuivat ja hän leijui sängynsä yläpuolella.

"Ro-ro", Sam sanoi, kun siivet sulkeutuivat ja E-Z putosi lattialle.

"Se olisi ollut hyvä hetki napata tuolini."

Sam hymyili. "Helpommin sanottu kuin tehty. Anteeksi. Oletko kunnossa?"

" En ole loukkaantunut. Fyysisesti siis, mutta henkisesti, kuka tietää?" Hän nauroi. "Voisitko auttaa minut tuoliini?"

Sam nosti hänet ylös ja asetti hänet turvallisesti tuoliin. Kun hän nojautui taaksepäin, siivet eivät vetäytyneet kokonaan, vaan ponnahtivat takaisin täyteen voimaan. E-Z nousi ilmaan ja leijaili ympäriinsä kuin Tinkerbell.

"No niin, niin se siis on", Sam sanoi.

"Minun täytyy oppia käyttämään sitä – en tiedä miksi – mutta..."

"No, kun olet valmis, tule alas, niin mennään aamiaiselle. Otan kannettavan tietokoneeni mukaan, niin voimme tehdä vähän tutkimusta."

"Uh, se on fiksu idea. Voisimme mennä Ann's Cafeen. Ja minä tulisin alas – jos voisin." Siivet vetäytyivät, kun E-Z oli suoraan pyörätuolinsa yläpuolella. "Sitä minä kutsun palveluksi", hän sanoi laskeutuessaan varovasti tuoliin.

He juttelivat, kun hän pukeutui. Sitten E-Z meni kylpyhuoneeseen, kun Sam valmistautui.

Kun he lähtivät talosta kohti Ann's Cafea, E-Z oli kahden vaiheilla. Ensinnäkin hän kaipasi sinne menemistä ja toiseksi "en ole käynyt siellä aikoihin. En sen jälkeen, kun..."

"Tiedän, poika. Oletko varma, ettei ole liian aikaista?"

Aamiainen Ann's Caféssa oli ollut hänen perheensä perinne. Sen lisäksi, että se avasi jo klo 6 aamulla, se oli kävelymatkan päässä. Sisällä oli yksityisiä koppeja, jotka oli verhoiltu keinonahalla ja punaisilla ruudullisilla pöytäliinoilla. Hänen isänsä sanoi aina, että paikalla oli "far out" -teema. Jukeboksista soi 60-luvun musiikkia – ne oli viritetty niin, että asiakkaiden ei tarvinnut maksaa. Seinät olivat täynnä Marilyn Monroen, James Deanin ja Marlon Brandon julisteita. Ruokalista oli valtava, ja se sisälsi kaikkea klubileivistä juustohampurilaisiin ja fondue-ruokiin. Hänen henkilökohtaiset suosikkinsa olivat kuitenkin erityisen paksut pirtelöt ja omenapannukakut.

Heti kun omistaja Ann näki heidät, hän tuli heti heidän luokseen. "Olen kaivannut sinua." Hän heitti kätensä hänen ympärilleen.

"Tämä on setäni Sam, Ann." He kättelivät. "Kiitos muuten kortista ja kukista, se oli hyvin huomaavaista."

Hänen silmänsä täyttyivät kyynelistä. "No, tule tänne. Minulla on teille täydellinen pöytä."

Se oli rauhallisessa nurkassa, joten hänen ei tarvinnut huolehtia siitä, että hänen tuolinsa olisi keittiöhenkilökunnan tai muiden asiakkaiden tiellä.

"Laitan heti tavallisen annoksesi. Tiedätkö jo, mitä haluat, Sam, vai tulenko takaisin?"

"Mitä sinä otat?"

"Omenapannukakkuja a la mode. Ne ovat maailman parhaita, ja Ann tuo aina ylimääräistä siirappia ja kanelia."

"Kuulostaa hyvältä, mutta taidan valita tylsän pekonin ja munat, lisukkeena sieniä."

"Selvä", Ann sanoi. "Haluatko suklaapirtelön?" Hän nyökkäsi. "Kahvia, Sam?" 'Mustana', hän vastasi. "Ja kiitos, että otit minut niin lämpimästi vastaan."

"Kaikki E-Z:n sedät ovat tervetulleita tänne."

Kun Ann oli mennyt hakemaan juomat, hän suolsi: "Sam-setä, luulen, että minusta on tulossa enkeli."

"Sinun pitäisi ensin kuolla", hän sanoi, kun Ann asetti juomat pöydälle ja palasi keittiöön.

"Ehkä minä kuolin, siinä auto-onnettomuudessa. Muutamaksi minuutiksi. Kuka tietää, kuinka kauan kestää tulla enkeliksi? Elokuvissa, jos pääset taivaan portille, iso mies voi muuttaa tilanteen ja lähettää sinut takaisin tänne. Siis jos uskot sellaisiin asioihin – mitä minä en usko."

"En minäkään. Enkeleitä ei ole olemassa. Eikä paholaisia. Paitsi meidän jokaisen sisällä. Tarkoitan, että meissä kaikissa on hyvää ja meissä kaikissa on pahaa. Se tekee meistä ihmisiä. Mitä kuolemaan tulee, he olisivat kertoneet minulle, jos he olisivat joutuneet elvyttämään sinua. He eivät sanoneet mitään sellaista."

"Miten sitten selität tatuointien äkillisen ilmestymisen ja sen, että ne ovat nyt muuttuneet oikeiksi siiviksi? Eilen minulla ei ollut niitä. Mitä siis tapahtui eilen ja tänään? Mikään ei oikeuta uusien lisäosien kasvua."

"Ei mitään, mitä sinä voisit keksiä", Sam sanoi. Hän nauroi.

E-Z pisteli pannukakkua ja tunki sen suuhunsa, antaen siirapin valua leukaansa pitkin. Ann vetäytyi syrjään.

"No, et ainakaan näytä kovin enkelimäiseltä tällä hetkellä", Sam sanoi ja otti haarukalla munakasta. "Mm, nämä ovat todella hyviä." Muutaman suupalan jälkeen hän otti salkustaan esiin kannettavan tietokoneensa. Hän käynnisti sen ja kirjoitti hakusanan "define angel" (määritä enkeli). Hän käänsi näytön niin, että he pystyivät lukemaan tietoja syödessään.

"Sanansaattaja, erityisesti Jumalan", Sam luki, "henkilö, joka suorittaa Jumalan tehtävää tai toimii kuin Jumalan lähettämä."

"Toimii kuin", E-Z toisti ja tunki lisää pannukakkuja suuhunsa.

Sam luki: "Epävirallinen henkilö, erityisesti nainen, joka on ystävällinen, puhdas tai kaunis. Olet melko kaunis, blondilla hiuksillasi ja sinisillä silmilläsi."

"Suu kiinni."

"Perinteinen esitys", hän keskeytti. "Mistä tahansa näistä olentoista, jotka on kuvattu ihmisen muodossa siivillä." Sam otti toisen siemauksen kahvia, juuri kun Ann täytti hänen kupin.

"Te saatte vatsavaivoja, kun luette ja syötte samaan aikaan."

E-Z nauroi.

Sam sanoi: "Ei, olen IT-alalla, joten olen aika hyvä moniajoissa."

Ann naurahti ja käveli pois.

"Mitä he tarkoittavat 'näillä olennoilla'?" E-Z kysyi.

"Siinä sanotaan, että keskiaikaisessa enkelologiassa enkelit jaettiin luokkiin. Yhdeksän luokkaa: serafit, kerubit, valtaistuimet, hallitsijat (tunnetaan myös nimellä dominionit)", hän keskeytti, otti kulauksen vettä. Sitten hän jatkoi: "Hyveet, ruhtinaskunnat (tunnetaan myös nimellä princedoms), arkkienkelit ja enkelit."

"Vau! Yritäpä sanoa ne kymmenen kertaa nopeasti." Hän hymyili. "En tiennytkään, että on niin monenlaisia enkeleitä."

"En minäkään. Tämä ruoka on niin hyvää, että mietin jatkuvasti, näemmekö me unta."

"Tarkoitatko, että toivot meidän näkevän unta – ja että siipeni katoaisivat?"

"Ne voisivat kadota yhtä nopeasti kuin tulivatkin." Hän siirsi kannettavan tietokoneen lähemmäksi ja kirjoitti hakukenttään "Ihmiselle kasvaa enkelinsiivet". E-Z pilkkasi, mutta kumartui lähemmäksi nähdäkseen, mitä hakutuloksissa tuli esiin. Sam klikkasi tieteellistä artikkelia.

"Kuten sanoin, ei ole todisteita enkelinsiivistä. En uskonutkaan. Luulen, että ehkä se tapaus, kun pelastin pienen tytön, oli jotenkin yhteydessä niiden ilmestymiseen. Se oli laukaisija, koska palaminen alkoi heti, kun tulin kotiin, ja sitten, no, tiedät loput."

"Miten teillä menee?" Ann kysyi.

" Olen tilannut teille vielä kaksi pannukakkua, E-Z, kuten tavallista. Ellet sitten voi syödä enempää?"

"Täydellistä."

"Entä sinä, Sam?"

"Vain täydennys", hän sanoi ja ojensi tyhjän mukinsa, jonka Ann otti ja toi takaisin täynnä. Keittiössä soi kello, ja Ann meni hakemaan pannukakkuja.

E-Z kaatoi niille vaahterasiirappia ja lisäsi päälle voinokareen. "Olet mahtava", hän sanoi Annille. Ann hymyili ja jätti heidät syömään.

Sam-setä katsoi veljenpoikaansa tarkkaavaisesti. Hän toivoi, että olisi tilannut omenapannukakkuja, mutta oli jo täynnä.

"Mitä?"

"En tiedä, mutta kun maistat ruokaa, kasvosi kirkastuvat kuin enkelin kasvot joulukuusessa."

E-Z laski haarukkansa. "Tosi hauskaa. Olet oikea koomikko."

Kun he olivat syöneet, Sam kysyi: "No, oletko muuttanut mieltäsi, kun olet lukenut enkeleistä? Tarkoitan, luuletko yhä muuttuvasi enkeliksi? Ja jos luulet, mitä aiot tehdä asialle?"

"Mitä tarkoitat, mitä teen? Minulla on siivet, joten voin yhtä hyvin käyttää niitä."

"Minun mielestäni, jos et käytä niitä, jos kiellät niiden olemassaolon, ne katoavat."

E-Z pudisti päätään. "Se ei ole vaihtoehto. Näit mitä tapahtui. Ne ilmestyivät, ilman että tein mitään, ja kerroin sinulle, että kun heräsin tänä aamuna, lensin sängyn yläpuolella. Minä leijuin, hitto vie!"

"E-Z, ajattelen tulevaisuutta. Ehkä sinun pitäisi puhua jonkun kanssa, meidän pitäisi puhua jonkun kanssa tästä."

"Onnettomuus tapahtui yli vuosi sitten, terapeutti sanoi, että olen kunnossa. Sitä paitsi, tämä on kaikki uutta."

"Se voi olla viivästynyt. Jotain on saattanut laukaista sen."

"Käydään läpi faktat. Ensinnäkin minulla oli tatuointeja, vaikka en ollut ottanut tatuointeja. Toiseksi tuolini nousi maasta ja pelastin pienen tytön – lisäksi nousin tuolistani kiinniottaakseni pallon pelissä. En myöntänyt sitä ennen kuin vasta äskettäin... Kolmanneksi tatuoinnit polttivat helvetillisesti. Neljänneksi minulle ilmestyi oikeat siivet. Viidenneksi osaan lentää. Kuulostaako mikään tästä tutulta? Tarkoitan muissa tapauksissa."

"Sitä en ymmärrä. Miten tämä on mahdollista, mutta mieli on valtavan voimakas tietokone. Se erottaa meidät eläinkunnasta ja on syy, miksi ihminen on selvinnyt niin kauan. Olen kuullut tarinoita, joissa henkilö oli äärimmäisessä vaarassa ja apua saapui. Tai joissa henkilö oli jäänyt auton alle – ja ohikulkija pystyi nostamaan auton pelastaakseen hänen henkensä."

"Olen lukenut siitä; sitä kutsutaan hysteeriseksi voimaksi – mutta en ole koskaan kuullut tapauksesta, jossa olisi kasvanut siivet."

"Ehkä siivet ilmestyivät pelastamaan sinut."

"Miltä? Liian pitkältä unelta?" hän nauroi. "Ne olisivat olleet kivoja onnettomuudessa. Olisin voinut lentää äidin ja isän hakemaan apua sen sijaan, että olisin odottanut siellä verisen puunrungon alla. Pitämässä minua paikoillani. Se ei ole ihme. En tiedä, mikä se on, Sam-setä, tiedän vain, että se on."

"Me juttelemme. Arvioimme. Vaihdamme ajatuksia. Yritämme löytää vastauksia."

"Olisi kiva saada vastauksia, mutta... kuka olisi asiantuntija, jota voisimme kysyä tässä tilanteessa?"

"Entä pappi tai pappi?"

E-Z pudisti päätään. Hän ei ollut käynyt kirkossa vanhempiensa hautajaisten jälkeen.

"Mitä meillä on menetettävää?"

"Se on kai kokeilemisen arvoista, mutta... Voi, voi."

"Mitä nyt?"

"Tunnen painetta olkapäissäni. Minun täytyy mennä, emmekä tulleet tänne autolla. Anteeksi, minun täytyy kiirehtiä. Nähdään kotona." Hän ryntäsi ulos kahvilasta ja jatkoi matkaa, kunnes siivet puhkesivat esiin hänen hupparistaan ja hän nousi ilmaan. Kotona hän tajusi, ettei hänellä ollut avainta, mutta hän ei voinut jäädä eteiseen – ei siivet esillä. Hän yritti latinaa saadakseen siivet takaisin sisään, mutta mikään ei auttanut. Joten hän lensi ylös ja onnistui pääsemään sisään makuuhuoneensa ikkunasta kenenkään huomaamatta.

"E-Z!" Sam huusi, kun hän saapui kotiin. "E-Z!"

"Olen täällä ylhäällä."

"Oletko kunnossa? Tulin tänne niin nopeasti kuin pystyin."

"Tule sisään, istu alas. Ei merkkejä siitä, että ne vetäytyisivät – vielä."

Nähdessään avoimen ikkunan. "Lensin tänne?"

"Kyllä, onneksi unohdin lukita ikkunan eilen illalla. Voimme jatkaa keskusteluamme, kunnes voin mennä ulos uudelleen."

"Tunnen papin. Jos kukaan voi auttaa, niin hän voi."

Kaksi tuntia myöhemmin, radion pauhatessa, he olivat matkalla tapaamaan pappia. Hozierin Take Me to Church täytti aallot. Sattumaa? He eivät uskoneet niin ja lauloivat mukana täysillä äänillä. Onneksi ikkunat olivat kiinni, joten kukaan ei kuullut heitä.

***

KIRKOSSA EI OLLUT PYÖRÄTUOLILLA kulkua ja siellä oli paljon portaita kiivettävänä.

"Mene sinä tuonne ison tammen varjoon, ja minä etsin isä Hopperin", Sam ehdotti.

"Onko se hänen oikea nimensä?" E-Z nauroi.

"Sikäli kuin minä tiedän. Pysy sinä siellä, niin tulen kohta takaisin."

"Selvä."

Teini otti puhelimensa esiin. Vaikka hän nautti puun tarjoamasta varjosta - se teki näytön näkemisen mahdottomaksi. Hän siirsi tuolinsa paikoilleen ja huomasi ilmassa olevan epätavallisen huminan. Melua, joka näytti tulevan puusta itsestään.

Hän katsoi ylös yrittäen erottaa, oliko se lintu, kun ääni nousi ja voimistui. Hän mykisti puhelimensa. Ääni loppui, ja uusi ääni alkoi. Tämä oli melodinen; lumoava, ja hän vaipui unenomaiseen tilaan.

Hänen päänsä notkui eteenpäin, kunnes uusi ääni herätti hänet. Hänen päänsä yläpuolelta kuului kuiskauksia. Ääniä, jotka virtasivat puun lehdistä. Hän risti kätensä, kun kylmyys kävi hänen lävitseen ja sai hänen siipensä puhkeamaan vapaiksi. Ennen kuin hän huomasi sitä, hänen tuolinsa nousi maasta. Hän väisti oksia noustessaan massiivisen tammen sydämeen.

"Laske minut alas!" hän käski.

Hän jatkoi nousua. Kun hänen raajansa liittyivät puuhun, verta valui hänen kyynärvarsiansa ja päätään pitkin.

"Seis! Senkin typerä..."

"Tuo ei ole kovin kilttiä, piip-piip", pikkuisen korkea ääni sanoi.

"Luulin, että sanoit hänen olevan ihana, kun hän on hereillä zoom-zoom", toinen ääni sanoi.

"Vau!" E-Z sanoi yrittäen ryhdistäytyä ja välttää täydellistä sekoamista. Hän hengitti muutaman kerran syvään. Rauhoitti itsensä. "Kuka, mikä ja missä sinä olet?"

"Keitä me tosiaan olemme, beep-beep."

Jälleen kerran samat valot, vihreä ja yksi keltainen, tanssivat hänen silmiensä edessä.

Uteliaana hän sanoi: "Hei."

Keltainen valo katosi.

Huuto.

Sitten vihreä katosi.

"Mitä ihmettä? Te kaksi, mitä ikinä olettekaan, lopettakaa tuo. Olette minulle selityksen velkaa. Tiedän, että olette vainonneet minua. Tulkaa ulos ja kohdatkaa minut!"

POP.

Pieni vihreä enkelimäinen olio laskeutui hänen nenälleen. Hänen suuntaansa leijaili oudon epämiellyttävä, melkein limburgerinhajuinen haju. Hän peitti nenänsä.

"Hyvää päivää, E-Z, piip-piip", olio sanoi kumartaen.

Kun se sanoi hänen nimensä, se menetti siipiensä hallinnan. Se horjahti ja heilui ilmassa kuin lintu, joka opettelee lentämään. Se halusi siipiensä tulevan takaisin ulos, mutta ne eivät välittäneet siitä. Hän takertui tuolinsa käsinojiin syöksyessään.

POP!

Nyt niitä oli kaksi. Kumpikin tarttui yhteen hänen korvastaan ja laski hänet ja hänen tuolinsa turvallisesti maahan.

"Auts", E-Z sanoi hieroen korviaan, kun pappi ja hänen setänsä tulivat kulman takaa. "Uh, kiitos, luulisin."

POP.

POP.

Kaksi olentoa katosi.

"E-Z, tässä on isä Bradley Hopper, ja hän on innokas auttamaan."

Hopper ojensi kätensä, E-Z teki samoin. Kun heidän lihansa yhdistyi, teini katosi.

Hopper ja Sam jäivät vierekkäin, silmät lasittuneina. Molemmat tuijottivat tyhjyyteen kuin kaksi mallinukkea näyteikkunassa.

KAPPALE 7

E-Z:N JALAT LASKEUTUIVAT MAAHAN, ja aluksi hän oli sokeutunut valkoisesta. Hän laittoi jalan toisensa eteen, käveli ensin, sitten hölkkäsi paikallaan ja puhkesi sitten täyteen juoksuun. Hän heittäytyi seinään pomppien, kuin olisi ollut hyppylinnassa.

POP

POP

Hän ei ollut enää yksin. Hänen edessään oli kaksi monisiipistä olentoa, kukissa. Toinen oli vihreä, toinen keltainen. Kun hän lähestyi niitä, niiden siivet kääntyivät kaleidoskoopin tavoin kultaisten silmien ympärille.

Hän kosketti ensin vihreän kukan terälehtisiipiä. Hän ei ollut koskaan ennen nähnyt täysin vihreää kukkaa, saati sitten sellaista, jolla oli silmät. Silmät, jotka hän tunnisti heidän aiemmasta tapaamisestaan. Siivet kutittivat hänen sormeaan, ja vihreä kukka nauroi. Hän vältti menemästä nenällään liian lähelle, odottaen juustoisen hajun leijailevan eteenpäin - mutta niin ei käynyt.

Toisella kukalla, keltaisella, oli enemmän terälehtisiipiä kuin toisella. Terälehdet reagoivat hänen kosketukseensa kuin koralli, joka liikkuu meressä. Tämän kukan kultaisissa silmissä oli selvät ripset. Hän kumartui katsomaan lähemmin.

Kun hän jatkoi näiden kahden tarkkailua, ilma täyttyi PFFT:stä. Sen mukana tuli voimakas ja sairaan makea haju, joka sai hänet voimaan pahoin. Hän perääntyi, peitti nenänsä ja pyyhki pistoksen silmistään.

Keltainen kukka puhui. "Nimeni on Reiki ja me toimme sinut tänne piip-pip."

"Missä täällä tarkalleen ottaen on? Ja miksi jalkani toimivat?"

"Sillä ei ole väliä, missä, E-Z Dickens, eikä sillä, miksi olet sellainen kuin olet beep-beep."

Hän ylitti huoneen ja poimi oikealla kädellään keltaisen kukan ja vasemmalla vihreän. WHOOSH! Tällä kertaa häneen iski pistävä sumu, ja hän alkoi aivastella ja jatkoi aivastelua.

"Ole kiltti ja laske meidät alas, ennen kuin pudotat meidät, piip-piip."

"Tuolla on nenäliinalaatikko, tuolla zoom-zoom."

"Voi, anteeksi." Hän laski ne alas, otti nenäliinan - mutta hän ei enää tarvinnut sitä. Hän piti etäisyyttä, nojaten selkänsä valkoista seinää vasten.

"Toimme sinut nyt tänne, beep-beep."

"Minä olen Hadz, muuten zoom-zoom."

"Koska sinun piti tietää beep-beep." "Koska sinun piti tietää beep-beep."

"Että et saa puhua papille siivistäsi, zoom-zoom."

"Itse asiassa et saa puhua kenellekään mistään, beep-beep."

Laittaen kätensä seinään, hän käveli ja ajatteli samalla. "Ensinnäkin, miksi sanot piip-pip ja zoom-zoom?"

Reiki ja Hadz pyörittelivät silmiään. "Ettekö ole kuulleet onomatopoeijasta?"

"Totta kai olen."

"Sitten sinun pitäisi tietää, beep-beep."

"Että se lisää jännitystä, toimintaa ja mielenkiintoa, zoom-zoom."

"Jotta lukija kuulee ja muistaa, beep-beep."

"Mitä haluat heidän tietävän, zoom-zoom."

Hän nauroi. "Se on totta, jos luet jotain, mutta ei ole välttämätöntä keskustelussa. Muistan, mitä Reiki sanoo, koska hän sanoo sen, ja muistan, mitä Hadz sanoo, koska hän sanoo sen. Oletan, että toinen teistä on tyttö ja toinen poika - onko se oikein?"

"Kyllä", Hadz vahvisti. "Minä olen tyttö. Huh, olen iloinen, ettei minun tarvitse sanoa jatkuvasti zoom-zoom."

"Ja minä olen poika. Minun tulee ikävä sanoa beep-beep."

"Voit sanoa niitä, jos haluat, mutta se on vähän ärsyttävää, ja keskustelun aikana toisto voi olla tylsää."

"Me emme halua olla tylsiä!"

"Se tekisi tyhjäksi tarkoituksemme tuoda teidät tänne."

"Hyvä on", E-Z sanoi. "Palataanpa nyt siihen, mitä sanoit ennen kuin aloimme puhua kirjallisesta keinosta." He nyökkäsivät. "Jos en voi kertoa kenellekään siitä, mitä minulle tapahtuu, olen yksin tämän asian kanssa - mikä se sitten onkin. Pelastin pienen tytön. Oletan, että se liittyi jotenkin sinuun?"

"Kyllä, olet oikeassa tuossa olettamuksessa piip, hups, anteeksi." "Kyllä, olet oikeassa tuossa olettamuksessa piip, hups, anteeksi."

"Haluan tietää, mikä tämä on ja miksi se tapahtuu minulle?"

"Sulje silmäsi", Hadz sanoi.

"Suljen, mutta ei mitään hassuttelua."

Kukat kikattivat.

Hänen jalkansa lähtivät maasta ja hän laskeutui eri huoneeseen. Tässä huoneessa, kuten aiemminkin, hän oli aluksi sokeutunut valkoisesta. Kun hänen silmänsä tottuivat ympäristöönsä, hän huomasi kirjat. Hyllyjä ja hyllyjä, joihin oli pinottu niteitä taivaan tuuliin.

"Älä pelkää", Hadz sanoi.

Hän ei pelännyt. Itse asiassa hän oli haltioissaan. Sillä tässä huoneessa hän ei ainoastaan voinut käyttää jalkojaan, vaan hän myös tunsi veren sykkivän niiden läpi. Hänen aistinsa terävöityivät; vanhan kirjan tuoksu leijaili hänen suuntaansa. Hän haisteli makeaa prunus dulcis (makea manteli) -hajuvettä. Planifolian (vanilja) kanssa sekoittuneena se loi täydellisen anisolin. Hänen sydämensä hakkasi, veri pumppasi - hän ei ollut koskaan tuntenut oloaan elävämmäksi. Hän halusi jäädä, ikuisesti.

Kenkiensä sisällä jokaisen varpaan liike tuotti hänelle nautintoa. Hän muisti leikin, jota hänellä oli tapana leikkiä pikkupoikana. Hän riisui kenkänsä ja sukkansa ja kosketteli jokaista varvasta sanomalla riimittelyä: "Tämä pikku possu meni torille."

"Hän on menettänyt järkensä", Reiki sanoi, kun E-Z huudahti: "Wee!".

"Anna hänelle hetki aikaa. Tämä on aika uskomaton paikka."

E-Z puki sukat takaisin jalkaansa. Hän liukui ympäri huonetta valkoisilla lattioilla, jotka kiiltelivät kuin jääpeite. Hän nauroi, kun hän ponnisti ensin ensimmäiseen ja sitten toiseen seinään, pomppi ja laskeutui lattialle. Hän ei voinut lopettaa nauramista, kunnes hän huomasi, että hänen yläpuolellaan olevissa kirjoissa tapahtui jotain outoa. Hän pudisti päätään, kun yksi lensi hyllystä hänen käteensä. Se oli hänen esi-isänsä Charles Dickensin kirja. Kirja avautui itsestään, selaili sitä alusta loppuun ja lensi sitten takaisin sinne, mistä se oli tullutkin.

"Tervetuloa enkelikirjastoon", Reiki sanoi.

"Vau! Aivan vau! Te kaksi olette siis enkeleitä?"

"Olet oikeassa", Hadz sanoi. "Ja olette täällä, koska meidät on nimitetty mentoreiksenne."

"Nimitetty? Kuka meidät nimitti? Jumala?" hän pilkkasi.

Hadz ja Reiki katsoivat toisiaan ja pudistelivat kukkapäätään.

"Meidän tarkoituksemme."

"On selittää teille tehtävänne."

"Myös näyttää teille tietä. Auttaa teitä", he sanoivat yhdessä.

"Tehtävä? Mikä tehtävä?" Hänen ajatuksensa ajautuivat pois. Hän kuuli päässään Mission Impossible -elokuvan teeman. Hän näki Tom Cruisen pudotettavan kaapelilla tietokonehuoneeseen. "Hei. Odota hetki! Te kaksi olitte minun huoneessani, ettekö olleetkin? Ja olette seuranneet minua onnettomuudesta lähtien."

"Odotimme oikeaa hetkeä esittäytyä", Reiki sanoi. "Olimme toivoneet voivamme tehdä sen vähemmän muodollisesti, mutta kun olit...."

"...menossa puhumaan papin kanssa, meidän oli pakko painostaa eteenpäin."

"No, teillä tosiaan meni aikaa. Luulin näkeväni hallusinaatioita", hän sanoi kovempaa kuin oli halunnut.

POP.

Reiki katosi.

"Katso nyt, mitä olet tehnyt!" Hadz sanoi.

POP.

Kun he olivat poissa, eikä hänellä ollut aavistustakaan, minne, milloin tai tulisivatko he takaisin. Silti hän ei aikonut tuhlata hetkeäkään. Hän löi itsensä lattialle ja teki kaksikymmentä punnerrusta, minkä jälkeen hän teki saman verran hyppyjä. Hänen silmiään särki häikäisy, ja hän toivoi, että hänellä olisi ollut aurinkolasit.

TIK-TOK.

Ray Bans -lasit ilmestyivät kuin tyhjästä. Hän laittoi ne päähänsä, kun hänen vatsansa murisi. Hän otti selfien ja tarkisti sitten kellonajan. Kellon kanssa tapahtui jotain outoa. Se oli sekoamassa. Numerot eivät lakanneet muuttumasta. Hänen vatsansa murisi taas.

TIKK-TAKKI.

Juustohampurilainen ja ranskalaiset ilmestyivät, nyt hänen kätensä olivat täynnä. Hän ajatteli suklaapaksua pirtelöä, jonka päällä oli maraschinokirsikka.

TIK-TOK.

Erittäin suuri pirtelö, jonka päällä oli kirsikka, saapui valkoiselle pöydälle, joka ei ollut ollut ollut siellä aiemmin. Vai oliko? Koska sekä pöytä että seinä olivat valkoiset?

Ennen kuin hän alkoi syödä, hän nautti sen tuoksusta, sitten jokaisella suupalalla sen mausta. Oli kuin hän ei olisi koskaan ennen syönyt juustohampurilaista tai ranskalaisia. Ja kirsikka, maistui niin makealta, jota seurasi suklainen suklaa. Hän ahmi ateriansa seisaaltaan. Ruoka maistui aina paremmalta seisaaltaan nautittuna. Tämä tilaus maistui niin hyvältä, että se oli naurettavaa.

Kun hän oli lopettanut, hän ei kiittänyt ketään ateriasta. Sitten hän käänsi huomionsa kirjastoon ja, valkoisiin tikkaisiin, joita hän ei ollut aiemmin huomannut. Pelkkä sen ajatteleminen sai tikkaat siirtymään lähemmäs häntä, aivan kuin se olisi halunnut olla hyödyksi. Hän kiipesi tikkaille, ja ne liikkuivat kuin Ouija-laudan kiekko, ohittaen kirjahyllyn toisensa jälkeen. Sitten se pysähtyi.

Kiipeillessään hän luki kirjojen selkämysten otsikoita. Suoraan hänen edessään olevat olivat Charles Dickensin kirjoittamia, ja jokaisella niteellä oli oma siipiparinsa.

Yksi lensi häntä kohti, A Christmas Carol. Se käänsi pari sivua ja näytti hänelle, että se oli ensimmäinen painos, joka oli julkaistu 19. joulukuuta 1843. Kun se jatkoi sivujen liikuttelua, hän ihmetteli kuvituksia. Kuinka yksityiskohtaisia ne olivatkaan ja vieläpä värillisinä. Ja taustalla, Tiny Timin ja hänen perheensä takana eräässä piirroksessa, jokin liikkui. Silmät. Kaksi paria. Hadz ja Reiki! Hän melkein pudotti kirjan. Koska sillä oli siivet, se meni takaisin sinne, missä se asui hyllyssä. Sillä välin hän menetti tasapainonsa, putosi tikkaita alas ja roikkui kiinni henkensä edestä. Kun hän oli taas vakaa, hän laskeutui vähitellen alas ja asetti jalkansa tukevasti maahan. Hän ihmetteli, mikseivät hänen siipensä olleet puhjenneet esiin auttamaan häntä. Kaikilla muilla oli täällä toimivat siivet, itse asiassa enkeleillä oli useita siipipareja. Tuolla maailmassa hänen jalkansa eivät toimineet, ja hänellä oli siivet, jotka toimivat. Täällä, missä tahansa hän olikin, hänen jalkansa toimivat, mutta hänen siipensä olivat nyt epäkunnossa.

Hän raapi päätään. Kunpa Samuli-setä olisi täällä. Ja silti hän ei voinut puhua hänelle. Se oli kiellettyä. Mutta miksi?

Mitä he voisivat tehdä hänelle? Enkelit olivat vainonneet häntä onnettomuudesta lähtien. Hän oletti niiden olevan hyviä enkeleitä, koska ne eivät olleet satuttaneet häntä - vielä. Koti-ikävä ryntäsi hänen päälleen kuin jättiläisaalto ja uhkasi viedä hänet alleen.

"Haluan kotiin!" hän huusi, kun hänen puhelimensa värähteli. Ennen kuin hän ehti avata sen...

POP.

Reiki tarttui siihen ja heitti sen...

POP.

Hadzille, joka heitti sen kauimmaista valkoista seinää vasten. Se kimposi, osui lattiaan ja hajosi palasiksi.

"Olet minulle neljäsataa dollaria velkaa uudesta puhelimesta! Toivottavasti teillä enkeleillä on käteistä."

Hadz kurottautui ja läimäytti E-Z:tä siivellään kasvoihin. Höyhenet kutittivat sen sijaan, että olisivat satuttaneet häntä. "Nyt sinä, E-Z Dickens, istuudu tähän." Valkoinen tuoli painautui hänen jalkojensa selkää vasten ja pakotti hänet istumaan.

"Ja lakkaa olemasta mulkku", Reiki sanoi.

"Whoa! Voivatko enkelit sanoa noin? Millaisia enkeleitä te ylipäätään olette? Koulutuksessa olevia enkeleitä? Olenko minä se tyyppi, joka auttaa sinua ansaitsemaan siipesi?"

Hän tajusi, että heillä oli jo siivet. Itse asiassa useita pareja. Niinpä se, mitä hän yritti sanoa, näytti turhalta, kun he leijuivat hänen yläpuolellaan.

"Olenko minä se kaveri, joka auttaa sinua, vai onko sinun tarkoitus auttaa minua?", hän kysyi. Koska jos olet, kuten sanoit olevasi, teet surkeaa työtä. En aio sanoa hyvää sanaa kummastakaan teistä lähiaikoina."

"Me odotamme anteeksipyyntöä."

"No, te tulette odottamaan sitä vielä pitkään. Koska minua janottaa."

TIK-TAK.

Juurikaljamuki himmeässä lasissa ilmestyi. Hän joi sen alas yhdellä kulauksella. "Koska toit minut tänne ilman suostumustani. Ja..."

"Suu kiinni!" jyrisevä ääni sanoi, kun hän kietoutui yhdestä valkoisesta seinästä.

Hän oli yhtä pitkä kuin katto. Itse asiassa pidempi. Hän oli kiero, mutta valtavan kokoinen ja kookas. Hänen siipensä hiveltyivät seiniä ja kattoa vasten. "PIDÄ KIELTÄ!" ylisuuri enkeli vaati ja veti siipiään kohti E-Z:tä SWOOSH:lla, kunnes hän oli aivan hänen kasvoillaan.

✳✳✳

"**E**-Z Dickens, sinut on kutsuttu tänne eteeni, valtava enkeli sanoi. "Minä olen Ophaniel, kuun ja tähtien hallitsija. Ja nämä ovat alaiseni. Sinun EI SAA kohdella heitä röyhkeästi. Teidän PITÄÄ kohdella heitä ystävällisesti ja kunnioittavasti, sillä he ovat minun SILMIENI ja KORVANI teille. Ilman heitä te ette ole MITÄÄN."

Hän änkytti käsittämättömän lauseen taistellen pakenemishaluja vastaan.

"ÄLÄ keskeytä, ennen kuin olen puhunut loppuun", Ophaniel käski.

Hän nyökkäsi, vartalo täristen, liian peloissaan sanoakseen sanaakaan.

"E-Z", hänen äänensä jyrähti. "Sinut on pelastettu. Me olemme pelastaneet sinut, tarkoitusta varten."

Reiki ja Hadz lepattivat lähemmäs ja istuivat Ophanielin olkapäille.

"Ole hiljaa", Ophaniel käski.

Ne taittivat siipensä ja kumartuivat, jotta he eivät jättäisi sanaa väliin.

E-Z teki mielessään muistiinpanon kysyä heiltä, miten hän voisi taittaa siipensä yhtä tehokkaasti kuin he tekivät omansa. Jos hän saisi siipensä takaisin.

Ophaniel jatkoi. "Kun vanhempasi kuolivat, E-Z Dickens, sinunkin olisi pitänyt kuolla. Se oli kohtalosi. Jonka me muutimme tarkoitustamme varten. Vedosimme menestyksekkäästi tapaukseesi. Lupasimme, että tekisit merkittäviä asioita. Että auttaisit muita. Pelastimme sinut, ja olimme velkaa. Velka, josta suurimman osan maksoit kokonaan luovuttamalla jalkasi."

Luovutitte? Se kuulosti siltä, että hänellä oli mahdollisuus valita. Että hän olisi tehnyt lopullisen päätöksen olla kävelemättä enää koskaan, mikä oli valetta. Hän avasi suunsa puhuakseen, mutta Ophanielin ääni jyrähteli eteenpäin.

"Sinulla on yhä velkaa, velkaa meille."

E-Z veti ison kulauksen ilmaa. Hän halusi puhua, mutta ei pystynyt. Hänen huulensa liikahtivat, mutta ääntä ei kuulunut. Miten tämä, enkeli, kehtaa tehdä päätöksiä hänen puolestaan ja kertoa, että hänellä on velkaa?

"Me annoimme sinulle työkaluja - voimakkaan tuolin. Tämä auttaa sinua. Jotta voisit jonain päivänä olla täällä vanhempiesi kanssa ja kulkea kanssamme, heidän kanssaan, ikuisuudessa." Ophaniel epäröi muutaman sekunnin ajan antaakseen asian painua mieleen. "Voit kysyä minulta tänään yhden kysymyksen, mutta vain yhden. Tee siitä hyvä."

Sen sijaan, että olisi miettinyt kysymystään, E-Z pamautti: "Milloin saan nähdä vanhempani uudelleen?"

"Kun olet maksanut velkasi kokonaan."

"Vielä yksi kysymys, kiitos."

"Kysymyksille ja vastauksille on vielä aikaa. Toistaiseksi olet alaiseni huostassa. Voit kysyä heiltä kysymyksiä, ja he voivat halutessaan vastata. Tai he voivat olla vastaamatta.

On heidän valintansa vastata kyllä tai ei. Samoin teillä on mahdollisuus valita, vastaatteko heille, kun he kysyvät teiltä kysymyksiä. Kohtele heitä niin kuin haluaisit itseäsi kohdeltavan, äläkä paljasta yksityiskohtia tästä paikasta tai tapaamisestamme. Älkää puhuko tästä, mistään tästä kenellekään ihmiselle. Toistan, pidä nämä asiat vain omana tietonasi."

Hän ei vieläkään pystynyt puhumaan. Kyselemättä sitä, Ophaniel eteni vastaamaan hänen seuraavaan kysymykseensä.

"Jos rikot tämän lupauksen, siipesi ovat kuin pastaa - heikot - etkä koskaan pysty maksamaan velkaasi takaisin."

Hän keksi toisen kysymyksen.

"Kyllä, kun pelastit sen pikkutytön - polttaminen - oli osa prosessia. Siipiesi on poltettava, vahvistuttava, sidottava itseesi, jotta olet valmis seuraavaan haasteeseen."

Hän ajatteli, mitä jos en halua.

Ophaniel nauroi ja lensi huoneen korkeimpaan kohtaan. Sitten hän katosi katon läpi.

KAPPALE 8

S EURAAVAKSI HäN OLI TAAS pyörätuolissaan ja katsoi pappia päin.

"Setä Samuli, meidän on mentävä. HETI."

"Ai", Sam sanoi katsellessaan veljenpoikaansa pyöräilemässä pois. "Pyydän anteeksi, että tuhlasin aikaasi, hänen... hänen täytyy mennä kotiin." Sam kiirehti eteenpäin Hopperin seuratessa perässä. Hän kiihdytti vauhtia, sai veljenpoikansa kiinni ja tarttui kahvoihin työntäen pyörätuolia. Hopper juoksi ja käveli pian heidän vierellään, vaikkakin hengästyneenä.

"Ymmärrän, sinulla ei sitten tosiaankaan ole siipiä, E-Z."

Hän vilkaisi olkansa yli, nosti teennäisen lasin huulilleen ja pyöritteli sitten silmiään.

"Minulla ei ole alkoholiongelmaa", Sam sanoi uhmakkaasti.

Jälleen teini pyöritteli silmiään, kun he lähestyivät parkkipaikkaa. Pappi ei seurannut perässä.

Kun he olivat päässeet autolle, Sam sanoi yrittäessään hengähtää: "Mitä helvettiä tuo oli?" Sam avasi oven ja auttoi veljenpoikansa sisään.

"Lähdetään ensin pois täältä." Hän viivytteli, koska ei voinut kertoa, mitä tapahtui. Hänen piti keksiä vakuuttava valhe - eikä hän ollut koskaan ollut hyvä valehtelija. Hänen äitinsä sai hänet aina kiinni, koska hänen korvansa punoittivat aina, kun hän valehteli.

"Odotan selitystä", Sam sanoi ja kiristi otettaan ratista.

Bostonin Don't Look Back rokki auton kaiuttimista.

"Anteeksi, minun oli pakko mennä. En usko, että Hopper voisi auttaa, enkä halunnut hänen tietävän mitään enempää kuin sinä jo kerroit."

"Et ole vieläkään selittänyt, miksi vihjasit, että minulla olisi alkoholiongelma."

"Ai sitä. Se tuli mieleeni ja sanoin sen ajattelematta. Olen pahoillani."

"Olen ylpeä siitä, etten nauti alkoholia. Toki juon silloin tällöin oluen. Ollakseni seurallinen työtilaisuudessa. Mutta en ole kuin muut tietotekniikan viinanjuojat. Enkä tule koskaan olemaankaan."

E-Z ei ajatellut, mitä setä Samuli sanoi. Sen sijaan hän kävi läpi tietoja, jotka Ophaniel oli kertonut hänelle. Hän oli velkaa, enkeleille, hänen pelastamisestaan, ja hän oli vaihtanut jalkansa elämäänsä. Enkelit tekivät kaupan omasta tarkoituksestaan - ja nyt he odottivat hänen maksavan velan - mutta miten?

Hän tiesi varmasti vain, että hänen oli voitettava. Hänen oli voitettava kaikki tehtävät, jotka he asettivat hänen tielleen. Reikin ja Hadzin avulla - niin pieniä kuin he olivatkin - hän maksaisi velkansa. Sitten, jos ei muuta, hän näkisi vanhempansa uudelleen. Hän oletti sen tarkoittavan, että hän kuolisi, ja he tapaisivat taivaassa, jos sellainen paikka oli olemassa. Hän saisi sen selville pian.

KAPPALE 9

PALATTUAAN TAKAISIN KOTIIN TEINI-IKÄINEN meni suoraan huoneeseensa.

"Jos tarvitset apuani", ei Sam saanut muuta sanottua, ennen kuin veljenpoika paiskasi oven kiinni.

E-Z peitti kasvonsa käsillään. Oli ollut jotain, kun oli saanut jalkansa takaisin. Hän löi nyrkkinsä käsinojiin, kun hänen siipensä tulivat esiin ja lennättivät hänet sängyn luo. "Kiitos", hän sanoi niille, aivan kuin ne olisivat erillisiä eivätkä osa häntä.

"Varo", Hadz sanoi, joka oli levännyt tyynyllään. Enkeli lensi valaisimen luo ja sanoi: "Herää, hän on kotona."

E-Z makasi nyt mukavasti sängyllään, silmät kiinni, melkein unessa.

"Tänä yönä sinä lennät", enkeli lauloi.

"Kuule, minulla on ollut uuvuttava päivä, kuten tiedät, ja haluan vain nukkua."

"Voit ottaa viiden minuutin päiväunet", Reiki sanoi.

"Sitten se on hereillä ja menoksi!"

Hän oli jo melkein nukahtanut uudelleen, kun Sam ryntäsi sisään. "Anteeksi, että häiritsen, mutta PJ ja Arden sanovat, että he ovat yrittäneet saada sinua koko päivän. Onko akkusi tyhjä?"

"Öh, ei, hukkasin puhelimeni", hän sanoi katsoen vihaisesti kahta apulaistaan.

"Valehtelija, valehtelija, housut kintuissa", he huusivat. Koska Sam ei reagoinut, hän ei kuullut heidän korkeita ääniään. E-Z hätisti heidät pois.

"Siksi ostan aina vakuutuksen suunnitelmani mukana. Älä huoli, hankimme sinulle korvaavan huomenna. Sinun on muutenkin aika päivittää. Voit pitää saman puhelinnumeron. Kerron kavereille, että otat sitten yhteyttä."

"Kiitos, setä Samuli. Hyvää yötä."

"Hyvää yötä, E-Z."

KAPPALE 10

U NESSA HäN OLI VANHEMPIENSA kanssa hiihtomatkalla. Se oli itse asiassa muisto, mutta hän koki sen uudelleen unena.

E-Z oli kuusivuotias. Hiihto-opettaja opetti hänelle ja hänen äidilleen kaikki liikkeet. Samaan aikaan hänen isänsä - joka ei ollut samanlainen aloittelija kuin he - laski lumipeitteistä mäkeä.

He opettelivat hiihtämään vauvamäessä - näin he kutsuivat testimäkiä.

"Oletteko valmiita", opettaja sanoi, "isoon mäkeen?".

He sanoivat olevansa. He luulivat olevansa. Mutta sanominen ja tekeminen ovat kaksi eri asiaa.

Ensimmäisellä yrityksellä he eivät päässeet pitkälle ennen kuin yksi heistä kaatui. Se oli hänen äitinsä, ja kun hän kaatui, hän istui kylmällä lumella nauraen. Mies auttoi hänet ylös, ja he lähtivät taas matkaan.

Tällä kertaa se oli E-Z, joka kaatui ja painoi kasvonsa kylmään valkoiseen aineeseen. Hän ravisteli itsensä irti, ohjaaja auttoi hänet ylös, ja hänen äitinsä meni ohi ja suihkutti lunta matkallaan. Hän otti sen haasteena, kiihdytti ja ohitti tytön hymyillen.

Seuraavaksi hän huomasi, että äiti oli tulossa hänen takanaan. Hän osui pakattuun puuteriin - ja jätti miehen taakseen - ja löysi vauhtinsa. Silti hän antoi kaikkensa ja sai hänet kiinni. He ajelehtivat alas, vierekkäin, sitten erilleen, sitten taas yhteen. Ja nauroivat kuin kaksi pientä lasta.

Kukkulan juurella oli hänen isänsä, joka oli pukeutunut päästä varpaisiin taivaansiniseen. Hän erottui edukseen; sinisen hiven neitseellisen lumen keskellä - pyörätuoli kädessään.

"Lumi", E-Z sanoi hengittäen toisen vaahtokarkin. Se maistui vielä paremmalta sulana. Sitten hän tunsi jäätävän kylmän ja heräsi jään ympäröimänä kylpyammeessa. Setä Samuli istui hänen vierellään.

"E-Z, säikäytit minut tällä kertaa oikein kunnolla."

"Mitä? Mitä tapahtui?

"Kuulin ääniä, joten menin sisään katsomaan sinua. Ikkunasi oli auki, verhot hulmuten. Tunnustelin otsaasi, ja sinä paloit. Pelkäsin, että saisit kohtauksen. Jopa siipesi näyttivät kuihtuneilta.

"Harkitsin hätänumeroon soittamista, mutta päätin sitten olla soittamatta. En voinut viedä sinua hätäkeskukseen, en noiden siipien kanssa. Minun oli pakko saada sinut pyörätuoliin ja täyttää kylpyamme jäällä ja katsoa, saisinko lämpötilasi laskemaan. Olen käynyt hakemassa jäitä ja pyytänyt lahjoituksia naapuruston ystäviltä. He ovat olleet erittäin avuliaita."

"Voin nyt paremmin, kiitos", hän sanoi yrittäen nousta ylös. Hän ei päässyt pitkälle, ennen kuin kaatui taas.

"Sinun on kerrottava minulle, mitä on tekeillä."

"En voi, Samu-setä. Sinun täytyy luottaa minuun."

Teini yritti nousta taas ylös. "Odota tässä", Sam sanoi poistuessaan kylpyhuoneesta ja palatessaan pyörätuolin kanssa. "Tässä", hän laittoi lämpömittarin veljenpoikansa suuhun. "Jos se on normaali, voit nousta tuoliin."

Se oli normaali, joten kylpytakki ympärilleen kiedottuna E-Z nostettiin kylpyammeesta tuoliin. Hänen siipensä laajenivat ja rentoutuivat sitten paikoilleen, eivätkä ne enää tuntuneet siltä kuin ne olisivat olleet tulessa.

Kulkiessaan olohuoneen ohi hän vilkaisi uutisia.

"Eilen illalla lentokoneen onnettomuus ohjattiin muualle", tiedottaja sanoi. "He kutsuvat sitä ihmeelliseksi laskeutumiseksi, mutta tässä on raakamateriaalia, jonka yksi katsojistamme on ottanut, kun se tapahtui."

Hän katsoi pätkän, jossa näkyi koneen laskeutuminen, mutta siinä ei ollut mitään muuta - ei kuvaa hänestä. Hän tunsi olonsa helpottuneeksi ja palasi huoneeseensa.

"Tulen kohta takaisin auttamaan sinua pukeutumisessa."

Hän toivoi niin kovasti voivansa kertoa sedälleen kaiken - mutta ei voinut. "Kiitos", hän sanoi pukeuduttuaan.

"Olen aina tukenasi."

"Samoin", teini sanoi. "Taidan mennä toimistooni kirjoittamaan jotain."

"Hyvä ajatus, minulla on kotitöitä ympäri taloa tehtävälistalla, jotka haluaisin hoitaa tänään." "Hyvä ajatus." Hän lähti lähtemään ja kääntyi sitten takaisin. "Tiedätkö, poika, sinun ei tarvitse kirjoittaa romaania heti. Voit pitää päiväkirjaa tai päiväkirjaa. Kirjoita ylös asioita, jotka saatat jonain päivänä unohtaa. Kuten arvokkaat muistot."

"Ajattelin kirjoittaa jotain ja kutsua sitä nimellä Tatuointienkeli."

"Pidän siitä."

Toimistossaan hän istui hetken aikaa miettimässä lentokonetta - miettimässä, miten hän oli pystynyt tekemään sen, mitä häneltä oli pyydetty. Hän ei olisi pystynyt siihen ilman joutsenen ja sen lintuystävien apua tai ilman tuolinsa apua. Ehkä jopa nuo kaksi wanna-be-enkeliä olivat auttaneet omalla tavallaan kannustamalla häntä taustalla.

Hän keskittyi kirjoittamiseen ja kirjoitti otsikon: Tatuointienkeli.

Hänen sormensa halusivat kirjoittaa lisää, mutta hänen mielensä halusi harhailla. Hän nojautui takaisin tuoliinsa ja tuijotti tyhjää ruutua. Hän tarvitsi fantastisen ensimmäisen lauseen, kuten hänen esi-isänsä Charles Dickens oli kirjoittanut - "Olen syntynyt".

Kun hän ei enää kestänyt valkoisen ruudun näkyä jonkin ajan kuluttua, hän kirjoitti -

Toivon, etten olisi koskaan syntynyt.

Ja hän jatkoi kirjoittamista.

En voi enää kävellä.

En tule koskaan pelaamaan ammattilaisena baseballia tai jääkiekkoa tai saamaan urheilustipendiä.

En voi juosta.

En voi hypätä.

On niin monia asioita, joita en voi tehdä.

Niitä en tule koskaan tekemään.

Hän lopetti kirjoittamisen nähdessään näytön oikeassa yläkulmassa jotain, joka liikkui alaspäin. Se virtasi.

Kyyneleitä. Pikkuruisia kyyneleitä.

Liittymässä. Kasvaen yhä suuremmiksi ja suuremmiksi.

Laskeutuvat ruudulle.

Hän luuli kuulevansa jotain - käänsi äänenvoimakkuutta.

"WAH! WAH! WAH!" korkea ääni lauloi.

Toinen ääni liittyi mukaan.

"WAH-WAH!

WAH-WAH!

WAH-WAH!"

E-Z sammutti tietokoneen.

Se oli ollut vain paasausta, ja hän tunsi olonsa paremmaksi. Kaikki tarvitsivat säälijuhlia silloin tällöin. Se oli poissa hänen järjestelmästään.

Hän tiesi yhden asian varmasti - kirjailijana hän ei ollut mikään Charles Dickens.

Charles Dickens ei kuitenkaan osannut lentää.

✳✳✳

"HERÄTYS, ON AIKA LÄHTEÄ!" Reiki sanoi lentäen ikkunan luo.

Hadz odotti avoimessa ikkunassa. "Valmiina?"

He siis odottivat hänen hyppäävän, talonsa kolmannesta kerroksesta. "Minä en mene sinne! Katso, miten korkealla me olemme."

"Unohdat, että sinulla on siivet."

"Ja jos putoat, niin kyllä sinä siitä selviät."

Ainakin hänellä oli vielä vaatteet päällä, kun hänet pudotettiin pyörätuoliin. Hän vapisi, katsoi alaspäin ja ihmetteli, miten hänen siipiensä oli tarkoitus pitää sekä hänet että tuolinsa ilmassa.

"Entä pyörätuolini?"

"Muistatko, mitä Ophaniel sanoi? Nyt - ulos siitä!"

Kun hän oli ulkona, hänen siipensä ojentuivat täysin. Hartioidensa yli hän näki siivet toiminnassa.

Pienet mutta vahvat olennot nostivat hänet ylös, korkeammalle ja korkeammalle, johdattivat teiniä yötaivaan poikki, kun kirkkaat tähtisilmät tuijottivat häntä alaspäin. Kun ne katsoivat hänen olevan valmis, ne päästivät hänet irti.

"Minä osaan lentää", hän sanoi. "Osaan todella lentää!"

"Lopeta leuhkiminen", Reiki sanoi, "ja tule mukaan ohjelmaan."

"Niin tekisin, jos tietäisin, mikä se on", hän naurahti.

Hadz lensi eteenpäin. E-Z ja Reiki nousivat koulun yläpuolelle, pesäpallokentän viereen. Jatkoivat kohti kaupungin ydintä. Lentokentän lähellä olevan kiitoradan valot kilpailivat suoraan tähtien kanssa hänen yläpuolellaan.

"Pärjäät oikein hyvin", Reiki sanoi.

"Kiitos."

Moottorin sammumisen ääni heidän edellään olevassa jumbojetissä kiinnitti hänen huomionsa.

"Katsokaa tuonne, tuo kone on pulassa. Kunpa minulla olisi puhelin, jolla soittaa apua." Moottori räiskyi, ja kone putosi hieman ja tasaantui sitten.

"Et tarvitse puhelinta. Tervetuloa toiseen koettelemukseesi."

"Odotatko minun tekevän, mitä? Kantamaan konetta selässäni? En voi pelastaa lentokonetta, minulla ei ole tarpeeksi voimia. En pysty siihen."

"Hyvä on sitten", Hadz, jonka he olivat nyt saaneet kiinni, sanoi.

"Yksi asia sinun on kuitenkin hyvä tietää, jos et pelasta heitä - kaikki koneessa olevat menehtyvät."

"Kaikki 293 matkustajaa. Miehet, naiset ja lapset."

"Lisäksi kaksi koiraa ja yksi kissa", Reiki lisäsi.

Hänen päänsä täyttyi huudoista, jotka tulivat koneen sisällä olevista ihmisistä. Miten hän kuuli ne paksujen metalliseinien läpi? Koirat haukkuivat ja kissa miautti. Vauva itki.

"Lopeta, sammuta se, niin minä teen sen."

"Me emme sammuta sitä."

"Mutta se loppuu, kun laskeudutte turvallisesti tuolla lentokentällä."

"Me uskomme sinuun", Hadz sanoi.

"Mutta eivätkö he näe minua? Jos he näkevät minut, peli on ohi, tarkoitan Ophanielin ehdoilla - en saa koskaan nähdä vanhempiani."

"Nähdä sinua?"

"Se on pienin huolesi!"

"Nyt menoksi", Hadz sanoi. "Niin, ja saatat tarvita tätä."

Nyt hänellä oli turvavyö, joka piti hänet pyörätuolissaan, kun hän kiihdytti taivaalla kohti syöksyvää lentokonetta.

"Me katsomme", he huusivat.

"Autatteko minua, jos tarvitsen teitä?"

"Nämä ovat sinun koettelemuksiasi, jotka kuuluvat sinulle ja vain sinulle. Me olemme täällä kannustamassa sinua. Onnea matkaan."

"Hetkinen, ettekö te aio antaa minulle kunnon opetusta? Näytätte minulle, mitä minun pitää tehdä?"

POP.

POP.

"Kiitos tyhjästä!" hän huusi.

$$*\!*\!*$$

LENTOKENTÄLLÄ LENNONJOHTOTORNISSA LENNONJOHTAJA HUOMASI, että kone oli vaikeuksissa. Koska hän ei saanut yhteyttä lentäjään, hän huomasi tutkassaan tunnistamattoman lentävän esineen.

E-Z käytti Teräsmiestä ja Mighty Mousea inspiraationa ja nosti kätensä ylös. Hän asettui mahtavan metallipeton rungon alle ja keräsi kaikki voimansa.

"Ajattelin, että tarvitsisit vähän apua", normaalia suurempi joutsen sanoi. Hän nyökkäsi ja lintuja lensi monesta suunnasta. Kun jumbojätti liittyi häneen, oikeat linnut asettuivat linjaan. Auttoivat häntä pitämään koneen vakaana. Vakauttamaan sitä, jotta hän ja hänen tuolinsa voisivat ottaa sen täyden painon.

Sisällä asiat pyörivät kuin marmorikuulat. Hänen oli kiirehdittävä, ja hän toivoi, että hänellä olisi toiset siivet tai tehokkaammat siivet. Kunpa hän olisi valkoisessa huoneessa. Hän keskittyi käsillä olevaan tehtävään ja valmistautui henkisesti laskeutumiseen. Vilkaistessaan alas hän huomasi, että myös hänen tuolissaan oli siivet, jalkatuissa ja pyörissä. "Kiitos", hän kuiskasi kenellekään. Sitten linnuille: "Nyt minä hoidan tämän, kiitos avustanne."

Valmiina nyt, hän laski jumbon alas pitäen sen vakaana ja tasaisena. Hän kosketti koneen etuosan alas asfaltille. Sitten, koska laskutelineet eivät olleet laskeutuneet, hänen oli päästävä pois tieltä. Hän ojensi oikean kätensä niin pitkälle kuin se riitti ja asetti tuolinsa poispäin koneen keskeltä. Hän laski koneen keskiosaa ja sitten pyrstöä. Hän teki sen! Se onnistui! Hän siirtyi poispäin pelottavien huutavien sireenien äänien lähestyessä joka suunnasta paloautojen, ambulanssien ja poliisiautojen muodossa.

Ennen kuin ne huomasivat hänet, hän lensi pois. Sisällä olevat kiitolliset matkustajat hurrasivat, ottivat valokuvia ja tallensivat hänet puhelimillaan. Pian hän oli takaisin Hadzin ja Reikin kanssa.

"Pärjäsit oikein hyvin. Olemme ylpeitä sinusta, suojatti."

Hän hymyili, kunnes hänen siipensä tuntuivat siltä kuin joku olisi sytyttänyt ne tuleen. Seuraavaksi hän huomasi palavansa, ja se sattui niin pahasti, että hän halusi kuolla. Hän toivoi kuolemaa. Kaipasi sitä. Nyt vapaapudotuksessa, tuoli alaspäin, hän piti silmänsä auki ja odotti, että hänen huulensa suutelisivat maata. Sitten kaksi enkeliä vei hänet kotiin ja laittoi hänet nukkumaan.

Kipu ei hellittänyt, mutta E-Z tiesi, että tänään hän ei kuolisi. Hän olisi turvassa vielä yhden päivän ajan. Toisen kokeen. Hänen piti vain selvitä tästä.

***

"M ILLOIN TIMANTTIPÖLY ALKAA TOIMIA?" Hadz kysyi. "Hänellä on yhä valtavat kivut."

"Se oli uusi hoitomuoto, joten en voi sanoa milloin - mutta se alkaa vaikuttaa - lopulta."

"Toivottavasti hän kestää niin kauan!"

"Setä Samulin avulla hän selviää siitä. Kun se alkaa vaikuttaa, näemme merkkejä. Ehkä joitain fyysisiä muutoksia."

E-Z jatkoi kuorsaamista

POP.

POP.

Ja jälleen kerran he olivat poissa.

KAPPALE 11

Päivää MYÖHEMMIN E-Z OLI suunnitellut päivänsä. Ensin hänen piti saada reppunsa valmiiksi lauantain puistoretkeä varten. Hän söisi aamiaista, kirjoittaisi vähän ja lähtisi sitten ulos. Kun hän valmisteli reppuaan, hän kuuli Hadzin ja Reikin korkeat äänet ennen kuin näki heidät.

"Kuulen teidät", hän sanoi.

POP.

Hadz ilmestyi ensin.

POP.

Sitten Reiki - molemmat täysin muuttuneessa enkelimäisessä loistossaan.

"Hyvää huomenta", he lauloivat sairaan suloisesti yhteen ääneen.

E-Z tunki reppuunsa muistikirjan ja muutaman kynän välittämättä niistä. Hän toivoi löytävänsä puistosta jotain inspiroivaa kirjoitettavaa. Hän kurottautui vetoketjunsa kiinni, kun hän huomasi, että kaksi enkeliä istui vetoketjun päällä.

"Ai, anteeksi. En melkein huomannut teitä siellä."

"Huh, se oli lähellä", Reiki sanoi.

Hadz vapisi liikaa lausuakseen sanaakaan.

Ne lensivät hänen olkapäilleen, kun hän osoitti tuolillaan kohti suljettua ovea.

"Meidän täytyy puhua kanssasi", Hadz sanoi.

"Se on... tärkeää. Me teimme jotain..."

"Minulle?"

Ne leijuivat hänen silmiensä edessä.

"Kyllä. Kun nukuit muutama viikko sitten."

"Muutama viikko sitten! Okei, minä kuuntelen..." Todellisuudessa hän yritti olla räjähtämättä. Ajatus siitä, että he tekisivät hänelle jotain. Kun hän nukkui. Ilman hänen lupaansa. Se oli kauhea luottamuksen rikkominen. Hän puristi nyrkkejään. Hiljaisuus. Hän risti kätensä. Hän ei aikonut tehdä sitä helpoksi.

Sam koputti oveen: "Aamiainen E-Z, tarvitsetko apua?"

"Ei, pärjään kyllä. Tulen ihan kohta." Hiljaisuus bar äänet ulkopuolella Samin palatessa keittiöön.

"Ensinnäkin", Hadz sanoi, "me teimme sen, mitä teimme, vain auttaaksemme sinua."

"Kokeilujen kanssa. Teimme jotain auttaaksemme sinua saavuttamaan tavoitteesi."

"Tarkoitatteko, että olisitte voineet auttaa minua lentokoneen kanssa? Olisin todellakin tarvinnut apuanne. Onneksi onnistuimme siinä sen joutsenen ja lintujen ansiosta."

"Öh, joo, siitä puheen ollen, apua ei sallita - ei ystäviltä eikä linnuilta. Ilmoitimme kyseisestä tapauksesta asianmukaisille viranomaisille."

E-Z pudisti päätään, hän ei voinut uskoa kuulemaansa. "Älkää vain sanoko, että joku satutti joutsenta tai lintuja? Parempi, ettet kerro minulle sellaista... Niin ja miksi se joutsen tarkalleen ottaen puhui minulle, englanniksi. Hänhän tiesi."

"Tuo asia on luottamuksellinen", Hadz sanoi ja lepatsi lähelle hänen kasvojaan kädet lanteilla. Reiki otti saman asennon, ja niiden siivet koskettivat hänen silmäluomiaan.

"Hei, lopeta jo", hän sanoi kovempaa kuin oli aikonut.

"Onko siellä kaikki hyvin?" Sam kysyi suljetun oven läpi.

"Olen kunnossa", hän sanoi ja heilautti kättään kasvojensa edessä lennättäen olennot huoneen poikki. Reiki osui seinään ja liukui alas. Hadz, joka oli jo kauempana, yritti saada Reikiä kiinni, mutta liian myöhään. Molemmat enkelit syöksyivät alas ja putosivat lattialle.

"Anteeksi", teini sanoi. Hän siirsi pyörätuolinsa lähemmäs heitä. Hän ihmetteli, pyörivätkö heidän päässään tähdet kuin vanhan ajan piirroshahmoilla. Hän piti siitä, kun se tapahtui Wile E. Coyotelle. He horjahtivat hieman, joten hän laski heidät sängylle. Kun enkelit toipuivat, hän sanoi: "Anteeksi taas. En tarkoittanut lyödä teitä. Siipesi kutittivat silmiäni."

"Niinpä niin!" Reiki sanoi.

"Ja me, emme unohda sitä."

Hänestä tuntui pahalta. Ne olivat niin pieniä; hän ei ollut tajunnut, että pelkkä näpäytys saattoi lähettää ne lentoon tuolla tavalla. Aivan kuin hän olisi lyönyt ne ulos puistosta, vaikka hän oli tuskin koskenut niihin.

"Siitä puheen ollen..." Reiki sanoi.

Hadz lisäsi: "Kun nukuit, suoritimme sinulle rituaalin."

E-Z säilytti jälleen tyyneytensä, mutta juuri ja juuri. "Rituaali siis?" He katsoivat häntä syyllisinä kuin synti. "Jos olisitte ihmisiä, teitä syytettäisiin siitä, että teette minulle jotain ilman lupaani. Se on alaikäisen pahoinpitelyä. Olisit vankilassa..."

Enkelit vapisivat ja pitivät toisistaan kiinni.

"Meillä ei ollut vaihtoehtoja."

"Teimme sen teidän parhaaksenne."

"Ymmärrän sen, mutta tällä hetkellä anteeksipyyntöänne EI hyväksytä."

"Hyvä on", enkelit sanoivat. "Toistaiseksi." He lauloivat: "Me kutsuimme voimia, suuria ja harhaisia voimia yläpuolellanne ja ympärillänne. Pyysimme niitä antamaan sinulle apua lisäämällä voimiasi, rohkeuttasi ja viisauttasi. Yksinkertaisesti sanottuna uskoimme, että tarvitsit enemmän, ja niinpä loihdimme sitä sinulle."

"Ymmärrän. Anteeksipyyntöä ei vieläkään hyväksytä."

"Teimme sen niin, että sinulle aiheutui mahdollisimman vähän epämukavuutta", Hadz sanoi.

E-Z harkitsi tätä viimeisintä tietoa. Samalla hän katseli pyörätuoliaan. Se näytti nyt erilaiselta, lukuun ottamatta käsinojien ilmeistä värimuutosta.

"Mitä tuolilleni on tapahtunut viime aikoina?" hän kysyi. "Ihan kuin sillä olisi oma mieli."

Enkelit vapisivat taas.

"Mitä sinä teit? Tarkalleen ottaen? Koska epäilen, ettet vain pahoinpidellyt minua, vaan myös tuoliani."

Lopulta enkelit selittivät kaiken timanttipölystä ja verestä. Voimista, jotka oli annettu hänelle itselleen ja tuolille. "Kun tehtävän vaikeudet kasvavat, sinun on tehostettava toimintaa."

"Tiedän jo, siksi siipeni ovat palaneet. Lämpötila nousee jokaisen tehtävän jälkeen. Mutta sanon itselleni, että kaikki on sen arvoista, kun saan nähdä vanhempani jälleen."

"Jos suoritat kokeet annetussa ajassa, - Ja noudatat ohjeita tismalleen", Hadz sanoi.

"Hetkinen", E-Z sanoi ja löi kätensä käsinojiin. "Kukaan ei sanonut, että on määräaika. Ei Valkoisessa huoneessa. Ei missään vaiheessa. Ja jos on olemassa sääntökirja, jota minun on tarkoitus noudattaa, niin anna se tänne, jotta voin lukea sen. Myöskään mitään sitoumusta ei ole ollut kummaltakaan puolelta. Kukaan ei ole sanonut, kuinka monta suoritettua koetta tarvitaan sopimuksen sinetöimiseen. Ehkä meidän pitäisi kirjoittaa kaikki kirjallisesti? Onko olemassa sellaista asiaa kuin enkelilakimies tai vielä parempi enkelin oikeusapu?"

Hadz nauroi. "Totta kai meillä on enkelilakimiehiä, mutta sinun on oltava enkeli, jotta voit saada sellaisen."

Reiki sanoi: "Suoritit ensimmäisen tehtävän ilman kenenkään apua. Pelastit tuon pikkutytön hengen tuolisi aloitteellisuudella, tahdonvoimalla ja tuurilla. Noilla kolmella asialla pääsee vain niin pitkälle, joten hankimme sinulle lisää tulivoimaa. Enempää emme voineet pyytää."

"Enempää emme voi ottaa riskiä antaa teille."

"Hei, mitä tarkoitat riskillä? Tarkoitatko, että tämä rituaali voi vahingoittaa minua?"

"Teimme sinulle palveluksen. Vaaransimme itsemme auttaaksemme sinua. Jos et voi antaa meille anteeksi nyt, niin jonain päivänä annat."

"Siinäpä vasta kysymykseni väistelyä! Oletko koskaan ajatellut lähteä enkelipolitiikkaan - jos sellaista on olemassa?"

Hadz sanoi. "Ihmiset ympärilläsi saattavat huomata tiettyjä muutoksia fyysisessä olemuksessasi."

"Niin saattavat", Reiki sanoi virnistäen.

"Mitä tarkoitat fyysisillä muutoksilla?" hän huusi.

POP.

POP.

Ja ne olivat poissa.

E-Z oli taas aivan yksin. Kun hän kulki kohti ovea, hän mietti, mitä he tarkoittivat. Mitä se sitten olikin, hän saisi sen selville pian. Sillä välin hän ajatteli, että hänen tuolissaan oli nyt hänen vertaan. Kuinka tuoli oli hänen itsensä jatke. Hän eteni keittiöön, jossa Sam-setä odotti.

✲✲✲

"NO, SE EI MENNYT ihan niin kuin olimme suunnitelleet", Reiki sanoi. "Hän oli aika vihainen meille. En usko, että hän enää koskaan luottaa meihin."

"Hän tarvitsee meitä enemmän kuin me häntä."

"Voisimme pyyhkiä hänen mielensä, kuten teimme muillekin."

"Jos hän ei anna meille anteeksi, emme voi tehdä asialle mitään. Hänen mielensä pyyhkiminen ei ole vaihtoehto. Ilman hänen suostumustaan ja jos, ei kun hän saa tietää, vieraannuttaisimme hänet ikuisesti. Ja sinä tiedät, kuka ei pitäisi siitä."

"Olet oikeassa kuten aina", Hadz sanoi.

"Luuletko, että kukaan huomaa hänen ulkonäkönsä muuttuneen tänään?"

"Me huomasimme, eikö niin!"

"Ehkä meidän olisi pitänyt kertoa hänelle, ainakin hiuksista. se olisi saattanut tehdä hänet meille rakkaammaksi. Jos olisimme selittäneet."

"Minusta muutokset olisivat parempia, jos ne tulisivat keneltäkään muulta kuin meiltä."

"Ihmiset ovat hyvin outoja", Reiki sanoi.

"Sitä he ovat. Mutta työskentely heidän kanssaan on ainoa tapa, jolla meidät voidaan nostaa oikeiksi enkeleiksi."

"Meidän onneksemme hän on aika mukava."

KAPPALE 12

E-Z ISKI HAARUKKANSA PANNUKAKUILLA täytettyyn lautaseen. Hänellä oli nälkä, aivan kuin hän ei olisi syönyt päiviin. Ja janoinen. Hän kaatoi lasin toisensa jälkeen appelsiinimehua. Hän täytti lautasensa uudelleen pannukakuilla ja jatkoi syömistä, kunnes ne olivat kaikki loppu.

Sam nauroi nähdessään veljenpoikansa ja jatkoi sitten voilla voidellun paahtoleivän upottamista kahviinsa.

"Mikä on niin hauskaa?" E-Z kysyi.

"Ei kai mikään."

Keittiössä kuului vain lorauttelua, leikkaamista ja pureskelua. Lisäksi kello tikitti seinällä heidän takanaan.

"Mitä?" E-Z vaati ja huomasi, että hänen setänsä virnisti ja piilotti sen kätensä taakse.

"Jotain erilaista on sinun, no, tiedäthän, tänä aamuna. Haluatko kertoa minulle jotain? Kuten miksi?"

Kaksi olentoa tupsahti sisään ja kumpikin istui toisen E-Z:n olkapäälle. Ne salakuuntelivat, eikä E-Z pitänyt lainkaan niiden kutsumattomasta tunkeutumisesta, joten hän huitaisi ne pois.

POP.

POP.

Ne katosivat.

"En ole varma, mitä tarkoitat."

Sam kaatoi itselleen toisen kupin kahvia. "Onko se tyttöä varten? Koska minkä tahansa tytön, pitäisi hyväksyä sinut sellaisena kuin olet."

E-Z nauroi. "Ei mikään tyttö. Olet aivan pihalla."

Molemmat olivat hiljaa vielä muutaman hetken, bar kello tikitti.

"Pakkasin laukun ja lähden puistoon sen jälkeen, kun olen kirjoittanut vähän aamulla. Otan mukaani muistivihon ja muutaman kynän siltä varalta, että puisto inspiroi minua."

"Kuulostaa hyvältä suunnitelmalta, mutta auta minua ensin siivoamaan", Sam sanoi nousten pöydältä.

Teini työnsi tuolinsa taaksepäin, yhdessä he siivosivat nopeasti. E-Z meni toimistoonsa ja sulki oven takanaan, kun ovikello soi.

Sam päästi Ardenin ja PJ:n sisään. "Hän on toimistossaan töissä. Odottaako hän teitä? Jos odottaa, hän ei ole sanonut minulle mitään siitä."

"Lähetin hänelle tekstiviestin, mutta hän ei vastannut", PJ sanoi.

"Joten ajattelimme piipahtaa hänen luonaan tänään. Varmistaa, että hänellä on vähän hauskaa. Se kaveri tekee liikaa töitä. Äiti sanoi, että hän vie meidät sinne. Täytyy vain tarkistaa E-Z:ltä ja soittaa hänelle sitten."

"Veljenpoikani on innostunut kirjoittamastaan kirjasta. Hän saattaa vastustaa sitä."

"Niin tai näin, me viemme hänet pois täältä tänään", PJ sanoi.

"Hän suunnitteli menevänsä puistoon, kunhan on kirjoittanut vähän. Mutta mene vain, ehkä hän voi tavata sinut siellä myöhemmin?" Sam palasi keittiöön ja otti pakastimesta jauhelihaa. Hän tarkisti kaapista kastikkeen, spagetin, kananmunat, sipulit, korppujauhot ja pinaatin. Hänellä oli kaikki tarvittava, jotta hän voisi tehdä myöhemmin spagettia ja lihapullia.

Pojat kulkivat käytävää pitkin ripustettuaan takkinsa.

Sam kohautti olkapäitään takkiinsa. Hän oli lykännyt nurmikon leikkaamista jo jonkin aikaa. Tänään oli se päivä, jolloin hän hoitaisi sen.

E-Z yritti kirjoittaa, mutta luovuus ei virrannut. Kun hänen ystävänsä saapuivat - hän oli iloinen keskeytyksestä. Hän avasi Facebookin ja teeskenteli tarkistavansa päivityksiä. "Hei, kaverit." Hän käänsi tuolinsa heitä kohti.

"Vau, mitä hittoa hiuksillesi on tapahtunut? Oletteko käyneet kauneushoitolassa ilman meitä?"

"Näytitkö heille kuvan ja pyysit käänteistä Pepe Le Pew -lookia?"

"Ja kulmakarvasi myös! En edes tiennyt, että niitä voi värjätä?"

E-Z juoksutti sormiaan hiustensa läpi, eikä hänellä ollut mitään käsitystä siitä, mistä he puhuivat. Hetkinen - oliko Sam viitannut juuri tähän?

"Ja hänen silmänsä, nekin ovat erilaiset."

Arden kumartui: "Niin, niissä on kultaisia pilkkuja. Mahtavaa!"

"Hei mies, peräänny, jooko", E-Z sanoi. "Te kaksi pelotatte minua. Minun tilaani tunkeutuminen ei ole siistiä."

"Ainakaan hän ei haise Pepelle", Arden sanoi perääntyen. PJ liittyi hänen seuraansa huoneen toiselle puolelle, jossa he kuiskuttelivat keskenään.

"Haittaako, jos otamme valokuvan?"

E-Z hymyili ja sanoi: "Mozzarella."

PJ näytti ottamansa kuvan Ardenille. "Katso!" he sanoivat tehden suuren paljastuksen.

E-Z ei voinut uskoa näkemäänsä. Hänen vaaleissa hiuksissaan oli keskellä kulkeva musta raita ja harmaita pilkkuja ohimoilla. Harmaita! Hän zoomasi, ja he olivat oikeassa, hänen silmissään oli kultaisia pilkkuja. Hänen mielessään vilahti timanttituhka, tältäkö timanttituhka näytti? Nuo kaksi idioottimaista enkeliä tekivät tämän! Ja heidän on parasta tietää, miten se korjataan! Seuraavan kerran kun hän näkee heidät, hän panee heidät maksamaan. Sillä välin hän yritti lievittää tilannetta.

"Iso juttu. Minulla oli rankka yö."

Arden kysyi: "Mitä et kerro meille?"

PJ lisäsi: "Hiuksesi harmaantuvat ja olet vielä lukiossa. Luuletko, että se on normaalia?"

"Minusta hän on oikeassa; me teemme ison numeron tyhjästä. Mitä setäsi sanoi siitä?"

"Hän ei huomannut - tai jos huomasi, hän ei sanonut mitään."

"Mitä? Tarkoitatko, että Sam ei edes huomannut?"

"Oliko hänen silmänsä auki?"

E-Z yritti muistella. Ensin Sam-setä oli kysynyt, oliko hänellä jotain kerrottavaa. Oliko hän tarkoittanut sitä?

"Hetki vain", E-Z sanoi, kun hän suuntasi kylpyhuoneeseen. Hän käytti peilin kymmenkertaista suurennosta katsellakseen tarkemmin. Hän puuskahti.

Tähdet tai pilkut hänen silmissään olivat jotenkin mukavia. Eivät haitallisia, itse asiassa ne saivat hänet näyttämään melko siistiltä. Hän tutki harmaita hiuksia ohimoillaan.

Entä sitten? Hän oli kokenut paljon vanhempiensa kuoleman myötä. Lisäksi lukion päivittäiset paineet. Ja pyörätuoliin tottuminen. Puhumattakaan arkkienkeleistä ja koettelemuksista.

Hänen hiustensa ennenaikainen harmaantuminen ei ollut ongelma. Hän liikutti peiliä ja ajoi sormillaan hiuksiaan. Koostumus oli erilainen, kun hän kosketti mustaa raitaa. Se tuntui karkealta, melkein harjaksikkaalta. Ei mikään ongelma, hän laittaisi siihen geeliä ja...

Ulkona ruohonleikkuri käynnistyi. Sam oli vihdoin tekemässä sitä pelättyä työtä. Ennen onnettomuutta nurmikonleikkuu oli ollut E-Z:n inhottavin työ.

"YEOW!" Sam huusi, kun ruohonleikkuri yskähti pysähtyen.

E-Z:n tuoli syöksyi kohti etuovea, joka lensi itsestään auki. Hän lähti lentoon, ohitti portaat ja laskeutui nurmikolle Samin taakse.

"Hitto vieköön!" Sam huudahti. Hän oli osunut ruohonleikkurilla kiveen, joka lensi ylös ja osui häntä silmän lähelle. Veripisaroita valui hänen poskeaan pitkin ja kerääntyi nurmikolle.

Pyörätuoli liikkui veren kohdalle ja imi sitä pyörillään.

"Oletko kunnossa?"

"Olen kunnossa", Sam sanoi. Hän kaivoi taskustaan nenäliinan ja piti sitä haavalleen.

Arden ja PJ saapuivat. "Kuulimme huudon."

"Olen ihan kunnossa, oikeasti", Sam sanoi. "Pieni onnettomuus. Ei syytä huoleen tai huoliin. Mennään takaisin sisälle."

Hän tarttui pyörätuolin kahvoihin ja työnsi. Sen liikuttaminen nurmikolla oli äärimmäisen vaikeaa.

Sillä välin Arden toi ruohonleikkurin ja piilotti sen vajaan.

"Oletko lihonut?" PJ kysyi huomatessaan Samin vaikeudet.

"Söin tänä aamuna parikymmentä pannukakkua."

"Ehkä musta raita on painavampi kuin normaali tukkasi?" Arden sanoi liittyen jälleen heidän seuraansa virnistäen.

"Ai, he huomasivat", Sam sanoi.

"Joo, he ovat haukkuneet minua siitä saapumisestaan lähtien. Mikset sanonut mitään?"

Nyt sisällä E-Z otti laastarin esiin ja laittoi sen setänsä haavaan.

"Se oli hienovarainen muutos", Sam sanoi. "Ei!" E-Z hymyili. "Ai niin, ja oletko koskaan harkinnut hakeutuvasi sairaanhoitajan ammattiin? Sinulla on herkkä kosketus."

PJ ja Arden pilkkasivat.

KAPPALE 13

E-Z JA HÄNEN YSTÄVÄNSÄ palasivat toimistoonsa. Hän päätti pysyä lähellä kotia siltä varalta, että Sam tarvitsisi häntä. Sam oli liian kiireinen valmistamaan päivällistä ajatellakseen, mitä ruohonleikkurille olisi voinut tapahtua.

"Päivällinen on valmis", hän soitti muutamaa tuntia myöhemmin. "Tule hakemaan se."

E-Z näytti tietä: "Se tuoksuu herkulliselta!"

He istuivat alas ja jakelivat ruokaa ja mausteita.

"Sinulla on jo melkoinen kiilto", Arden sanoi Samille.

Sam, joka ei tähän asti tiennyt, että hänellä oli näkyvä haava, kantoi sitä nyt ylpeänä. Hän pisti toisen lihapullan sisään ja laittoi sen lautaselleen.

"Mitä siellä muuten tapahtui", PJ tiedusteli.

"Se oli kivi. Jäi kiinni ruohonleikkuriin ja osui minuun." Hän jatkoi ruokansa työntämistä lautasella. "Miten kirjoittaminen sujuu?" hän kysyi veljenpojaltaan kääntämällä huomion pois itsestään.

"En ehtinyt paneutua siihen tänä aamuna."

Sam vaihtoi puheenaihetta ja kysyi, oliko koulussa tai joukkueessa tapahtunut jotain.

"Meillä on harjoitukset tänä iltana", PJ sanoi.

"Ja toivomme, että E-Z saisi kiinni huomisessa pelissä."

E-Z pudisti päätään, selväksi ei, ja jatkoi syömistä.

"Yksi vuoropari, vain yksi ja jos et halua jatkaa pelaamista, se sopii meille", Arden sanoi.

"Hyvä idea", Sam-setä sanoi. "Kasta varpaasi. Jos se ei tunnu oikealta, tule pois. Mitä menetettävää sinulla on?"

PJ avasi suunsa sanoakseen jotain, mutta päätti olla sanomatta. Hän tunki lihapullan suuhunsa. Hän pureskeli ja otti ryypyn. "Kun olet siellä, E-Z, nostat kaikkien moraalia. Kaverit pitävät sinua paljon. Niin on aina ollut ja tulee aina olemaan."

"Selvä", E-Z sanoi. "Istun penkillä, jos se mielestäsi auttaa. Illallisen jälkeen mennään puistoon harjoittelemaan vähän. Katsotaan, miten asiat sujuvat."

"Ihan reilusti", PJ sanoi.

He kiittivät Samia loistavasta illallisesta.

"Sinä laitoit ruokaa, joten me siivoamme", Arden tarjoutui.

E-Z ja PJ vaihtoivat katseita.

Kun Sam oli poissa kuuloetäisyydeltä, PJ sanoi: "Sinä olet oikea pussaaja."

Arden roiskutti hieman vettä PJ:n suuntaan, mutta E-Z sai suurimman osan siitä kasvoihinsa.

PJ palautti roiskeen, joka roiskui keittiön lattialle ja osui Samin kenkiin.

"Moppi ja ämpäri ovat kaapissa", hän sanoi ja nappasi takkinsa mennessään ulos.

He siivosivat loppuun, siihen mennessä he olivat suurimmaksi osaksi kuivia, paitsi E-Z, joka vaihtoi paitansa. Lopulta he saapuivat pesäpallotontille, ja se oli jo varattu.

"Hienoa", E-Z sanoi. "Mennään."

Kentän laidalla oli muutama tyttö vastajoukkueen cheerleader-ryhmästä. Yksi, punatukkainen tyttö, vilkaisi E-Z:n suuntaan. Hän teki kärrynpyörän ja laskeutui helposti.

"Kai me voisimme jäädä hetkeksi", E-Z sanoi.

He kulkivat kentän poikki penkkien luo. Heidän oli ainakin tervehdittävä, muuten he näyttäisivät ääliöiltä.

Pieni punatukkainen tyttö kuiskasi jotain ystävälleen, ja he kikattivat.

E-Z oli varma, että he nauroivat hänelle.

"Meillä on seuraa", punatukkainen tyttö sanoi.

"Joo, pyörätuolimies, jolla on seepratukka, ja kaksi nörttiä", kolmas basemies huusi. Hän odotti kaikkien nauravan hänen ontuvalle vitsilleen, mutta kukaan ei nauranut.

"Älä välitä hänestä", punatukkaisen tytön ystävä sanoi. "Hän on säälittävä."

"Painu helvettiin", vasen kenttäpelaaja huusi. "Täällä ei ole tilaa rammalle."

E-Z jätti kaikki kommentit huomiotta. Hänen tuolinsa tosin ei. Se ponnisti ja kiihtyi kuin härkä, joka yrittää päästä ulos karsinasta. "Whoa!" E-Z sanoi, kun tuoli ponnahti kuin villihevonen.

Arden tarttui kiinni tuolin kahvoista, ja tuoli palasi normaaliin toimintaansa.

Levylautasen takana sieppari pudotti kärpäsen ja haparoi syöttöä. "Tarvitsette näköjään kunnon siepparin", E-Z sanoi.

Huutosakin cheerleaderit kikattivat.

"Antakaa minulle viisi minuuttia levyn takana, vain viisi. Jos pystyn ottamaan kiinni jokaisen heiton, jonka lähetätte minun suuntaani, niin teemme teille palveluksen ja jäämme."

"Entä jos et saa?" syöttäjä kysyi.

Sieppari riisui maskinsa. "Ostat meille hampurilaiset ja ranskalaiset."

"Ja pirtelöt", ykköspesäpelaaja lisäsi.

"Sovittu", E-Z sanoi tuolinsa työntyessä eteenpäin.

Hän istui kärsivällisesti, kun Arden solmi polvisuojat. PJ veti rintasuojan päähänsä ja asetti kiinniottajan maskin kasvoilleen. E-Z tunki nyrkkinsä kiinniottajan käsineeseen.

"No niin, heitä pallo minulle", E-Z käski.

"Toivottavasti tiedät, mitä olet tekemässä, kaveri", Arden ja PJ sanoivat.

"Luota minuun", E-Z sanoi. Hän pyöräytti itsensä paikalleen levypallon taakse. "Lyöjä pystyyn!"

Syöttäjä viittasi Ardenia lyömään. Hän valitsi mailan ja astui lautaselle.

E-Z antoi syöttäjälle merkin heittää korkean nopean pallon. Sen sijaan syöttäjä heitti kaaripallon, ja se osui suoraan alueelle. Arden jäi osumasta paitsi, mutta ei täysin, sillä hän yhdisti pallon tikissä ja se kimposi takaisin. E-Z nousi tuoliltaan ja tarttui siihen.

"Whoa!" syöttäjä huusi. "Hieno torjunta."

"Onnekas", ykköspesämies sanoi.

Huutosakit siirtyivät lähemmäs.

Toinen syöttö Ardenille, hän poppasi oikealle kentälle.

PJ astui lyömään ja löi ulos. E-Z nappasi kaikki pallot helposti, mutta viimeinen syöttö meni villisti, ja hän melkein menetti sen. PJ oli menossa ykköselle, mutta E-Z heitti pallon alas, ja hän oli ulkona.

He pelasivat, kunnes oli liian pimeää nähdä palloa enää.

Pelin jälkeen he päättivät, että peli oli tasapeli. He menivät läheiseen ruokalaan, ja jokainen maksoi ruokansa itse.

"Me tapamme teidät huomenna pelissä", Brad Whipper, joukkueen kapteeni, kehuskeli.

"Pelaatteko te E-Z:tä?" Larry Fox, ykköspesämies kysyi.

"Voi, hän pelaa ehdottomasti", Arden ja PJ sanoivat.

"Ehdottomasti."

Punatukkainen tyttö oli Sally Swoon ja hän kuiskasi jotain Ardenille, joka pudisti päätään. "Kysy häneltä itse", hän sanoi.

"Kysy minulta mitä?"

Hänen poskensa punastuivat.

"Sinähän haluat tietää, mitä tapahtui?"

Hän nyökkäsi. "Pyysitkö kampaajasi tekemään sen, vai tekivätkö he..."

"Tekivätkö he virheen?" mies sanoi.

Hän nyökkäsi.

"Heräsin tänä aamuna, ja se oli tällainen. Se siitä."

"Vedä toisesta", pelaaja sanoi. "Kerro nyt, miksi olet pyörätuolissa."

E-Z kertoi tarinansa. Kaikki pysyivät hiljaa sillä välin. Kukaan ei syönyt eikä juonut. Kun hän lopetti, hän pelkäsi, että kaikki kohtelisivat häntä eri tavalla, mutta niin ei käynyt.

He puhuivat tulevasta World Series -sarjasta ja muusta urheiluun liittyvästä jutustelusta.

Myöhemmin, kun hänen ystävänsä saattoivat hänet kotiin, kaikki olivat hiljaa. Hän toivotti kavereille hyvää yötä ja palasi huoneeseensa. Hän yritti katsoa televisiota ja kirjoittaa vähän, mutta mitä tahansa hän tekikin, hän ajatteli koko ajan kaikkea, mitä hän oli menettänyt. Hän kaatui takaisin sängylle ja tuijotti kattoa ja lopulta vaipui uneen.

KAPPALE 14

E-Z NUKKUI, NÄKI UNTA.

"Herää E-Z! Herää!" Reiki sanoi hyppien ylös ja alas hänen rinnallaan.

"Lopeta jo!" hän huudahti.

Hadz suihkutti vettä hänen kasvoilleen.

Hän ravisteli sen pois. "Teillä kahdella on selitettävää ja korjattavaa. Laittakaa hiukseni takaisin niin kuin ne olivat. Ja silmäni myös!"

"Ei ole aikaa!" he sanoivat, kun hänen tuolinsa kaatui, pudotti hänet siihen ja lensi sitten ulos jo auki olevasta ikkunasta.

"En ole edes pukeutunut!" E-Z huudahti.

Reiki ja Hadz kikattivat ja käskivät E-Z:n toivoa, mitä hän halusi pukea päälleen. Kun hän katsoi taas alas, hänellä oli farkut, vyö ja t-paita. Hän katsoi jalkoihinsa, joissa hänen juoksukenkänsä sitoivat omia nauhojaan. Kun ne leijailivat taivaan yllä, E-Z kiitti niitä.

"Annatteko siis meille anteeksi?" Hadz kysyi.

"Antakaa sille aikaa", Reiki sanoi.

E-Z nyökkäsi, kun hänen tuolinsa nousi yhä korkeammalle. Lentokoneen yläpuolella, lentokoneen ohi. Ilmeisesti ei heidän määränpäänsä. He lensivät eteenpäin, kunnes hänen pyörätuolinsa horjahti pysähtyen ja osoitti sitten alaspäin.

"Tuolla se on", Reiki sanoi.

Alhaalla ryhmä ihmisiä seisoi korkean toimistorakennuksen ulkopuolella rykelmänä.

"Tunnetko sinä tuon?" E-Z kysyi huomaten, että ilma tapauksen ympärillä oli erilainen. Se värähteli energiasta.

"Kyllä", Hadz sanoi.

"Hyvä, että huomasit tällä kertaa", Reiki sanoi.

"Tarkoitatko, että muilla kerroilla oli värähtelyä?"

"Kyllä, mutta kun voimasi kasvavat, pystyt nollata paikat."

"Eikä vain sinä, myös tuolisi voi havaita ne."

"Tarkoitatko, että minulla on super-duper-älykäs tuoli? Tiesin, että sitä oli modattu, mutta tämä on mahtavaa!"

Enkelit nauroivat.

Tuoli kiihdytti eteenpäin, kun heidän alapuolellaan kuului laukauksia. He näkivät ihmisten juoksevan, huutavan ja kaatuvan.

E-Z ja hänen tuolinsa lensivät kohti kaaosta, kohti luodinsuihkua. Hän säpsähti, kun pyörätuoli torjui ne. Hän mietti, mitä tapahtuisi, jos tuoli ei osuisi yhteen.

"Olemme melko varmoja, että olet luodinkestävä", Reiki sanoi kysymättä. "Se kuului rituaaliin."

"Ja timanttipölyn pitäisi toimia."

"Melko varmasti?" hän sanoi toivoen, että he olivat oikeassa. "Jos se toimii, niin se on hyvä vaihtokauppa hiustilanteelleni!" "Jos se toimii, niin se on hyvä vaihtokauppa hiustilanteelleni!"

Wannabe-enkelit nauroivat.

KAPPALE 15

Hänen pyörätuolinsa työntyi alaspäin ja osui rakennuksen katolla olevaan mieheen. Hän oli ampunut alhaalla olevaan väkijoukkoon ja heitä kohti, kun he lähestyivät häntä. Pyörätuoli syöksyi eteenpäin, ja E-Z kuuli oudon äänen, kuin lentokone olisi laskenut laskutelineensä alas. Se kuului pyörätuolista, kun metallilaatikko putosi alas ja laskeutui miehen päälle. Ase lensi hänen kädestään katon poikki, ennen kuin vehje otti kiinni. Mies yritti nykäistä E-Z:tä ja pyörätuolia pois selästään, mutta mikään ei onnistunut.

Sireeni kajahti kaukaisuudessa ja muuttui sitten yhä kovemmaksi ja kovemmaksi, kun se kurottautui umpeen.

"Jos päästän sinut ylös", E-Z kysyi, "käyttäydytkö kunnolla?"

Vaikka mies nyökkäsi suostuvasti, pyörätuoli ei suostunut liikkumaan.

E-Z:n oli saatava ase pois käytöstä ja häivyttävä sieltä ennen kuin poliisi saapuu paikalle. Hän ihmetteli, oliko kukaan alapuolella loukkaantunut. Hän odotti ambulanssien olevan tulossa. Hän ja hänen tuolinsa voisivat kuitenkin lentää vakavasti loukkaantuneet sairaalaan paljon nopeammin.

Hän tuijotti katon toisella puolella olevaa asetta. Hän keskittyi ja ojensi sitten kätensä. Kuin hänen kätensä olisi ollut magneetti, ase lensi siihen ja hän teki aseen toimintakyvyttömäksi sitomalla sen solmuun. E-Z irrotti vyönsä ja sitoi sillä ampujan kädet selän taakse.

Tuoli nousi ilmaan ja lensi pois kuin raketti, kun katolla olevat ovet lensivät auki. Muokattu kapistus nousi ilmaan ja leijui ilmassa, kun E-Z katseli, kuinka SWAT-ryhmä siirtyi ampujan luo ja otti hänet kiinni. Sen konstaapelin ilme, joka löysi solmuun sidotun aseen, oli korvaamaton.

Hän epäröi sekunnin tai kaksi harkiten toimeksiantoaan, mutta alhaalla oli loukkaantuneita ihmisiä ja hän pystyi auttamaan heitä nopeammin kuin kukaan muu, ja niin hän teki. Hän huolehtisi seurauksista myöhemmin ja toivoi, että he ymmärtäisivät.

E-Z laskeutui lähelle väkijoukkoa. Hän keräsi neljä vakavimmin loukkaantunutta, ja koska he olivat tajuttomia, hän käytti osan siivestään pitääkseen heidät turvallisesti tuolillaan, kun he lensivät taivaan halki.

Tuoli imi loukkaantuneiden matkustajien veren, kun se valui heidän haavoistaan. Heidän verensä yhdistyi E-Z:n ja Sam Dickensin vereen. Tämä yhdistyminen työnsi luodit pois heidän kehoistaan, ja heidän haavansa alkoivat parantua.

Kesti useita minuutteja ennen kuin he pääsivät sairaalaan. Kun he saapuivat, kaikki potilaat olivat parantuneet, kuin heidän vammojaan ei olisi koskaan tapahtunutkaan. He heittäytyivät E-Z:n syliin ja kiittivät häntä.

Sairaalan parkkipaikalla kukin hyppäsi pois pyörätuolista.

Hoitajat seisoivat sisäänkäynnin luona paarit valmiina.

E-Z vilkaisi heidän suuntaansa. Hän vilkutti ja lensi sitten taivaalle. Hänen alapuolellaan hänen pelastamansa ihmiset vilkuttivat takaisin. Hän toivoi, että odottavia hoitajia harmittaisi, ettei heitä sittenkään tarvittu.

"Kiitos", eräs nuori mies huusi ja vilkutti.

"Toivottavasti näemme vielä", keski-ikäinen nainen huudahti.

"Olette todellinen sankari!" Samuli-setää muistuttava mies sanoi.

"Muistutat minua pojanpojastani - paitsi että sinulla on outo raita hiuksissasi!" eräs iäkäs nainen sanoi.

Huoltajat tulivat kohti neljää ja kysyivät: "Tarvitseeko kukaan apua?"

Nuori mies sanoi: "Ette usko, mutta minua ammuttiin - kahdesti vähän aikaa sitten. Taisin pyörtyä. Kun heräsin", hän veti ylös paidan etuosaa, joka oli verinen, "haavat olivat poissa."

Iäkäs nainen, jonka mekko oli verinen, selitti, miten häntä oli ammuttu lähelle sydäntä.

"Olisin kuollut, ellei tuo pyörätuolissa istuva poika olisi pelastanut henkeäni."

Kahdella muulla potilaalla oli vastaavanlaisia tarinoita kerrottavanaan. He ylistivät E-Z:tä ja kiittivät häntä uudelleen. Vaikka hän ei ollut enää heidän kanssaan.

"Minusta teidän kaikkien pitäisi vielä tulla sairaalaan", ensimmäinen hoitaja sanoi.

Toinen hoitaja sanoi: "Kyllä, olette kokeneet traumaattisen kokemuksen. Teidän pitäisi mennä lääkäriin ja saada kaikki lupa."

Kaikki neljä aiemmin loukkaantunutta kansalaista antoivat hoitajien auttaa heidät sisälle. He yrittivät saada neljästä vanhinta paareille.

"Olen kunnossa kuin pukki!" vanhempi nainen huudahti.

He seurasivat häntä sairaalaan.

$$\ast\ast\ast$$

"MEIDÄN ON PARASTA TEHDÄ se nyt", Reiki sanoi.

"Se on kuitenkin aika surullista. Hän teki niin merkittäviä asioita, eikä kukaan enää muista."

He pyyhkivät kaikkien lähistöllä olevien mielet.

"Hän teki todella uskomatonta työtä."

"Kyllä, hän oli hyvin valittu", Hadz sanoi.

E-Z palasi kotiin lentäen sinne niin nopeasti kuin pystyi. Hän tiesi, että kipu oli tulossa, mutta ei tiennyt, kuinka pahaa se olisi tällä kertaa. Hän ehti hädin tuskin ikkunasta sisään ja sängylle, ennen kuin hänen olkapäänsä syttyivät tuleen ja saivat hänet pyörtymään.

Enkelit palasivat kuiskaten rauhoittavia sanoja, kun hän huusi unissaan. Kun kipu kävi liian suureksi, he lievittivät sitä ottamalla sen itselleen.

"Koe numero kolme on suoritettu", Reiki sanoi. "Hän selviää niistä helposti."

"Totta, mutta meidän on varmistettava, ettei häntä tunnisteta. Hänet voidaan nähdä, mutta meidän on pyyhittävä muistot pois. Olen kuitenkin huolissani, että saatamme jättää jonkun huomaamatta."

"Jos pyyhimme kaikkien lähistöllä olevien muistot, kaiken pitäisi olla hyvin."

KAPPALE 16

"**E**N TAJUA", E-Z SANOI raapien samalla päätään ilman mitään jaettavaa selitystä. Hän odotti, että enkelit saapuisivat ja pyyhkisivät hänen ystäviensä mielen - he eivät saapuneet. Hän odotti maailman pysähtyvän - ei pysähtynyt. Hän mietti, näkisikö hän koskaan enää vanhempiaan? Oliko tämä testi? Hän käänsi puhelimen kiinni ja palautti puhelimen.

"Hemmo", Arden sanoi, kun hänen äitinsä peruutti parkkipaikalle.

"Kiirehdi nyt tai myöhästyt", hän sanoi avatessaan takakontin.

"Nähdään myöhemmin", Arden sanoi, kun hänen äitinsä ajoi pois.

Kolme ystävää eteni kouluun puhumatta. Viimeinen varoituskello soi minä hetkenä hyvänsä.

E-Z pyöräili pitkin käytävää hymyillen itsekseen ja samalla huolehtien siitä, kuka muu näkisi klipin. Tosin oli hämmästyttävää nähdä itsensä toiminnassa. Kuin viileämpi Teräsmies. Oikea sankari. Hän oli pelastanut ihmisiä. Pelastanut ihmishenkiä. Hän ja hänen pyörätuolinsa olivat voittamattomia. He olivat dynaaminen kaksikko. Hän ihmetteli, tarvitsivatko he edes kahden wannabe-enkelin apua. Se oli tuntunut hyvältä. Joka ikinen hetki. Pelastaminen. Pelastaminen. Toisen kokeen onnistunut läpivienti. Mahtavaa. Kunpa hän vain voisi kertoa parhaille ystävilleen salaisuutensa.

"E-Z Dickens!" Rouva Klaus, hänen opettajansa, huusi.

"Kyllä, rouva", E-Z sanoi ja käänsi sivua lukeakseen oppitunnin. Hän ihmetteli, miksi hän tuhlasi aikaa koulussa. Hän ei tarvinnut sitä enää.

***

Hän YRITTI OLLA TORKAHTAMATTA tunnilla. Rouva Klaus tarkkaili häntä tavallista enemmän. Aina kun hän nukahti, Klaus korotti ääntään. Hän heräsi, eikä tiennyt, mistä hän puhui.

Kun kello soi ja tunti oli ohi, oppilaat erkanivat, jotta hän pääsi ensimmäisenä ulos ovesta. Hän vilkaisi muutamaa luokkatoveriaan kiittäen. Harva otti katsekontaktia. Useimmat katsoivat poispäin. He eivät olleet tottuneet hänen uuteen asemaansa - vielä.

Käytävällä odotti joukko opiskelutovereita ja ihailijoita. Salamat välähtivät, kun kamerat ja kamerakännykät ottivat kuvia. Hän toivoi, että koulun lehti oli paikalla. Ehkä he jopa kirjoittaisivat hänestä artikkelin. Hetkinen. Hän ei enää koskaan näkisi vanhempiaan - ei, jos kaikki tietäisivät! Miten tämä tapahtui!? Hän puski tiensä läpi. He jatkoivat taputtamista, joka voimistui ajan myötä. Muutamat huusivat: "Puhe!"

PJ astui sivummalle ja kysyi: "Oletko nähnyt Facebookia viime aikoina?"

E-Z kohautti olkapäitään.

"Katso uusimmat", PJ sanoi ja näytti ystävälleen otsikoita.

"Paikallinen sankari pyörätuolissa." Hän pysähtyi liikkeelle ja napsautti leikkeen. Siinä sanottiin, että paikallinen sankari kävi Lincolnin lukiota Hartfordissa Connecticutissa. E-Z tajusi pian, että oppilaat luulivat häntä sankariksi - hän olikin - mutta he eivät voineet tietää sitä. Heidän ei ollut tarkoitus tietää mitään siitä. Heidän piti pyyhkiä mielensä, kuten he tekivät Samuli-sedälle. Mutta sillä ei ollut väliä - hän ei asunut Hartford Connecticutissa. He ymmärsivät väärin. Miksi hänen luokkatoverinsa sitten taputtivat?

Hän puski läpi, he väistyivät tieltä. Hän meni suoraan ulos kaatosateeseen. E-Z mietti, voisiko hän käyttää tuolinsa uusia voimia omaksi hyödykseen. Vaikka ei ollutkaan kriisiä tai oikeudenkäyntiä, voisiko hän taikoa tai rituaalisoida itsensä kotiin? Hän mietti tätä jatkaessaan rullaamista jalkakäytävää pitkin. Hänen tuolinsa auttoi häntä kerran pelastamaan pienen tytön, ennen kuin sillä oli edes mitään erikoisvoimia.

Hän ajatteli taikasanoja kuten bibbidi-bobbidi-boo ja expelliarmus. Hän kokeili molempia pyörätuoliinsa, mutta kumpikaan niistä ei tehnyt mitään. Hän vilkaisi olkansa yli kuullessaan askelten tulevan hänen takanaan. Hän odotti jotakuta ystävistään - sen sijaan se oli nuorempi oppilas, joka kysyi: "Missä siipesi ovat?".

E-Z naurahti: "Minulla ei ole siipiä." Hetken päästä hänen siipensä tulivat esiin ja kantoivat hänet taivaalle. Ensin hän ajatteli, että voi ei, mutta päätti kuitenkin lähteä mukaan ja vilkutti pojalle takaisin jalkakäytävälle. Poika oli niin innoissaan, ettei hän ollut edes ajatellut ottaa puhelintaan esiin vangitakseen hetken. "Kotiin!" hän käski. Punaisen valon välähdys kantoi hänet taivaan poikki, suoraan hänen talonsa ohi, koska tuolilla oli jokin muu paikka, jossa he voisivat olla.

Ne jatkoivat lentämistä, kunnes ne olivat suoraan ostoskeskuksen yläpuolella. Hän tunsi nyt ilman värähtelevän ja vetävän häntä lähemmäs paikkaa, jossa häntä tarvittiin. Tuoli osoitti alaspäin, pudotti hänet pankkiin ja pysähtyi sitten kesken ilman. Alla olevat asiakkaat jatkoivat touhuamistaan - hän oli poissa heidän näköpiiristään. Hänellä ei vieläkään ollut aavistustakaan, miksi hän oli täällä.

Onko tämä toinen oikeudenkäynti? hän kysyi. Hän odotti, mutta vastausta ei tullut. Jos tämä oli toinen koe, niiden välinen aika alkoi käydä yhä lyhyemmäksi. Missä nuo kaksi enkeliä olivat - eikö heidän pitänyt suojella häntä? Hän ajatteli muita koetuksia. Suurin osa niistä tapahtui yöllä. Pimeässä. Ehkä wannabe-enkelit eivät voineet tulla ulos valoon, kuten vampyyrit? Hän nauroi tuolle oudolle yhteydelle ja toivoi sen olevan totta. Jotenkin häntä ei haitannut, että tällä kertaa paikalla oli vain hän ja hänen tuolinsa. E-Z palasi takaisin hetkeen. Asiakkaat huusivat ostoskeskuksen sisällä. Hän lensi eteenpäin, ulos pankista ja läheiseen tavarataloon. Paikka oli aika lailla ihmisettömänä.

Laskeutuessaan alas pyörät kääntyivät itsestään ja veivät häntä eteenpäin. E-Z yritti ottaa ohjat käsiinsä. Mutta myös hänen pyörätuolinsa halusi hallita. Se kiihdytti vauhtia, yhä nopeammin ja nopeammin. Lopulta hän antoi sen hallita, koska pelkäsi sormiensa vahingoittuvan.

Tuoli pysähtyi täysin, kun noin neljän metrin päässä heidän edessään oli asiakkaita. Useimmat olivat levällään ja kasvot alaspäin lattialla. Joillakin oli kädet takaraivolla, joillakin kädet selän takana.

Eri asennoissa hän näki turvakameroita, jotka näyttivät vain staattista kuvaa. Se ei ollut hyvä merkki.

Pyörätuoli nykäisi jälleen eteenpäin kohti nuorta naista. Hän oli pukeutunut maastopukuihin ja hattu oli vedetty silmien päälle. Hän oli vaalea, luultavasti vaalea ja sinisilmäinen, mallityyppinen. Toisessa kädessä hänellä oli kivääri ja toisessa metsästysveitsi. Hänen liikkumattomuutensa aseiden kanssa huolestutti häntä. Se ja hänen liiallinen karkkiomenanpunaisen huulipunansa käyttö. Se oli tahriintunut, mikä muutti karmivan hymyn uhkaavaksi irvistykseksi.

E-Z tarkasteli lattialla olevia vaarassa olevia. Kuinka kauan he olivat olleet siellä? Mitä hän odotti? Oliko hän vaatinut rahaa? Kuka kaupan ulkopuolella tiesi panttivankikohtauksesta, koska kamerat eivät toimineet?

Yksi lattialla olleista kavereista kiinnitti hänen huomionsa. E-Z laittoi sormensa huulilleen. Kaveri kääntyi toiseen suuntaan, ja silloin hän huomasi lattialla puhelimen, jonka punainen valo sykki. Se nauhoitti ääntä. Hän toivoi, ettei tyttö huomannut - hän näytti siltä, että hän saattaisi menettää malttinsa millä hetkellä hyvänsä.

E-Z:n tuoli lähti liikkeelle kuin tykinlaukaus ja oli pian tytön kimpussa. Hänen aseensa lensi yhteen suuntaan ja veitsi toiseen. Tuolin metallikuori putosi alas.

"Soita hätänumeroon", E-Z huusi. Ja lattialla oleville asiakkaille: "Häipykää täältä!" He juoksivat katsomatta taakseen. Nyt hän oli yksin hullun tytön kanssa. "Miksi teit sen?" hän kysyi.

Tyttö lauloi sanat laulusta, jonka hän oli kuullut ennenkin: "En pidä maanantaista." Sitten hän virnisti, pyöräytti silmiään ja sanoi: "Sitä paitsi se on vain peliä." Tyttö sanoi: "Se on vain peliä." Hän jatkoi laulun hyräilyä muutaman sekunnin ajan silmät kiinni. Sitten hän avasi ne ja sanoi villiin silmin ja naureskellen: "Niin, ja jos tarvitset ammattilaisen värjäämään hiuksesi kunnolla, tiedän jonkun."

"Öh, kiitos", hän sanoi ja ajoi sormillaan hiuksiaan läpi.

Hän muisti laulun, jota hänen äitinsä lauloi. Tositarina, joka kertoi ampumisesta. Bändi oli saanut nimensä hiiristä tai rotista.

Hän pudisti päätään. Tyttö hänen edessään, muistutti hahmoa pelistä, jota hän oli pelannut muutaman kerran. Huulipunaa myöten. Hän ei muistanut, mitä peliä, mutta hän oli varma, että tyttö imitoi jotakin pelaajaa. "Pelin pelaaminen on yksi asia - kukaan ei loukkaannu. Tämä on oikeaa elämää. Jos et pidä jostain - lopeta sen tekeminen! Älä satuta muita."

"Häivy", hän vastasi, "aivan kuin minulla olisi mitään valinnanvaraa".

Poliisit rysähtivät sisään, ja hänen oli lähdettävä.

He löysivät tytön kiinnitettynä aseet solmuun sidottuina pelikonsolin turvakäytävältä.

Hän suuntasi kotiinsa odottaen, että hänen siipiensä pelätty poltto iskee häneen. Hän pääsi perille asti, niin pitkälle kuin mahdollista. Mutta hän oli niin nälkäinen, ettei malttanut olla syömättä mitään, mitä käsiinsä sai.

Jääkaapissa oli valmiina puolikas kana, jonka hän söi odottaessaan, että juusto sulaisi pannulla. Hän ahmi grillatun juuston alas. Sitten hän teki toisen, samalla kun hän mässäili omenaa. Kun hän oli syönyt omenan loppuun, hän lusikoi jäätelöä ammeesta. Kipua ei koskaan tullut, mutta hänellä olisi vakava paino-ongelma, jos hän jatkaisi syömistä näin.

"Setä Samuli?" hän huusi ja tarkisti, oliko hän jossain talossa - ei ollut. Hän meni työhuoneeseensa ja teki kotitehtäviä, sitten hän pelasi muutaman pelin. Samia ei näkynyt vieläkään. Ei tekstiviestejä. Ei puheluita tai ääniviestejä. Sam ilmoitti aina, kun hän tulisi myöhään kotiin. Outoa. Missä hän oli?

KAPPALE 17

K ELLO OLI JO YLI puolenyön, eikä Setä Samulista näkynyt jälkeäkään. Se oli ensimmäinen kerta, kun hän oli jättänyt päivällisen tekemättä, saati kertomatta E-Z:lle, missä hän oli. Hän tiesi, miten levoton hänen veljenpoikansa oli, kun hän ei voinut hallita asioita. Tällaisina hetkinä teinin iho kutisi, aivan kuin hänen verensä kiehuisi pinnan alla.

Pyörätuolissaan istuen hän teki vastaavanlaista kävelyä. Pyöritti tuoliaan käytävää pitkin ylös ja takaisin alas. Hankalinta oli kääntyminen, jonka hän teki toimistossaan. Matkalla takaisin kohti keittiötä hän laittoi television päälle luodakseen valkoista kohinaa. Hän pysähtyi katsomaan ennen kuin palasi käytävälle, ja kehon ulkopuolinen kokemus valtasi hänet.

Hän oli olohuoneessa pyörätuolissaan ja katseli itseään televisiosta pyörätuolissaan. E-Z pudisteli päätään yrittäen saada siitä tolkkua. Miksi Hadz ja Reiki eivät olleet pyyhkineet muistojaan? Sitten se tapahtui - toimittaja sanoi hänen nimensä ja todellisen osoitteensa lähiöineen. Tällä kertaa hän osasi kaiken oikein - eikä hän lopettanut siihen.

"Kolmetoistavuotias E-Z Dickens halusi olla baseball-ammattilainen. Ja hänellä oli siihen tarvittavat taidot. Sitten onnettomuus vei hänen vanhempansa - ja jalat. Orpo - supersankariksi muuttunut - asuu nyt ainoan sukulaisensa Samuel Dickensin kanssa."

Hän halusi potkaista televisioruutua. He sanoivat sen, ihan noin vain. Niin kuin kaikkien supersankareiden piti olla orpoja. Kuin se olisi edellytys. Kun hänen puhelimensa soi, hän toivoi, että se oli Sam - se oli Arden.

"Katsotko sinä sitä?" hän kysyi. "He kertoivat KAIKILLE, missä asut!"

"Tiedän", E-Z sanoi. "Pahinta on se, että Sam-setä on luvattomasti poissa. Hän soittaa minulle aina, vaikka mitä tapahtuisi."

Arden puhui isänsä kanssa. "Pysy siellä, isä ja minä tulemme heti. Voit jäädä meidän luoksemme, kunnes sinä ja Sam keksitte, mitä tehdä. Jätä hänelle viesti."

"Kiitos, mutta pärjään kyllä täällä."

"Isä sanoo, ei mitään jos, jaa tai mutta. Hän sanoo, että toimittajat ovat perässäsi kuin valkonaama riisissä - mitä se sitten tarkoittaakin."

"En ollut ajatellutkaan, että toimittajat tulevat tänne. Hyvä on, minä valmistaudun."

Hän meni huoneeseensa, pakkasi yöpymislaukun ja meni sitten keittiöön kirjoittamaan viestin ja laittamaan sen jääkaappiin. Ajoneuvo pysähtyi äkisti pihalla ja vinkui renkaistaan. Ovi paiskautui, sitten kuului laukauksia, kun lasinsiruja lensi ulos ikkunoista. Etuovi räjähti saranoiltaan, kun hänen tuolinsa lähti kohti ampujaa, joka piti tulta yllä heidän lähestyessään.

"Hän on vain lapsi", E-Z sanoi ja käytti hyväkseen hänen epäröintiään. Hän tarttui aseeseen, sitoi sen solmuun ja heitti sen nurmikon poikki.

Poika, joka oli E-Z:tä nuorempi, käytti ne sekunnit, jotka hän oli heittämässä asetta, taklatakseen hänet maahan.

"Ei kivaa", E-Z sanoi, kun hänen tuolinsa työnsi hänet pois ja pudotti metallihäkin pojan päälle, joka nyyhkytti ja pyysi äitiään. "Peräänny", E-Z sanoi tuolille.

Lapsi oli rullattu sikiöasentoon, täristen ja itkien. Tuoli veti häkin takaisin: poika ei liikkunut.

E-Z, joka oli nyt taas pyörätuolissa, kysyi: "Kuka ajoi sinut tänne? Ja miksi kaikki tämä ammuskelu?"

"Ei mitään henkilökohtaista", poika selitti. "Minun oli pakko tehdä se. Ääni päässäni sanoi, että minun oli tehtävä se. Tai he tappaisivat minut ja perheeni. Siksi varastin isäni avaimet ja opin ajamaan - nopeasti."

"Etkö ole koskaan ennen ajanut?"

"Vain peleissä."

Taas pelejä. "Ketä sinä tarkoitat? Mitkä ovat heidän nimensä?"

"En tiedä. Pelaan muutamia pelejä netissä. Eräs nainen tuli peliin ja sanoi tappavansa siskoni. Vaihdoin toiseen peliin; toinen nainen sanoi tappavansa vanhempani. Pelissä, jota pelasin tänään, kolmas nainen sanoi minulle, että jos en tappaisi tässä osoitteessa asuvaa lasta, sillä olisi vakavat seuraukset." Poika lähti juoksemaan E-Z:tä kohti, mutta ei päässyt pitkälle. Tuoli työnsi hänet kumoon ja laski puomin alas.

"Päästäkää minut pois täältä!" poika vaati.

E-Z nauroi; pojalla oli munaa. "Pysy alhaalla", hän sanoi tuolille ja auttoi pojan jaloilleen. Poika kiitti häntä sylkemällä hänen kasvoilleen. Hän puristi nyrkkinsä yhteen ja harkitsi repivänsä pojan perkeleen pään irti, mutta ei tehnyt niin. Sen sijaan hän halasi poikaa. Poika alkoi taas itkeä, ja kyyneleet valuivat E-Z:n olkapäille ja siiville.

"Kiitos, Dude", poika sanoi. Hän astui taaksepäin, laittoi kätensä sydämensä päälle ja katosi.

Kun poliisit vihdoin saapuivat, E-Z istui tuolissaan jalkakäytävän reunalla. Sitten hän ei ollutkaan. Hän oli taas siilon sisällä ja tunsi olonsa klaustrofobiseksi täydellisessä pimeydessä.

✳✳✳

Aiemmin, kun hän oli ollut metallikontissa, hän pystyi liikkumaan. Nyt hän oli pyörätuolissa ja pystyi tuskin liikkumaan. Hän yritti heilutella varpaitaan kenkiensä sisällä - hän ei tuntenut niitä. Jos hänen jalkansa eivät toimineet täällä, hän oli iloinen ollessaan pyörätuolissa. Loppujen lopuksi he olivat tiimi: kuten Batman ja Batmobile. Hänen ajatustensa seurauksena pyörätuoli syöksyi eteenpäin kuin mastiffi lyijyn varassa.

"Vie meidät pois täältä", E-Z käski.

Hän tunsi liikettä yläpuolellaan. Valon siirtyminen kuin pilvi, joka etenee taivaalla. Kunpa hän voisi lentää ylös ja paeta katon kautta, mutta hänen siipensä eivät mahtuneet laajenemaan.

Hänen ihonsa alkoi kuplia, ja häntä alkoi kutittaa. Missä se rauhoittava laventelisuihke nyt oli?

PFFT.

"Uh, kiitos", hän sanoi. Jopa tämä olio pystyi nyt lukemaan hänen ajatuksiaan.

Hänen hartiansa rentoutuivat, kun hän muotoili vaatimuslistan:

Numero yksi. Hän halusi kertoa setä Samille kaiken. Ja hän tarkoitti kaikkea. Mitään ei jätetty kertomatta.

Numero kaksi. Hän halusi PJ:n ja Ardenin tietävän. Ei kaikkea, kuten Sam-setä olisi tehnyt. Mutta sen verran, että he ymmärsivät, millainen paine hänellä oli. Tarpeeksi, jotta he voisivat tukea ja rohkaista häntä. Hän vihasi valehdella heille. Hän halusi heidän tietävän koettelemuksista. Miksi hän teki niitä. Ihan kuin hänellä olisi ollut valinnanvaraa.

Numero kolme. Hän halusi, että he kysyisivät hänen lupaansa, ennen kuin sieppasivat hänet. Siten hän tietäisi, mitä odottaa seuraavaksi. Hän inhosi sitä, että hänet pudotettiin tähän.

Numero neljä. Hän halusi tietää, missä hän oli. Miksi hänet pudotettiin aina tähän samaan säiliöön. Miksi joskus hänen jalkansa toimivat ja joskus eivät. Miksi joskus hänen tuolinsa oli hänen mukanaan ja joskus ei.

"Odotusaika on kaksitoista minuuttia", naisen ääni sanoi. "Haluaisitteko juotavaa?"

"Vettä", hän sanoi, kun metalli hänen oikealla puolellaan sylki esiin hyllyn, jonka päällä oli vesilasi. "Kiitos." Hän heitti sen takaisin. Lasi täyttyi taas täyteen. Hän laski sen alas myöhempää käyttöä varten.

Nyt hän oli rentoutuneempi, ja hänen päähänsä ponnahti laulu. Hänen isänsä rakasti sitä. Pyörätuoli keinui edestakaisin, kun hän lauloi sanat. Tuoli sai vauhtia - aivan kuin se olisi yrittänyt irrottautua.

Sekuntia myöhemmin hän oli taas kotona, makuuhuoneessaan, jossa oli lasinsiruja kaikkialla. Seinillä sykkivät siniset ja punaiset valot. Nyt hän katsoi ulos rikkinäisestä ikkunasta.

"Hän on tuolla ylhäällä!" toimittaja huusi.

✳✳✳

"**E**I TAAS!" HÄN HUUSI, nyt takaisin metallisäiliössä. "Viekää minut pois täältä!" Hän potkaisi jalallaan siilon seinää. "Auts!" hän huusi. Sitten hän hymyili, iloinen siitä, että tunsi jälleen jalkansa, ja nousi ylös. Hän nosti nyrkkinsä ilmaan: "Kuka luulet olevasi, että tuot minut tänne, jokaiseen päähänpistoosi!" Hän nousi.

"Odotusaika on nyt kuusi minuuttia, pysykää istumassa."

Hihnat tulivat ulos seinistä hänen edessään, hänen takanaan ja molemmin puolin häntä. Hänet sidottiin paikoilleen. Hän yritti vapautua, mutta nahkahihnat vain kiristyivät. Pian hän pystyi liikuttamaan vain päätään ja niskaansa.

PFFT.

"Ah, laventeli", hän sanoi. Hänen allaan pyörätuoli alkoi täristä ja vapista. "Kaikki järjestyy." "Pelkäättekö te pelkurit liikaa tulla tänne alas ja kohdata minut?"

PFFT.

PFFT.

Hän nukahti pois.

✳✳✳

Hän NUKKUI SIKEästi, KUNNES siilon katto avautui kuin Houstonin Astrodome. Ja jokin nielaisi valon. Hän tunsi sen ennen kuin näki sen. Se vei valon hänen maailmastaan. Hänen alapuolellaan pyörätuoli tärisi, kun yläpuolella oleva olio lähti vapaaseen pudotukseen.

Se pysähtyi kuin hämähäkki, joka on sidontansa päässä.

Lucifer?

Saatana?

Hän odotti, liian peloissaan puhuakseen.

"Haloo - o - o - o - o", siivekäs olento karjui, ja sen ääni kimposi seinistä.

Hän toivoi niin kovasti voivansa peittää korvansa.

Olento virnisti, paljastaen partaveitsenterävät hampaat ja päästellen samalla pahanhajuista mädän hajua.

Hän tukehtui, yskäisi ja toivoi voivansa peittää myös nenänsä.

Peto nauroi karjahtaen, joka jyrähti ylös ja alas hänen metallisessa vankilassaan kuin popcornin popsiminen. Se kumartui lähemmäs teini-ikäisen kasvoja ja sylkäisi: "Enkö puhu teidän kieltänne, herra?"

E-Z ei vastannut. Hän ei voinut. Hän tunsi itsensä kovin epäsankarilliseksi. Se, että pyörätuoli näytti tärisevän hänen allaan, ei lisännyt hänen itseluottamustaan.

"Ettekö te ymmärrä minua?" olio karjahti ja ravisteli metallivankilaa perustuksiaan myöten. Olento siirtyi vielä lähemmäksi: "YMMÄRRÄTTÄVÄT. SINÄ. EI. KUULET. MINUA?"

Se oli kuin puhuva pilvi, jonka keskellä oli pää ja joka valmistautui satamaan hänen päälleen ukkosta ja salamaa. Kaivamalla kyntensä käsinojiin hän löysi rohkeutta sanoa: "Kyllä." Hän sanoi: "Kyllä." Hän kävi päässään läpi vaatimuslistaansa.

Peto karjahti ja sen suusta lensi tulta. E-Z:n onneksi lämpö nousee. Yhtäkkiä hän tunsi suurta nälkää, pekonia.

"Pidän pekonista", olento tunnusti.

E-Z mietti, oliko hän sanonut pekonista ääneen. Jopa kiihtyneen pelkotasonsa vuoksi hän tiesi, ettei ollut sanonut sitä. Se tarkoitti yhtä asiaa, kaikki osasivat lukea hänen ajatuksiaan! Hän suoristi itsensä ja yritti suojella itseään sulkemalla mielensä. Hänen ajatuksensa kiersivät ruokia, pannukakkuja Ann's Caféssa, paksua suklaapirtelöä, voitaikinaa. Mitä tahansa pitääkseen pelon loitolla ja ahdistuksen alhaalla. Tämä oli kidutusta, tuo olio saattoi lukea hänen ajatuksensa ja vangita hänet ikuisesti. Oliko olemassa Supersankariliittoa, johon hän voisi liittyä?

"Bah, ha, ha!" olio karjui naurusta.

E-Z toivoi niin kovasti, että hän yltäisi sen korviin, mutta koska hän ei päässyt, hän lohduttautui sillä, että ainakin sillä oli huumorintajua. "Miksi olen täällä?"

Olio ei vastannut heti, joten hän yritti psyykata sitä tuijottamalla. Katseessa pitäminen oli erityisen vaikeaa, koska tuoli yritti jatkuvasti heittää hänet pois siitä. Hän rypisti nyrkkinsä yhteen, vetäen verta.

Olento liikkui käärmemäisen ketterästi, sen vaahtoava kieli suihkusi edestakaisin nuollessaan E-Z:n nyrkkejä.

"Hyiih!" hän huusi. "Tuo on niin ällöttävää!"

"Lisää, kiitos!" otus vaati, kun sen kielessä oleva veri kimalteli kuin sadepisarat.

E-Z oli ennenkin ollut peloissaan, mutta nyt hän oli paljon enemmän kuin peloissaan. Hän oli pikemminkin kivettynyt - mutta hän oli supersankari. Hänen oli kerättävä voimaa jostain - vaikka tuoli olisi hyödytön.

"Nah, nah, nah, nah, nah, nah, nah", olio lauloi, kun se syöksyi lähemmäs, sitten räpsähti kauemmas, sitten taas lähemmäs. Se kimposi seinistä.

Muutaman hetken kuluttua otus asettui paikalleen. Se risti jalkansa ilmassa. Sitten se asetti pitkän luisen sormensa sen poskelle. Se näytti odottavan ystävällistä keskustelua.

"Hadz ja Reiki on poistettu kotelostasi", olio kuiskasi. "Nuo kaksi olivat typeryksiä. Vähemmän kuin hyödyttömiä. Minä olen uusi mentorisi."

Tumma olento riisui ristinsä. Se räpytteli ylhäällä, teki puoliksi kumarruksen ja nousi korkeammalle konttiin.

E-Z mietti muutaman sekunnin ennen kuin vastasi. Nuo kaksi olentoa olivat olleet hänelle uskollisia. Ne olivat auttaneet häntä ja pitäneet hänestä huolta - ja mikä tärkeintä, ne eivät juoneet ihmisverta.

"Voidaanko tästä keskustella?" E-Z kysyi. Hän yritti hymyillä. Hän ei tiennyt, miltä se näytti toisella puolella.

"EI!" olio sanoi ja työnsi itsensä lähemmäs uloskäyntiä.

E-Z katsoi, kun se ajautui ylöspäin. Avuttomana. Toivoton.

"Odota!" hän huusi, olio oli puoliksi sisällä ja puoliksi ulkona säiliöstä. "Käsken sinua odottamaan!" E-Z sanoi, kun katto alkoi sulkeutua, sitten olio oli hänen kasvoillaan silmänräpäyksessä.

"Y-E-S?" se kysyi.

"Haluan puhua pomosi kanssa Reikin ja Hadzin takaisin saamisesta. He sopivat paremmin minun, minun koettelemuksiini. Kokeilujen onnistumisen kannalta."

"Etkö pidä minusta?" olento kiljui äänellä kuin kynnet liitutaululla.

"Seis! Ole kiltti!"

"Noiden kahden idiootin tuominen takaisin ei tule kysymykseen", olio pyöritti kuin hamsteri pyörässä.

"Lopettakaa! Sinä huimaat minua! Viekää minut pois täältä!"

"Hyvä on", se sanoi ristien kätensä ja räpäyttäen silmiään kuin nainen vanhassa televisiosarjassa I Dream of Jeannie.

Siilo katosi, kun taas E-Z ja hänen tuolinsa jäivät syöksymään maahan.

"Ahhhh!" hän huusi.

Sitten hänen pyörätuolinsa katosi.

Ja kun hän jatkoi putoamista, hän heilutti nyrkkejään yläpuolellaan olevalle olennolle. Hän valmistautui putoamiseen.

"Nimeni on muuten Eriel."

"Arrgggghhhh!" hän huudahti.

Hän oli taas pyörätuolissaan ja roikkui kiinni elämästään. He putosivat yhä.

KAPPALE 18

K OLAHUS!

Suoraan hänen talonsa katon läpi. Hänen pyörätuolinsa kallistui eteenpäin ja kaatoi hänet sängylle. Sitten hän kaatui lattialle. He olivat molemmat kunnossa. Ei pahempaa jälkeä.

Hänen yläpuolellaan heidän tekemänsä reikä parani itsestään.

"Siinähän sinä olet!" Sam sanoi. "Tervetuloa kotiin."

E-Z ei ollut edes huomannut häntä. Hän oli nukkunut syvään tuolissa nurkassa.

Sam venytteli ja haukotteli. Sitten hän horjahti huoneen poikki, jossa odotti kannullinen vettä. Hän nielaisi lasillisen ja tarjosi sitten kupin veljenpojalleen.

"Entä se ilkeä olento Eriel!" "Mitä siitä ilkeästä Erielistä!" Sam sanoi.

E-Z melkein sylki veden ulos.

"Kuka? MITÄ?"

Sam jatkoi. "Tuo Eriel, on iljettävin, ällöttävin ylikasvanut lentävä olento, jota en toivoisi koskaan tapaavani!" "Se Eriel!" Hän puristi nyrkkinsä yhteen. "Toivottavasti kuulet minut, missä ikinä oletkin! En pelkää sinua!"

E-Z:n leuka putosi melkein lattialle.

Sam jatkoi. "Se otus piti minut metallisäiliön sisällä. Nyt tiedän, miksi näit painajaista. Se oli todella kuin siilo. Se käski minun luovuttaa holhousoikeutesi hänelle, muuten sinut ammutaan."

"Ai se", E-Z sanoi. "Näit varmaan kaiken sen rikkinäisen lasin. Se oli poika, hän yritti tappaa minut."

"Tiedän kaiken siitä. Katselin kaikkea siilon sisältä. Tiesitkö, että siellä oli suurkuvatelevisio? Ja melko hyvä äänentoistojärjestelmä myös."

"Mitä? Olin juuri siellä, eikä Eriel sanonut minulle mitään sinusta tai huoltajuuden ottamisesta." Hän ylitti huoneen ja katsoi kattoon: "Onko tämä testi Eriel? Jos sanon jotain, perutko tarjouksen? Anna minulle merkki."

"Kenelle sinä puhut? Eriel ei ole täällä. Jos hän olisi, voisimme haistaa hänen hajunsa kilometrin päästä. Ei, olemme kahden - vaikka nostin nyrkkini häntä kohti. En odottanut hänen kuulevan minua."

"Hänellä on varmaan silmät ja korvat kaikkialla."

"Sanotaan, että jumalalla on silmät ja korvat kaikkialla. Jos hän on olemassa."

"Mitä muuta hän kertoi sinulle, minusta?"

"Hän kertoi, että sinun oli tarkoitus kuolla vanhempiesi kanssa. Hän ja hänen kollegansa pelastivat sinut - ja nyt sinun on suoritettava joukko kokeita."

"Aivan oikein. Minulle vannottiin vaitiolovelvollisuus, joten ihmettelen, miksi hän paljasti tämän tiedon sinulle."

"Aluksi hän yritti kiusata minua, mutta sinä pääsit siitä pulasta pojan kanssa. Hän pudotti minut takaisin tänne taloon, enkä löytänyt sinua mistään."

"Joo, koska hänellä oli minut kontissa." "Niin, koska hänellä oli minut kontissa."

"Hän pisti minut sisään ja ulos muutaman kerran, mutta kieltäydyin luopumasta huoltajuudestasi. Toisen tai kolmannen kerran jälkeen hän sanoi, että olit pyytänyt, että minulle kerrottaisiin kaikki ja..."

"Keksin kyllä suunnitelman kysyä sitä häneltä. En kertonut hänelle, mikä se oli - mutta hän, kuten useimmat muutkin viime aikoina, osaa lukea ajatuksiani."

"Mitä tarkoitat, että kaikki muutkin?"

"Äh, ennen Erieliä oli kaksi wannabe-enkeliä nimeltä Hadz ja Reiki."

"Ai, hän mainitsi kaksi imbesilliä. Sanoi, että heidät alennettiin timanttikaivoksille töihin."

"Taivaassa on kaivoksia?"

"Epäilen, että tuo olio oli taivaasta - jos sellaista on olemassa."

"Haittaako, jos menemme keittiöön syömään välipalaa?" E-Z kysyi. He kulkivat käytävää pitkin, Sam laittoi grillin päälle ja valmisteli leipää juustolla ja voilla. "Kun sinä nukuit, tein tutkimusta Erielistä. Hänen löytämisensä vaati hieman kaivamista, mutta kun olin rajannut etsintää, löysin kultaa." Hän käänsi voileivät lautasille ja kantoi ne pöytään.

"Kiitos, en malta odottaa, että saan kuulla siitä kaiken. Haittaako, jos kaivautun heti mukaan?"

"Ei, mene vain." Sam katsoi, kuinka hänen veljenpoikansa otti neljä suupalaa, sitten voileipä oli kadonnut. Hän ojensi omansa eteenpäin, eikä tuntenutkaan nälkää. "Aloitin etsinnät näppäilemällä Eriel. Mitään ei löytynyt. Niinpä kirjoitin arkkienkelit, ja nimi Uriel oli aivan sivun yläreunassa."

"Luuletko, että ne ovat samat?" Hän otti toisen puraisun.

"Niin minäkin ajattelin ensin. Sitten löysin luettelon arkkienkeleistä ja nimen Radueriel juutalaisessa mytologiassa. Kun tarkistin hänen kuvauksensa, siinä sanotaan, että hän voi luoda pienempiä enkeleitä pelkällä lausahduksella."

"Tarkoitatko sellaisia kuin Hadz ja Reiki? Hetkinen, jos hän loi heidät, hän pystyi luultavasti siksi lähettämään heidät kaivoksiin."

"Ajatukseni ovat täsmälleen samat. Luulen siis, että tuon tiedon perusteella tiedämme nyt, että Eriel alias Radueriel on arkkienkeli."

E-Z nyökkäsi.

"Jatkoin siis kaivamista ja löysin tämän. "Prinssi, joka katsoo salaisiin paikkoihin ja salaisiin mysteereihin. Myös suuri ja pyhä valon ja kirkkauden enkeli."

"Vau, hän on ihan kova jätkä!

"Hän voi myös luoda jotakin tyhjästä, ilmentäen sen ilmasta." "Hän voi myös luoda jotakin tyhjästä, ilmentäen sen ilmasta."

"Eli hän voi muuttaa omaa ulkonäköään sekä muiden ulkonäköä." "Niin, ymmärrän siitä, että hän voi muuttaa omaa ulkonäköään sekä muiden ulkonäköä."

"Aivan niin. Ja minä kirjoitin ylös joitakin sanoja." Hän työnsi paperinpalan pöydän yli. "Älä kuitenkaan sano niitä ääneen. Jos sanoisit, kutsuisit hänet." Sanat paperilla olivat:

Rosh-Ah-Or.A.Ra-Du,EE,El.

"Paina tämän paperin sanat mieleesi, jos sinun tarvitsee joskus kutsua hänet luoksesi."

"Mistä tiedämme, että ne toimivat?"

"Käyttäkää niitä vain, jos on pakko. Ei kannata kutsua häntä tänne - ellei se ole viimeinen keino."

"Samaa mieltä." Kun hän toisti niitä yhä uudelleen ja uudelleen mielessään, hän tunsi lohtua tietäessään, ettei arkkienkeli sittenkään lukenut jatkuvasti hänen ajatuksiaan.

"Eriel sanoi, että minun pitäisi auttaa sinua kokeissa. Sen pikkutytön pelastaminen taisi olla ensimmäinen, joka sinun piti tehdä?"

"Tähän mennessä olen tehnyt useita. Ensimmäisen, kyllä, pikkutytön. Toisessa pelastin lentokoneen putoamiselta."

"Vau! Haluaisin tietää enemmän siitä, miten teit sen. Olen yllättynyt, ettet ollut uutisissa."

"Olin, mutta minua ei voinut erottaa siitä. Kolmanneksi pysäytin ampujan erään keskustan rakennuksen katolla. Neljänneksi toisen ampujan ostoskeskuksessa, jossa oli panttivankeja, ja viidenneksi pojan ulkona, joka yritti tappaa minut."

Sam poimi lautaset ja vei ne tiskikoneeseen. "En voi kertoa, miten ylpeä olen sinusta. Kaikki tämä tapahtuu, eikä minulla ollut mitään aavistustakaan."

"Minulle vannottiin vaitiolovelvollisuus. Jos kertoisin kenellekään, he..."

"Varmistaisivat, ettet enää koskaan näkisi vanhempiasi - kyllä hän kertoi minulle. Tuo kuulostaa minusta vähän epäilyttävältä. Eriel ei ole sentimentaalista tyyppiä, hän oli kuin iso vihapallo, joka odotti kohdetta."

"Loukkasin hänen tunteitaan, kun hän luuli, etten pitänyt hänestä."

Sam pilkkasi. "Kuvittele, että sillä oliolla olisi tunteita." Hän nousi ylös. "Haluaisitko kahvia?"

"Mieluummin kaakaota." Hän haukotteli. "Päivä on ollut todella pitkä."

"Voimme jutella tästä lisää aamulla, mutta mitä mieltä olet määräajasta? Olet suorittanut viisi koetta, kuinka monessa päivässä?"

"Ne ovat olleet sattumanvaraisia. En tiedä mitään tiukasta määräajasta."

"Eriel kertoi minulle, että sinun on suoritettava kaksitoista koetta kolmessakymmenessä päivässä. Jos olet jo kahden viikon päässä, heidän on tehostettava sitä - paljon."

"Kuulen tuon ensimmäisen kerran."

"Hän sanoi, että jos et suorita niitä ajoissa - kuolet."

"Mitä?"

"Myös, että kaikki pelastamasi ihmiset menehtyvät. Sam pysähtyi, ajatus hänen menettämisestään nyt, kun he olivat vasta aloittaneet. Hänen elämänsä olisi taas tyhjää, vain työtä, kotia, työtä, kotia. E-Z tuijotti häntä odottaen. "Anteeksi, ajattelin vain, kuinka paljon merkitset minulle, poika. Mutta hän kertoi minulle jotain muuta, hän sanoi, että kuolisit vanhempiesi kanssa. Se tarkoittaisi, että kaikki mitä olemme tehneet, kaikki se aika, jonka olemme viettäneet yhdessä, katoaisi. En sano, että voisin tai voisin koskaan korvata vanhempasi, mutta tiedät mitä tarkoitan. Rakastan sinua, pikkuinen."

"Samoin", E-Z sanoi. Hän halusi halata Samia ja Sam halusi halata häntä, hän pystyi sanomaan sen, ja silti heidän liikutuksensa. Hän veti syvään henkeä: "Tuo on tylyä. Kuulostaa kuitenkin enemmän Erieliltä."

"Vielä yksi asia, hän sanoi, että joka kerta kun suoritat kokeen, sielusi kasvaa. Kun saavutat kaksitoista, se on optimiarvossa. Sieluvaluuttaa, jota voit käyttää, nähdäksesi ja puhuaksesi vanhempiesi kanssa uudelleen."

E-Z:n tuoli perääntyi pöydältä, kun ulko-ovi räjähti saranoiltaan ja hän laukesi taivaalle.

"Arrgghhhhh!" Sam huusi hänen takanaan. Hän takertui tuoliin ja veljenpoikansa siipiin kuin tuuliajolla oleva leija.

"Pidä kiinni!" E-Z sanoi. "Eriel taitaa kutsua."

He lensivät eteenpäin.

KAPPALE 19

"PIDä KIINNI - ME laskeudumme." Hänen pyörätuolinsa suuntasi alaspäin.

"Olisipa minullakin turvavyö!" Sam huudahti kietoen kätensä veljenpoikansa kaulan ympärille.

"Älä huoli, laskeutumisesta tulee turvallinen."

"Jos en päästä irti ennen sitä! Arrgghhh!"

Kun he pääsivät alaspäin, E-Z huomasi patsaiden ympyrän. Koska hänellä ei ollut muuta tekemistä, hän laski ne - niitä oli sata ja keskellä oli jotain. Outoa, hän oli käynyt kaupungin keskustassa monta kertaa, mutta ei muistanut tätä betoniharkkojen ryhmää. Tuolin pyörät koskettivat maahan, mutta Sam roikkui yhä hengissä.

"Kaikki on nyt hyvin", E-Z sanoi. "Voit avata silmäsi."

Hän teki niin. "Minä tapan sen Erielin, kun näen hänet seuraavan kerran!"

"Shhhh. Se voi tapahtua nopeammin kuin luuletkaan." Se, minkä hän oli huomannut patsaiden keskellä, oli Eriel ihmismuodossa, fyysisiltä piirteiltään mutta ei kooltaan. Kaiken lisäksi hän istui pyörätuolissa, joka leijui kuin taikavaltaistuin.

Hänen hiuksensa olivat sysimustat, ja ne virtasivat hänen hartioidensa yli ja vyötärölle asti. Hänen silmänsä olivat kuin hiiltä ja hänen ihonvärinsä kuin alabasteri. Hänen leukansa oli karvainen, kuin kuuden tunnin varjo, vaikka kello oli lähempänä puoltapäivää. Hänen huulensa olivat hyvin punaiset, aivan kuin hän olisi levittänyt tuoretta huulipunaa. Hänen nenänsä taas näytti jalkapalloilijan nenältä, joka oli murtunut useammin kuin kerran. Vaatetuksena hänellä oli yllään valkoinen t-paita, mustat farkut ja jalassaan jeesussandaalit.

E-Z kääntyi ympyrää ja katseli taas satakymmentä miestä. He olivat kaikki pukeutuneet nykyaikaisiin vaatteisiin. Useimmilla oli silmälasit ja voimapuvut. Silloin hän tiesi totuuden: Eriel oli muuttanut sata kymmentä elävää, hengittävää miestä patsaiksi.

Eikä siinä ollut vielä kaikki. Hän tajusi, että vaikka he olivat keskeisellä liikekeskustassa, tavanomaisia ääniä ei kuulunut. Tavallisena päivänä ruuhkaan juuttuneet autot torvisivat ja pakokaasut täyttivät ilman.

Hiljaisuus oli häiritsevää, mutta raikas puhdas ilma sai hänet hengittämään syvään. Se rauhoitti häntä. Hän tiesi, että se oli tyyntä ennen myrskyä.

Hän katsoi taivaalle. Matkustajakone oli pysähtynyt keskelle ilmaa. Sen vieressä oli lintuja, jotka olivat lopettaneet lentämisen. Taustalla oli pilviä. Liikkumattomia. Paikallaan.

Sitten kaikki hänen yläpuolellaan muuttui sinisestä mustaksi.

Aiemmin aavemainen hiljaisuus katosi.

Sen tilalle tuli huokauksia. Äkäisyydet. Kuin puun juuria vedettiin ulos maasta. Ilma tihentyi ja kiertyi heidän kurkkunsa ympärille. Varastaen heidän hengityksensä.

Ja heidän jalkojensa alla maa alkoi täristä. Se repesi auki. Maanjäristys. Se repi. Repivä.

Ja aurinko, kuu ja tähdet loistivat kaikki yhdessä, mutta vain sekunnin ajan. Sitten ne hajosivat ja pirstoutuivat miljooniksi palasiksi.

"Miksi teitte ihmisistä patsaita? Ja miksi yrität tuhota maailman?" E-Z kysyi. "Ja miksi sinä leijut siellä pyörätuolissa?"

"Voi ei", Sam huusi ja heilutti nyrkkejään ilmaan.

Eriel nauroi: "Oli jo aikakin, että tulit tänne suojattisi. Miten kehtaat puhua minulle, kysellä minulta kysymyksiä. Olen suuri ja mahtava, mutta olen todellinen, en tekaistu kuten OZ:n velho. Olet olemassa vain siksi, että päätin pelastaa sinut."

"Kun Ophaniel puhui minulle Enkelikirjastossa, hän ei edes maininnut sinua."

Eriel nauroi ja osoitti luisella sormella, joka ojensi alaspäin ja kosketti E-Z:n nenää. "Juttusi annettiin minulle, kun nuo kaksi idioottia Hadz ja Reiki olivat epäonnistuneet tehtävässään."

"Älä koske minuun!" Sormi vetäytyi takaisin. "Kysyn vielä kerran, mitä teet täällä minun alueellani - ja miksi olet pyörätuolissa?"

"Kaikki selitetään", Eriel sanoi. Hän nosti jalkansa ylös ja hymyili heille. "Pidän näistä kengistä; ne ovat hyvin mukavat."

"Ne eivät ole kengät, vaan sandaalit", Sam sanoi astuen lähemmäs leijuvaa tuolia.

"Odota, Sam-setä, tule taakseni."

Eriel heitti päänsä taaksepäin ja nauroi. "'Totuus on koiraa on kennelissä' - se on lainaus Shakespearelta, joka tarkoittaa, että setäsi pitäisi kesyttää."

"Miksi sinä!" Sam huusi ja nosti nyrkkinsä ilmaan.

" 'On vaikea voittaa ihmistä, joka ei koskaan anna periksi' - se on sitaatti Babe Ruthilta yhdeltä kaikkien aikojen kuuluisimmista baseball-pelaajista." E-Z:n tuoli nousi maasta ja lensi lähemmäs Erieliä.

"Baseball on tasapainopeli", Eriel sanoi. "Se on lainaus kirjailija Stephen Kingiltä." Eriel epäröi ja virnisti sitten niin leveästi, että näytti siltä, että hänen poskensa saattavat romahtaa, kun E-Z:n tuoli putosi kuin lyijystä tehty. "Hups", Eriel sanoi, kun hän karjui naurusta.

Ei kestänyt kauan, että E-Z sai tuolinsa hallintaansa ja se nousi kuin hissi. Hän yritti saada siipensä hallintaan. Mutta siihen ei ollut aikaa, sillä hän oli muuttunut pyöriväksi ja pyöri ympäri.

"Arrgghhhhh!" hän huusi ja kaivoi kyntensä tuolin käsinojiin. Pyöriminen pysähtyi, tuoli putosi taas kuin lyijypallo ja pysähtyi sitten.

Taas hän yritti saada siipensä toimimaan. Ne eivät suostuneet yhteistyöhön, ja seuraavaksi hän huomasi pyörivänsä taas. Mutta tällä kertaa se oli vastapäivään.

"Hhhhgggggrrraaa!" hän huusi.

Eriel nauroi niin kovaa, että maa tärisi.

Alhaalla Sam poimi kiviä jalkakäytävältä ja heitti niitä Erieliä kohti, joka väisti ja väisteli suurimman osan niistä. Yksi suuri kivi kuitenkin osui olennon nenään. "Poimi joku lähempänä omaa ikääsi oleva!" Sam huusi.

Veren valuessa pitkin hänen kasvojaan Eriel laittoi E-Z:n sedän paikalleen.

"Nooooooooo!" E-Z huusi jatkaessaan pyörimistä. Kun hän pysähtyi ylösalaisin, hän ei voinut erehtyä siitä, mitä hän näki alapuolella. Setä Samuli oli nyt yksi patsaista ympyrässä: siellä seisoi sata yksitoista miestä. Häntä huimasi niin paljon, että hänelle tuli silti mieleen sitaatti, ja koska se oli kaikki, mitä hänellä oli, hän huusi sen niin kovaa kuin pystyi: "'It isn't over 'til it's over!'

POP.

POP.

Hadz istui toisen teinin hartioille, Reiki toiselle.

"Tuo on lainaus Yogi Berralta ja tämä, on minulta ja Samuli-sedältä!"

Hänen käsissään oli nyt maailman suurin maila, kopio Babe Ruthin 54 ouncerista, ja se häikäisi timanttimustasta. Hänellä ei ollut aavistustakaan, kuinka painava tämä oli, kun hän huitaisi pyörätuolissa istuvaa Erieliä ja lähetti tämän lentämään pää edellä. Hän lauloi: "Sano terveisiä kuun miehelle, kun tapaat hänet!".

Kaukaisuudessa Erielin kaikuva ääni sanoi: "Koe suoritettu!".

Hadz ja Reiki taputtivat. Samoin ne sata yksitoista miestä, jotka olivat palanneet ihmismuotoonsa, mukaan lukien Sam-setä.

"Tietysti, tiedättehän, että hän palaa", Hadz sanoi. "Ja hän tulee olemaan hyvin vihainen!"

"Kiitos avusta!" E-Z sanoi, kun hän ja Sam lensivät kotiin.

Reiki ja Hadz pyyhkivät satakymmenen mielen, jatkoivat sitten työtään kaivoksessa ja toivoivat, ettei kukaan huomannut heidän keksineen, miten paeta.

Eriel jatkoi pyörimistä hallitsemattomasti samalla kun hän muotoili kostosuunnitelmaa.

EPILOGI

MUUTAMAN KIIREISEN PÄIVÄN JÄLKEEN E-Z sai vihdoin nukkua kunnon yöunet. Hän näki unta baseballin pelaamisesta, ja seuraavana päivänä Arden ja PJ tulivat viemään hänet peliin. "En halua pelata tänään, mutta tulen mukaan moraalin vuoksi", hän sanoi.

"Totta kai", hänen ystävänsä vastasivat.

Kun he saivat E-Z:n kentälle, he vaativat häntä pelaamaan. Hänen piti ottaa kiinni, ja hän suostui. Kun tuli hänen ensimmäinen lyöntivuoronsa, hän halusi lyödä itse. Hän tarttui suosikkimailaansa ja rullasi itsensä levypalloon. Ensimmäinen syöttö oli korkea, ja hän ei osunut siihen. Hänen syöttöalueensa oli todella tiivis, koska hän istui.

"Strike one", tuomari huusi.

E-Z pyöräytti itsensä pois levyltä. Hän teki vielä pari harjoituslyöntiä ja palasi sitten takaisin. Seuraavalla lyönnillä hän osui siihen, ja lyönti meni ohi.

"Toinen lyönti", tuomari huusi.

"Ei lyöjää, ei lyöjää", kaverit kentällä höpöttivät.

Syöttäjä heitti kaaripallon, ja E-Z kumartui syöttöön ja otti yhteyttä. Se lensi, ulos kentältä. Aidan yli. Ulos puistosta.

"Ottakaa pesät", tuomari sanoi. "Ansaitset sen, poika."

E-Z pyöräytti itsensä tukikohdan ympäri ja esti tuoliaan lentämästä. Kun hänen tuolinsa osui aloituslevyyn, hänen joukkuetoverinsa kerääntyivät hänen ympärilleen hurraamaan. Hän nautti siitä niin kauan kuin sitä kesti.

Kunnes hän laskeutui jälleen metallisäiliön sisään - tällä kertaa hän oli vain kääritty palloksi - ja hän oli tuolista vapaa. Hän hengitti syvään kuin vastasyntynyt vauva, sillä se oli ainoa asia, jonka hän pystyi tekemään. Odota. Vauvat saattoivat kääntyä ympäri. Hänen täytyi vain keskittyä, keskittyä.

Kyllä, hän teki sen. Ainoa ongelma oli, ettei hän voinut yhtään paremmin. Hän oli yhä käärittynä, pimeydessä. Suljettuna tilaan, jossa ei ollut valoa eikä mahdollisuutta liikkua juuri lainkaan. Itse asiassa metallisäiliön muoto oli tällä kertaa erilainen. Se oli kapeampi toisesta päästä, luodin muotoinen.

Tämän tietäminen ei auttanut, sillä hänen klaustrofobiansa ja ahdistuneisuutensa käynnistyivät. Hän mietti, kuinka kauan hän pystyisi hengittämään tässä ahtaassa tilassa. Ei kauaa. Häneltä loppuisi ilma hetkessä ja hän kuolisi. Hän hengitti syvään sisään yrittäen pitää ahdistustason alhaalla.

Yksi asia oli varma, Eriel ei mitenkään mahtuisi tähän hänen kanssaan. Ellei hän räjäyttäisi seiniä auki - mikä ei ehkä olisi niin huono ajatus.

E-Z koputti seiniä ja kattoa. Hän huusi. Huusi. Hän muisti puhelimensa. Pääsisikö hän siihen käsiksi? Se ei ollut siellä. Hän oli laittanut sen urheilukassiin noudattaakseen sääntöä, jonka mukaan kentällä ei saa olla puhelimia.

Kontin ulkopuolelta kuului huolestuttavia ääniä. Raapimista. Rottia? Ei, ei rottia. Hän pystyi käsittelemään monia asioita, mutta ei rottia. "Päästäkää minut ulos!" hän huusi.

Moottori käynnistyi. Vanhempi ajoneuvo, kuin kuorma-auto. Lattia hänen allaan alkoi täristä ja kolista, kun luoti rullasi eteenpäin ja pomppi ympäriinsä.

Ulkona kontti pomppi seinistä. Sisällä hän oli niin ahtaassa tilassa, ettei liikettä juuri ollut. Se oli yksi etu luodin loukussa olemisessa.

Ajoneuvo törmäsi johonkin, ja E-Z:n pää osui sen yläosaan. Hän huusi, mutta ääni vaimeni. Metallisäiliö liikkui taas, sivuttain. Se törmäsi johonkin ja palasi sitten alkuperäiseen asentoonsa. Hänen olkapäätään särki isku.

E-Z mietti, oliko tämä Erielin tehtävä, mutta päätti, ettei se voinut olla. Hän alkoi päätellä, että hänet oli kidnapattu ja että häntä pidettiin vangittuna. Mutta miksi juuri nyt?

"Hei!" hän huusi, kun metalliesine pyörähti ympäri ja laskeutui tasaiselle pohjalle - jossa hänen takapuolensa oli. Nyt paino oli jakautunut tasaisemmin. Hänellä oli mukavaa. Tai niin mukavasti kuin hän saattoi olla näissä olosuhteissa. Niinpä hän pysyi hyvin liikkumatta, kunnes ajoneuvo pysähtyi ja hän kaatui pää edellä.

Hän veti syvään henkeä, hiljensi itsensä ja sanoi sanat ääneen,

"Roch-Ah-Or, A, Ra-Du, EE, El".

Odottaessaan hän kysyi: "Missä olet Eriel?

Roch-Ah-Or, A, Ra-Du, EE, El?"

"Kutsuitko minut?" Eriel sanoi. Hänen äänensä oli terävä ja selkeä, mutta häntä ei näkynyt.

"Kyllä, Eriel, luulen, että minut on siepattu. Olen kontissa. Voitko auttaa minua?"

"Tiedän aina, missä olet", Eriel sanoi. "Kysymys, joka sinun pitäisi kysyä, on, TAHDONKO auttaa sinua."

"En tiennyt, että minua tarkkaillaan ympäri vuorokauden!" "En tiennyt, että minua tarkkaillaan ympäri vuorokauden!" E-Z huudahti, ja hänen suuttumuksensa kasvoi hetki hetkeltä. Hän hengitti muutaman kerran syvään ja rauhoittui. Hän tarvitsi Erielin apua, eikä arkkienkeli aikonut tehdä sitä helpoksi. "En näe tämän kapineen kuljettajaa enkä voi ojentaa siipiäni. Ja missä on tuolini? Minulta alkaa loppua ilma täältä. Jos haluat, että suoritan nuo kokeet loppuun puolestasi, sinun on parasta saada minut pois täältä ja nopeasti."

"Ensin loukkaat minua kyseenalaistamalla, olenko enkeli vai en, ja sitten pyydät minua auttamaan sinua. Ihmiset ovat todellakin hyvin oikukkaita olentoja."

"Tiedän. Olen pahoillani. Ole kiltti ja auta minua."

"Oletko harkinnut", Eriel ehdotti. "Että tämä ON koetus? Jotain, joka sinun on voitettava itse?"

"Tarkoitatko, että tämä on ehdottomasti koettelemus?"

"En sano, että se on. Enkä sano, ettei se ole", Eriel sanoi naurahtaen.

E-Z oli raivoissaan. Hän kaipasi niin Hadzia ja Reikiä.

"Niin surullista, että ajattelet yhä noita kahta idioottia. E-Z, jos se olisi oikeudenkäynti, niin miten sinä pääsisit siitä pois?"

"Ensinnäkin he tulivat apuun, kun melkein tapoit maan. Toiseksi, se ei voi olla oikeudenkäynti, koska minulla ei ole ketään, jota voisin auttaa."

Eriel nauroi. "Pidätkö itseäsi ei-kenenkään?" Eriel piti tauon. "Tänään pelastat itsesi ja vain itsesi. Käytä käytettävissäsi olevia välineitä." Hän epäröi ja nauroi sitten taas. "Ajattele metalliastian ulkopuolella." Hänen naurunsa oli niin kovaäänistä metalliluodin sisällä, että se sattui E-Z:n korviin. Hän peitti ne. Sitten hän ei enää kuullut Erieliä.

E-Z sulki silmänsä ja keskittyi. Hän päätti rykäistä nyrkkinsä yhteen ja yrittää työntää seinät erilleen. Vaikka hän kuinka yritti, ne eivät liikkuneet. Suunnitelma B oli kutsua tuolinsa, minkä hän tekikin. Hän kuvitteli, ettei se ollut kaukana. Ehkä se leijui yläpuolella odottamassa, että E-Z kutsuisi sen esiin. Hän keskittyi niin kovasti tuolinsa kutsumiseen, ettei hän huomannut, että joku käveli ulkona. Jalka-askeleita jalkakäytävällä. Yksi mies, saappaat jyskyttivät. Mies kulki auton ympäri, sen takaosaan. Avain meni sisään. Ovi rullautui ylös.

"Hän on pyörinyt täällä", mies sanoi.

Naurahdus. Ei Erielin nauru. Toisen miehen nauru.

Sitten huuto.

Sitten lisää huutoja.

Sitten juoksua. Juokseminen pois.

Lisää huutoja.

Sitten liikettä. Kontti liikkuu. Hänet nostetaan pyörätuoliin.

Sitten ylöspäin, korkeammalle ja korkeammalle. Pois turvaan.

"Kiitos", E-Z sanoi tuolilleen. "Vie minut nyt kotiin setä Samulin luo."

E-Z tiesi, että setä Samuli saisi hänet ulos kontista. Hän tarvitsisi jättimäisen tölkinavaajan, mutta jos sellainen löytyisi, Samu-setä löytäisi sen.

Hänen pyörätuolinsa kuitenkin kiihdytti vastakkaiseen suuntaan.

KAKSI KIRJAA:

KOLME

KAPPALE 1

KAUKANA, KAUKANA SIITä, MISSä E-Z Dickens asui, tanssi pieni tyttö. Hänen balettituntejaan pidettiin pienessä studiossa Alankomaiden keskeisellä liikealueella.

Hän oli kaunis lapsi, jolla oli kultaiset hiukset ja pisamia nenän ja poskien välissä. Hänen mieleenpainuvimmat piirteensä olivat hänen pähkinänvihreät silmänsä. Väri oli täsmälleen sama kuin hänen isoäitinsä. Hänen unelmansa oli olla jonain päivänä Alankomaiden kuuluisin ballerina.

Hänen vaaleanpunainen tutunsa oli tehty tyllistä. Se oli verkkomainen, kevyt kangas, jota suunnittelijat käyttivät ammattitanssijoille. Hänen lastenhoitajansa oli suunnitellut ja ommellut hänelle tutun. Balleriinapuku - taideteos sinänsä - oli niin hieno, että jokainen luokan lapsi halusi sellaisen.

Lian lastenhoitaja Hannah sai muilta vanhemmilta useita pyyntöjä tehdä tyttärilleen samanlainen tutu. Hän sanoi lapsille, heidän vanhemmilleen, opettajille ja lukuisille muille päättäväisesti, ettei hänellä ole aikaa ottaa vastaan ylimääräistä työtä. Vaikka hän olisi voinut käyttää rahaa.

Kaiken, mitä Hannah teki, hän teki, koska hän rakasti holhokkinsa Liaa. Liaa, jota hän kutsui nimellä kleintje, joka käännettynä tarkoittaa pikkuista.

Kun balettitunnit olivat melkein ohi, Lia pakkasi kenkänsä pois. Hän hieroi kipeytyneitä jalkojaan.

Kaikkien balettitanssijoiden - myös Lian kaltaisten seitsemänvuotiaiden - oli harjoiteltava vähintään kaksikymmentä tuntia viikossa.

Tämä lisätyö täyden kouluopetuksen lisäksi vaati omistautumista ja sitoutumista. Lapset, jotka eivät pysyneet perässä, heitettiin heti ovesta ulos. Ei väliä, kuinka paljon rahaa heidän vanhempansa tarjoutuivat maksamaan, jotta he jäisivät ohjelmaan.

Lia toivoi voivansa jonain päivänä tavata idolinsa Igone de Jonghin, kaikkien aikojen kuuluisimman alankomaalaisen ballerinan. Idolinsa jäätyä eläkkeelle Lia seurasi hänen esityksiään televisiosta.

Hannah hoiti Liaa arkisin. Lian äiti Samantha matkusti arkisin työmatkoilla.

Tanssistudion ulkopuolella Hannah ja Lia nousivat Volkswagen Golfiin. He olisivat pian kotona.

"Onko sinulla kotitehtäviä?" Hannah kysyi.

Lia nyökkäsi.

"Goed", käännettynä "hyvä". "Mene ja aloita, kun valmistan päivällistä", Hannah sanoi.

"Oke", käännettynä ok, Lia vastasi.

Lia meni heti huoneeseensa, jossa hän ripusti balettiasunsa ja siirtyi sitten työpöytänsä ääreen.

Koulussa opiskeltiin Noitapuun legendaa. Heidän tehtävänään oli piirtää puu ja keksiä siitä jotain taianomaista. Hän aikoi piirtää ääriviivat liidulla. Sitten hän käyttäisi putkipyyhkeitä juuriin ja glitteriä lehtiin taikuuden aikaansaamiseksi.

Vaikka hänellä oli luontainen taidelahjakkuus, hän ei nauttinut sen luomisesta. Hän piti enemmän tanssista. Hän ei valittanut tai hylännyt tehtäviä, joista ei erityisesti pitänyt. Hänen luonteeseensa ei kuulunut olla tottelematon tai häiritsevä.

Vaikka Lia asui Alankomaiden Zumbertissa, hän kävi kansainvälistä koulua. Hänen englantinsa oli erinomaista. Zumbert itse oli maailmankuulu Vincent Van Goghin syntymäpaikkana. Lia tiesi kaiken Van Goghista, sillä hänen ja Van Goghin suonissa virtasi samaa verta.

Tehtyään kotitehtävänsä hän avasi tietokoneensa. Hän käynnisti ja pelasi peliä. Seuraavalle tasolle pääseminen kestäisi vain hetken. Hannah kutsuisi hänet pian avondetenille (päivälliselle).

Kenenkään ei tarvitse koskaan tietää, pieni ääni hänen takaraivossaan sanoi. Lia kuunteli ääntä, mutta varmistaakseen, ettei kukaan saa tietää, hän sulki makuuhuoneensa oven.

Kun hänen sormensa naksuttelivat näppäimistöä, hänen työpöytänsä yläpuolella oleva hehkulamppu sammui poksahtaen. Hän sulki kannettavan tietokoneen ja avasi ovensa uudelleen. Hän katsoi käytävään, jossa oli varahalogeenilamput. Nanny säilytti niitä portaiden yläpäässä olevassa liinavaatekaapissa. Lian tarvitsi vain hakea yksi hehkulamppu, palata takaisin ja vaihtaa se itse. Sitten hänellä olisi enemmän aikaa pelata peliään.

Takaisin huoneessaan hän arvioi tilannetta. Hänen oli noustava kirjoituspöytätuolinsa päälle, joka oli pyörillä. Hän työnsi sen tukevasti sänkyä vasten varmistaakseen sen. Kyllä, se toimisi.

Tuoli kiinnitettiin valaisimen alle, ja hän kiipesi sen päälle. Hän piti uutta hehkulamppua leukansa alla ja irrotti vanhan. Palaneen lampun hän heitti sängylle. Hän otti toisen hehkulampun leukansa alta ja ruuvasi sen kiinni.

RÄKSY!

Uusi hehkulamppu räjähti.

Siitä roiskui ulos pieniä lasinsiruja. Pienen tytön kasvoihin ja silmiin.

Lia ei huutanut heti, sillä sininen valo täytti huoneen ja sai ajan pysähtymään. Valo ympäröi hänet, kun se siirtyi hänen kasvojensa tasalle.

SWISH!

Pieni enkelimäinen olento ilmestyi ja tutki pikkutytön silmiä. Sitten hän päätti, että ne olivat vahingoittuneet korjauskelvottomiksi, ja kuiskasi: "Oletko sinä yksi kolmesta?" Hän kuiskasi: "Olen."

"Ja", Lia sanoi, kun aika pysähtyi.

Enkeli, jonka nimi oli Haniel, saapui. Hän lauloi Lialle rauhoittavaa kehtolaulua, samalla kun hän poisti lasin.

Englanniksi laulun sanat olivat:

"Surullinen, surullinen pieni tyttö istui alas.

joen rannalla.

Tyttö itki surusta

Koska hänen molemmat vanhempansa olivat kuolleet."

Hollanniksi laulun sanat olivat:

"Asn d'oever van de snelle vliet".

Eeen treurig meisje zat.

Het meisje huilde van verdriet".

Omdat zij neither ouders meer had."

Onneksi pikku Lia nukkui, joten hän ei voinut säikähtää kehtolaulun sanoja.

Kun Haniel oli saanut hoidettua Lian pahimmat haavat, hän laski kädet lanteilleen ja lopetti laulamisen. Tehtävä oli melkein suoritettu, nyt hänen oli vain luotava perusta suojattinsa uusille silmille.

Lian kaksi pientä kättä olivat käärittyinä palloihin. Tiukat pienet nyrkit. Haniel antoi siipiensä hellästi hyväillä suljetut sormet ja houkutella ne auki.

Kun Lian kämmenet olivat auki, enkeli Haniel hahmotteli etusormellaan silmän muodon molempiin kämmeniin. Sormiin hän piirsi kumpaankin yhden ainoan viivan, joka johti kämmenestä sormen päähän. Tehtävänsä suoritettuaan enkeli Haniel suuteli Liaa hellästi otsalle, sitten hän antoi

SWISH!

kun hän katosi.

Aika alkoi uudelleen, eikä urhea pikku Lia vieläkään huutanut. Shokki tekee sen keholle puolustusmekanismina, ja kun aika pysähtyi, myös kipu pysähtyi. Kun Lia lopulta huusi, hän ei voinut lopettaa. Ei silloinkaan, kun ambulanssi saapui. Tai kun hänet kannettiin paareilla autoon sireenin yhtyessä hänen huutokuoroonsa. Tai kun hänet työnnettiin paareilla sairaalaan. Ei silloin, kun hänen kasvoihinsa näytettiin valoa, jonka hän tunsi mutta ei nähnyt.

Hän lakkasi huutamasta, kun hänet nukutettiin. Sitten he käyttivät viimeisintä tekniikkaa jäljellä olevan lasin poistamiseen. Jokainen lasinpala oli kuitenkin jo poistettu. Kirurgit sitoivat hänen silmänsä ja veivät hänet sitten huoneeseensa toipumaan.

Leikkauksen jälkeen Lian äiti Samantha saapui paikalle. Hän oli tullut punaisella silmällä Lontoosta. Hän tapasi kirurgin, kun hänen tyttärensä nukkui.

"Olen pahoillani, mutta hän ei näe enää koskaan", mies sanoi.

Lian äiti työnsi nyrkkinsä suuhunsa ja taisteli vastaan halun itkeä.

Lääkäri sanoi: "Hän voi oppia pistekirjoitusta ja käydä näkövammaisten koulua. Hän on erinomaisessa iässä oppimiseen, ja hän imee tietoa itseensä. Pian viittomakielestä tulee hänelle toinen luonto."

"Mutta tyttäreni haluaa balettitanssijaksi. Oletteko koskaan nähnyt tai kuullut sokeasta ammattitanssijasta?"

"Alicia Alonso oli osittain sokea. Hän ei antanut sen estää itseään."

Lian äiti taputti nukkuvan tyttärensä kättä. "Kiitos, etsin hänestä lisätietoja internetistä. Seitsemän on aivan liian nuori, jotta joutuisi luopumaan unelmasta."

"Olen samaa mieltä. Nyt sinäkin saat levätä. Lian pitäisi herätä pian, ja hän tarvitsee sinua olemaan vahva hänen vuokseen. Kun kerrot hänelle. Jos haluat, että minäkin olen täällä, kerro minulle."

"Kiitos, tohtori, yritän hoitaa asian ensin itse."

Kun ovi sulkeutui, Lian äiti kosketti jälkiä tyttärensä kasvoilla. Jäljet näyttivät vihaisilta sadepisaroilta. Sitten hän katsoi Lian nukkuvaa lastenhoitajaa Hannahia. Kun hän meni hänen ohitseen hakemaan vettä, hän potkaisi vahingossa tahallaan tämän vasenta kenkää herättääkseen hänet. "Ulos!" hän sanoi, kun Hannah haukotteli.

Nyt eteisessä Lian äiti Samantha antoi tunteidensa purkautua pidättelemättä. "Miten saatoit antaa tämän tapahtua vauvalleni? Miten saatoit!? Yhtenä hetkenä olin liikeneuvottelussa - seuraavana minun piti keskeyttää työmatkani ja ehtiä ensimmäiselle lennolle Lontoosta! Mitä tapahtui? Miten se tapahtui?"

"Olimme juuri palanneet balettitunnilta. Valmistelin päivällistä ja Lia viimeisteli kotitehtäviään. Lamppu oli varmaan palanut. Hän haki toisen eteisen kaapista ja yritti itse vaihtaa sitä, ja se räjähti. Kun hän huusi, olin paikalla sekunneissa, ja ziekenwagen (ambulanssi) saapui hetkessä. Olen rukoillut, että hänen silmänsä ovat kunnossa, että hän selviää."

"Rukoiletko sinä sitten unissasi?" Samantha kysyi odottamatta vastausta. "Artsen (lääkärit) sanovat, ettei hän näe enää koskaan", Samantha sanoi ilkeä myrkky suustaan.

***

S ILLÄ VÄLIN LIA NÄKI unta ja lensi enkelin kanssa. Hänellä oli kädet miehen kaulan ympärillä, kun hän halasi miehen rintaa vasten. Pyörätuolin liike ilmassa keinutti ja lohdutti häntä.

Sitten hänen mielensä pyörähti ympäri ja hän katseli ylhäältä alaspäin metallisäiliötä. Kontti istui pyörätuolin istuimella, jossa oli siivet. Sitä oltiin kuljettamassa sinne, mistä hän ei tiennyt.

Hän kohotti oikeaa kättään ja sitten tässä vasenta kättään, ja niiden avulla hän näki, että sen sisällä oli enkeli/poika loukussa. Hänellä oli ystävälliset kasvot, silmät sinisempiä kuin taivas ja niissä oli kultapilkkuja, jotka saivat ne kimaltelemaan, vaikka hän oli pimeässä. Hänen hiuksensa olivat enimmäkseen vaaleat, mutta ohimoilla oli harmaata. Mutta oudointa oli musta raita keskellä. Se sai pojan näyttämään vanhemmalta.

Pyörätuolin istuimella ratsastava enkeli/poika kontissa lensi lähemmäs unen pientä tyttöä. Tyttö kosketti astiaa, ja kun hän koski astiaan, hän tunsi ja kuuli sen sisällä olevan enkelin/pojan sydämenlyönnit. Sen lisäksi hän pystyi myös lukemaan hänen ajatuksiaan ja tunteitaan.

Lia heräsi ja huusi: "Äiti! Hannah! Tule nopeasti!"

"Olen täällä, kultaseni", hänen äitinsä sanoi, kun hän teki tiensä takaisin tyttärensä sängyn viereen.

Hannah pyyhki silmänsä ja astui uudelleen huoneeseen.

"Ei ole aikaa, äiti, syyttää Hannahia. Tämä oli vahinko. Sitä paitsi meidän apuamme tarvitaan. Ole kiltti ja etsi minulle paperia ja kyniä - NYT."

"Hän hourailee!" Samantha huudahti. Hän tarkisti tyttärensä otsasta kuumeen. Se näytti olevan kunnossa.

Hannah haki laukustaan pyydetyt tavarat ja antoi ne Lian käsiin.

Epäröimättä Lia alkoi piirtää. Hän raaputti paperia kuin innostunut taiteilija. Samantha ja Hannah katselivat uteliaina.

Ensimmäinen kuva, jonka hän piirsi, oli poika metallisen luodinmuotoisen säiliön sisällä. Säiliö lepäsi pyörätuolin istuimella, ja pyörätuolissa oli siivet. Enkelin siivet. Lia käänsi sivua ja piirsi toisen kuvan, jossa poika/enkeli oli sisällä joka kulmasta. Kaikilta sivuilta. Ensimmäisen kuvan jälkeen hän piirsi maanisesti monta muuta, ja sitten hän heitti ne ilmaan.

Kuvat, aivan kuin ne olisivat joutuneet tuulenpuuskaan - tanssivat ympäri huonetta, kohosivat ylös, sitten alas, sitten ympäriinsä. Aivan kuin ne olisivat olleet taikaloitsun alla. Yksi kuvista jahtasi lastenhoitajaa, joten tämä juoksi huutaen ulos huoneesta.

Lia sulki nyrkkinsä tiukasti yhteen ja mutisi sitten joitakin kuulemattomia sanoja.

"Pitäisikö minun soittaa lääkärille?" hänen hysteerinen äitinsä kysyi. "Minun vauvani, voi ei, minun vauvaparani!" "Minun vauvani, voi ei, minun vauvaparani!"

Hannah palasi takaisin ja katsoi vapisten, kun Lia oli vaipunut takaisin uneen.

Molemmat naiset istuivat lapsen sängyn vieressä. He katselivat, kuinka Lia nukkui rauhallisesti, kunnes lopulta hekin vaipuivat uneen.

Lia ei nähnyt niillä pähkinänruskeilla silmillä, joilla hän oli syntynyt. Ne oli korvattu hänen kämmenissään olevilla silmillä.

Hänen uusiin kämmenille sijoitettuihin silmiinsä kuului jokainen normaali silmän osa. Kuten pupilli, iiris, kovakalvo, sarveiskalvo ja kyynelkanava. Jokaisessa kämmenen silmässä oli silmäluomi. Sen yläosa alkoi siitä, mihin sormet loppuivat. Alaosa päättyi siihen, mistä ranne alkoi.

Silmäripsien osalta jokaiseen sormeen oli tatuoitu hiusraja. Silmäluomen yläreunasta kynnen alkuun, samoin peukalossa.

Mikä oli hyvä asia, sillä yksikään nuori tyttö ei haluaisi sormia, joissa kasvoi karvoja.

Ei varsinkaan Lian kaltainen pikkutyttö, joka toivoi, että hänestä tulisi jonain päivänä suuri ballerina.

KAPPALE 2

K UN HÄN HERÄSI, HÄNEN kämmenensä kutisivat kovasti. Itse asiassa ne kutisivat enemmän kuin koskaan aiemmin. Se muistutti häntä jostain, mitä hänen isoäitinsä oli kerran sanonut. Isoäiti sanoi, että kun oikea käsi kutisi, se tarkoittaisi, että saisi rahaa ja paljon. Jos vasen käsi kutisi, se merkitsisi rahan menettämistä. Hän ei koskaan sanonut, mitä tapahtuisi, jos molemmat kämmenet kutisivat samaan aikaan.

Säiliöön loukkuun jääneen enkelin/pojan välähdys palautti hänet takaisin todellisuuteen. Hän avasi kämmenensä ja valmistautui raapimaan. Sen sijaan hän järkyttyi nähdessään itsensä heijastuvan niihin. Hän hymyili kuin poseeraisi selfie-kuvassa.

Koska hän ei ollut vieläkään sataprosenttisen varma, näkikö hän unta, hän käänsi molemmat kämmenet poispäin. Hänen tarkoituksenaan oli ottaa panoraamakuva huoneesta.

Se oli sisustettu kuin hän olisi uinut akvaariossa. Klovnikalat ja kultakalat jahtasivat toistensa häntiä. Hän jatkoi käsien liikuttelua huoneen halki, kunnes löysi Hannahin. Sitten hän löysi äitinsä. Hän kiljaisi ilosta.

Lian äiti Samantha hyppäsi ylös samoin kuin Hannah.

"Mikä hätänä, kulta?"

"Äiti? Minä näen sinut."

"Totta kai näet, kultaseni."

"Uskotko minua?"

"Totta kai uskon sinua. Mutta kerrohan, miksi piirsit aiemmin pyörätuolin, jossa on siivet? Pyörätuolissa ei ole siipiä."

Hän ei näe uusia silmiäni, Lia ajatteli. "Rakastan sinua, äiti, mutta joillakin pyörätuoleilla on siivet ja jotkut enkelit lentävät pyörätuolissa, joilla on siivet."

"Rakastan sinua myös, kulta", Lia vastasi. "Mikä poika/enkeli? Näitkö sinä unta?"

"On olemassa poikaenkeli", Lia sanoi.

"Poika/enkeli? Missä vauva?"

Lia avasi kämmenensä ja ajatteli enkelipoikaa. Hän ajatteli niin kovasti, että hän pystyi näkemään hänet, kuulemaan hänet, tuntemaan hänen läsnäolonsa mielessään. "Enkeli/poika tulee tänne tapaamaan minua", hän sanoi.

"Tänne, kultaseni?" hänen äitinsä kysyi vilkaisten lastenhoitajan suuntaan, joka kohautti olkapäitään.

"Kyllä, enkelipoika tarvitsee apuani. Hän on tulossa tapaamaan minua Pohjois-Amerikasta asti."

"Kun piirsit kuvia", Hannah kysyi, "piirsitkö muistista enkeli/poika?".

"Vai unesta?" hänen äitinsä kysyi.

"Se alkoi unena, mutta nyt näen hänet myös hereillä ollessani".

"Jos näet minut, kulta, mitä minulla on päälläni?" "Jos näet minut, kulta, mitä minulla on päälläni?"

"Minä näen sinut äiti, en vanhoilla silmilläni. Mutta uusilla silmilläni. Sinulla on punainen mekko, ja kaulassasi on helmiä."

Vanhempi potilas, joka kulki hänen huoneensa ohi, pysähtyi paikalleen nähdessään lapsen, joka piti kämmeniä auki edessään. Se on hän, hän ajatteli, eikä hänen tarvinnut odottaa kauan varmistaakseen sen. Sillä Lia, joka aisti toisen ihmisen läsnäolon, käänsi vasemman kämmenensä oven suuntaan. Vanhus näki hänen kämmenensä vilkkuvan ja astui sitten pois hänen näkyvistään.

"Hän arvelee", Hannah ehdotti kääntämällä Lian huomion pois oviaukosta.

Sairaanhoitaja saapui, ja Lia, joka ei ollut koskaan ennen nähnyt häntä, sanoi: "Päivää, hoitaja Vinke."

"Olemmeko tavanneet aiemmin?" Hoitaja Heidi Vinke kysyi.

Lia kikatteli. "Emme, mutta osaan lukea nimilappusi."

"Hän sanoo näkevänsä, uusilla silmillään", Lian äiti sanoi.

"No niin, no niin", hoitaja Vinke vastasi ja hoiti äidin eikä pientä tyttöä. Lapsi ei pannut pahakseen, kun hoitaja Vinke vei äidin ulos puhumaan hänen kanssaan kahden kesken.

"On normaalia, että tyttärenne käyttää näissä olosuhteissa mielikuvitustaan, hän on menettänyt näkönsä. Hän on iloinen pikkuinen, vaikka hänelle on tapahtunut kauhea asia."

Samantha nyökkäsi, ja he palasivat takaisin Lian luo.

"Olet varmaan väsynyt lapsi", hoitaja Vinke sanoi ja mittasi pienen tytön pulssia.

"En ole", Lia sanoi. "Heräsin juuri, enkä halua enää nukahtaa. Jos nukun nyt, saatan jäädä paitsi hänestä."

"Missata kenet?" Vinke kysyi peitellen pikkutyttöä.

"No, poikaa/enkeliä", Lia sanoi. "Hän lähestyy nyt. Melkein täällä - ja hän tarvitsee apuani. En malta odottaa, että saan tavata hänet. Hän on matkustanut pitkän, pitkän matkan nähdäkseen minut."

"No niin, no niin, lapsi", Vinke huokaili. Hän painoi Lian käsivarteen neulan, joka sisälsi unilääkettä.

Lia protestoi, mutta nukahti sitten heti.

"Hyvää yötä, kulta", hänen äitinsä huokaili.

✳✳✳

äKÄS MIES PALASI HUONEESEENSA, otti heti puhelimen ja pyysi ulkolinjaa.

"Hän on täällä", hän kuiskasi puhelimeen. "Näin hänet itse - täällä sairaalassa, huoneeni käytävää pitkin."

Oli hiljaista, sitten toisessa päässä kuului naksahdus. Vanhus nousi sänkyyn. Hän laittoi television päälle kaukosäätimellä.

Hänen suosikkiohjelmansa: Now or Neverland (tunnetaan myös nimellä Fear Factor) oli juuri alkamassa. Hän halusi nähdä, mitä nuo hullut hölmöläiset tekisivät tämän viikon jaksossa.

KAPPALE 3

E-Z EI TUNTENUT OLOAAN enää niin yksinäiseksi, sillä hän oli yhä ahtaasti hopealuodin sisällä. Sillä mielessään hän puhui pienen tytön kanssa.

Tyttö oli tullut hänen mieleensä valon välähdyksen ja huudon saattelemana. Tyttö oli loukkaantunut. Hän katseli, kun enkeli Haniel auttoi tyttöä. Hän kuunteli, kun Haniel lauloi laulua pikkutytölle, kun tämä poisti lasin.

Se, mitä seuraavaksi tapahtui, oli odottamatonta. Enkeli Haniel piirsi viivoja pikkutytön kämmeneen ja sormiin. Haniel lahjoitti lapselle uudenlaisen näön. Ja kämmenen silmät.

Hän tiesi heti, että pikkutytön kohtalo oli yhteydessä hänen kohtaloonsa.

Vaikka hän aluksi näki tytön mielessään, hän ei kyennyt kommunikoimaan tytön kanssa. Oli kuin hän olisi katsonut mielessään televisio-ohjelmaa ilman ääntä. Sitten, kun lapsi näki unta, tyttö tuli hänen luokseen ja asetti kätensä luodin päälle, jossa hän oli loukussa. Silloin mies tiesi, mitä nainen tiesi, ja nainen tiesi, mitä mies tiesi, ja he olivat yhteydessä toisiinsa.

Ensimmäiset sanat, jotka hän oli sanonut hänelle, olivat: "En pidä pimeästä".

E-Z oli vastannut: "Älä pelkää. Minä olen täällä. Nimeni on E-Z. Ja mikä on sinun nimesi?"

"Minun nimeni on Cecilia", lapsi vastasi. "Mutta ystäväni kutsuvat minua Lia. Sinä voit kutsua minua Liaksi. Olen seitsemänvuotias. Kuinka vanha sinä olet?"

E-Z oli luullut lasta nuoremmaksi. "Olen kolmetoista", hän sanoi. "Olen kotoisin Pohjois-Amerikasta."

"Minä asun Alankomaissa", Lia sanoi.

Molemmat vaikenivat, kun Lia katsoi häntä kämmenen silmin teräsluodin sisältä.

"Mitä sinä siellä teet?" hän tiedusteli.

E-Z mietti ennen kuin vastasi. Hän ei halunnut pelotella lasta, jonka tositarina oli se, että arkkienkeli oli siepannut hänet koetukseksi. Hän halusi kertoa tytölle totuuden, mutta hän ei ollut varma, pystyisikö tyttö käsittelemään sitä, koska hän oli niin nuori.

Hän sanoi: "En ole aivan varma, miksi minut pantiin tänne, mutta luulen, että minut pantiin tänne, jotta voisin tavata sinut." Hän epäröi, raapaisi päätään ja kysyi: "Tunnetko Erielin?"

Lia oli imarreltu, että mies tuli tapaamaan häntä, mutta huolissaan siitä, että hänet oli kuljetettu näin hänen hyväkseen. "Olen pahoillani, jos sinut pakotetaan vastoin tahtoasi matkustamaan tänne tapaamaan minua. Niin ja ei, tuo nimi ei ole minulle tuttu."

E-Z oli hyvin utelias Lian suhteen. Koska Lia sanoi olevansa hollantilainen, hän oli erittäin vaikuttunut siitä, miten erinomaista hänen englannin kielensä oli.

"Tunsin sinut, mutta en voinut nähdä sinua ennen kuin silmät, uudet silmäni kasvoivat. Sitä ennen pystyin lukemaan ajatuksiasi. Voisitko lukea minun ajatuksiani? Ai niin, ja kiitos englannistani."

"Näin, mitä sinulle tapahtui, onnettomuuden. Olen syvästi pahoillani, että loukkaannuit. En pystynyt auttamaan sinua tämän jutun takia." Hän löi nyrkkejään seinää vasten. Hän peitti korvansa, kun jyskyttävä ääni kaikui. "Kun näit unta, olit minun kanssani. Päässäni."

Lia sulki oikean nyrkkinsä ja jätti vasemman nyrkkinsä auki koskettamaan ulkoseinää. Hänen kämmenensä räpytteli auki ja sitten kiinni, auki ja sitten kiinni. Hän ei sanonut mitään vaan tuijotti eteenpäin kuin transsissa oleva.

E-Z päätti tällä kertaa kertoa hänelle tarinansa.

"Vanhempani kuolivat auto-onnettomuudessa. Ja minä menetin jalkojeni käytön."

Hän pysähtyi siihen. Hän mietti, kuinka paljon hänen pitäisi kertoa.

Tämä epäröinti teki päätöksen hänen puolestaan.

Tyttö nukkui syvään.

KAPPALE 4

Sairaalassa oli uusi lääkäri työvuorossa. Hän katsoi lyhyesti Lian potilaskorttia. Kun hän näki, että Cecelia nukkui yhä, hän kuiskasi äidille.

"Meidän on vietävä tyttärenne toiseen kerrokseen, jotta voimme tehdä uuden skannauksen."

"Onko tämä kiireellistä?" Lian äiti kysyi. "Hän nukkuu niin rauhallisesti; olisi sääli herättää hänet."

Lääkäri, jonka nimikyltin peitti lääkäritakin kaulus, hymyili. "Ei häntä tarvitse herättää. Voimme sujauttaa hänet koneeseen, kun hän nukkuu. Jotkut potilaat, varsinkin nuoremmat, pitävät tästä tavasta."

Samantha katsoi kelloaan. "Toki, menen hänen kanssaan alas."

"Ei tarvitse", lääkäri sanoi. "Minulla on avustajia tulossa hetken kuluttua. Hyödynnä aika ja hae itsellesi voileipä tai kuppi kamomillateetä - vaimoni vannoo sen aineen nimeen. Auttaa häntä rentoutumaan ja nukkumaan."

"Kiitos", Samantha sanoi, kun kaksi avustajaa saapui. Kaksi katuasuihin pukeutunutta tukevaa miestä nosti Lian sängystä ja asetti hänet pyörillä varustetulle paareille. Lääkäri veti viltin paareiden alta ja puki sen Lian päälle. "Pidämme hänet lämpimänä ja palaamme pian. Älä unohda käyttää tätä aikaa hyväkseni ja herkutella teellä tai kahvilla."

Kun Hannah nukkui edelleen, Samantha katseli hoitajia ja lääkäriä. He työnsivät hänen tytärtään pitkin käytävää. Hän jatkoi heidän tarkkailuaan, kun he odottivat hissiä. Kun hissi, jossa hänen tyttärensä oli, sulki ovensa, hän poistui huoneesta. Nälkäisenä hän odotti toista hissiä ja meni alas kahvilaan.

Kahvilassa oli vilkasta. Siellä oli enimmäkseen henkilökunnan jäseniä, jotka olivat pukeutuneet leikkausasuihin. Hän tarkkaili lääkäreitä, hoitajia ja muita liikkuvia.

Teetä siemaillessaan hänelle tuli mieleen, ettei yksikään henkilökunnan jäsenistä käyttänyt katuvaatteita.

"Anteeksi", hän sanoi yhdelle lääkäreistä. "Mitä toisessa kerroksessa on? Otetaanko siellä röntgenkuvat ja vartaloskannaukset?"

Mies pudisti päätään: "Toinen kerros on synnytysosasto."

Samantha nousi tuoliltaan, kaatoi kuuman teensä ja läikytti sen sylissään. Avustajia tuli joka suunnasta, kun hän huusi.

"Tyttäreni!" hän huusi. "Lääkäri kahden avustajan kanssa vei juuri tyttäreni Lian pois paareilla. He sanoivat vievänsä hänet toiseen kerrokseen joitakin kokeita varten. Jos toinen kerros on äitiyshuonetta varten, miksi he veivät hänet pois?

Hänen purkauksensa herätti liikaa huomiota. Niinpä lääkäri, jonka puoleen hän oli kääntynyt, houkutteli hänet ulos.

He palasivat Lian huoneeseen. Samantha selitti kaiken tarkemmin. Hyvä, että hän oli katsonut kelloaan, jotta hän saattoi kertoa tarkan kellonajan, jolloin kaikki oli tapahtunut.

"Tämä on vakava asia", tohtori Brown sanoi. "Jätä se minun huolekseni. Meillä on turvakameroita kaikkialla sairaalassa. Ehkä kuulitte väärin toisesta kerroksesta? Ehkä hän on seitsemännessä kerroksessa, jossa häntä tutkitaan juuri nyt, kun puhumme. Jättäkää asia minun huolekseni. Odota tässä, niin palaan asiaan mahdollisimman pian."

Samantha istuutui ja selitti Hannahille kaiken. He jakoivat tonnikalavoileivän ja yrittivät kovasti olla huolehtimatta.

$$* * *$$

LIAN NUKKUESSA MIES, JOKA ei oikeasti ollut lääkäri, ja harjoittelijat, jotka eivät olleet harjoittelijoita, poistuivat rakennuksesta. He menivät odottavaan autoon. Jättivät paarit parkkipaikalle.

Tohtori Brown kutsui hallintojohtajan koolle. He näkivät videovalvonnan avulla Lian sieppauksen. He hälyttivät poliisin ja antoivat kuvauksen autosta. Valitettavasti kamerat eivät tallentaneet rekisterikilven tietoja.

"Odotetaan hetki", sairaalan hallintojohtaja Helen Mitchell sanoi. Hän oli jäämässä eläkkeelle muutaman päivän kuluttua. "Ennen kuin tiedotamme pikkutytön äidille. Emme halua huolestuttaa häntä."

"En voi tehdä sitä", tohtori Brown sanoi.

"Poliisi saattaa tuoda lapsen takaisin hetkessä."

"Toivon, että olet oikeassa. Se on silti huolestuttavaa. Toivottavasti he eivät pääse pitkälle."

Puhelin soi, se oli poliisi. He antoivat pienestä tytöstä etsintäkuulutuksen. He pyysivät tuoreen valokuvan hänestä.

"He haluavat tuoreen kuvan", Helen Mitchell sanoi.

"Ainoa tapa saada sellainen on kysyä hänen äidiltään", tohtori Brown sanoi.

Helen nyökkäsi, kun Brown kääntyi poistumaan.

"Sano heille, että faksaamme sen heti."

"Lähetän jonkun traumatiimistä", Helen sanoi. Sitten poliisille puhelimeen: "Hän on sokea ja vasta seitsemänvuotias. Miksi ihmeessä nämä kolme miestä tekisivät niin paljon työtä poistaakseen hänet sairaalasta tällä tavalla?"

"En osaa sanoa", poliisi toisessa päässä sanoi.

KAPPALE 5

E-Z TIESI HETI, ETTä jokin oli pielessä hänen uuden ystävänsä Lian kanssa. Hänen piti nukkua sairaalasängyssään, mutta hänen sänkynsä oli liikkeellä. Mitä ihmettä?

Hän harkitsi tytön herättämistä, mutta mitä hän voisi tehdä, vaikka olisikin hereillä? Ei, parempi, että hän nukkui edelleen - kunnes hän löytäisi hänet ja pelastaisi hänet. Nyt hän näki ahkerasti unta itsestään balettitanssia esittämässä. Hän ei ollut koskaan aiemmin kiinnittänyt huomiota balettiin, mutta hänestä tuntui, että tämä pieni tyttö oli lahjakas. Ja hän tanssi käyttäen silmiä käsissään liikkuessaan näyttämön poikki.

E-Z siirsi itsensä mielessään tytön paikalle ilman suurempaa vaivaa. Siellä hän oli, nukkuen syvään liikkuvan auton takapenkillä. Hän näytti niin rauhalliselta, koska hän oli mielessään tekemässä jotain, mitä rakasti - tanssimista.

Hän laajensi katsettaan ja näki kolme päätä. Se, joka ajoi, oli normaalikokoinen ja -kasvuinen. Kun taas kaksi muuta miestä näyttivät jalkapalloilijoilta.

"Vauhtia!" E-Z käski tuoliaan, mutta se oli jo tehnyt niin.

Miten hän aikoi auttaa häntä, kun hän oli yhä loukussa hopealuodin sisällä? Hänen oli hajotettava se kappaleiksi - ja mieluummin ennemmin kuin myöhemmin. Tähän mennessä kaikki yritykset rikkoa se eivät olleet onnistuneet.

Hän ihmetteli, miksi miehet olivat vieneet hänet. Tiesivätkö he hänen voimistaan? Miten he olisivat voineet tietää? Useimmissa sairaaloissa oli valvontakamerat, olisivatko he voineet tarkkailla häntä? Siinä ei kuitenkaan ollut mitään järkeä. Hän oli seitsemänvuotias sokea tyttö. Mitä he halusivat hänestä?

Kun E-Z kiihdytti vauhdilla taivaan yllä, hän ei voinut olla miettimättä, miksi he olivat kidnapanneet tytön. Ehkä he aikoivat pyytää rahaa ennen kuin palauttivat hänet?

Joka tapauksessa, jos he olivat sen perässä, se oli hänen mielestään järkevämpää. Parempi kuin se, että he tietäisivät, että hänet oli nähty. Ja vieläpä erikoisvoimin. Silti hänen tärkein tavoitteensa oli päästä pois luodista.

Hän huusi. Kuten hän oli tehnyt monta kertaa ennenkin: "APUA!"

POP.

"Hei", Hadz sanoi istuessaan E-Z:n olkapäälle. "Mitä hittoa sinä täällä teet? Tämä paikka on liian pieni sinulle." Hadz pyöritteli silmiään.

E-Z oli enemmän kuin vähän innoissaan Hadzin näkemisestä. Hän tarttui pieneen olentoon ja halasi tätä tiukasti rintaansa vasten.

"Uh, varo siipiä", Hadz sanoi.

E-Z päästi olennon irti. "Kiitos, että tulit ja vastasit kutsuuni. Tarvitsen ehdottomasti apuasi, jotta voin keksiä, miten pääsen pois tästä kapineesta. Tiedän, että sinut on poistettu tapauksestani, mutta siellä on pieni tyttö nimeltä Lia, joka on vaarassa ja tarvitsee minua. Sinun on yksinkertaisesti autettava. Olen varma, että Eriel ymmärtää."

"Ai, et siis halua olla tässä jutussa mukana?" Hadz kysyi.

"Ei, en halua olla täällä. Haluan pois, mutta miten?"

"Tee se vain", Hadz sanoi.

"Olen yrittänyt kaikkea. Kyljet eivät liiku. Kutsuin Erielin avukseni, mutta hän sanoi, että olen tässä yksin."

"Ah, hän ei pitäisi siitä. Minun ei pitäisi auttaa, mutta yhden asian voin sanoa sinulle: ota ympäristösi huomioon."

"Tuosta ei ole apua", E-Z sanoi yrittäen olla menettämättä täysin malttiaan. "Pyysin tuolia viemään minut Setä Samulin luo. Hän saisi minut varmasti ulos tästä kapineesta. Mutta tuoli jätti toiveeni huomiotta. Nyt pieni tyttö on pulassa ja tarvitsee apuani. Jos en pääse pois, en voi auttaa itseäni, ja jos en voi auttaa itseäni, en voi auttaa tyttöä. Ole kiltti. Kerro minulle, miten pääsen pois täältä. Zapatkaa minut ulos tai jotain."

Olento pudisti päätään ja lensi sitten luodin päälle. Kosketti sen kärkeä. "Ota huomioon fysiikka. Jos olet luodin sisällä, jota tämä otus muistuttaa, sinun täytyy purkautua. Ammuttu. Eikö niin?"

E-Z harkitsi vaihtoehtojaan. Hän saattoi käskeä tuolia pudottamaan hänet, laukaisemalla hänet kohti maata. Maa katkaisisi hänen putoamisensa. Särkisikö se luodin? Hän päätti, että se oli riskin arvoista. "Okei", E-Z sanoi, "minun täytyy saada tuoli pudottamaan minut, eikö niin?".

Olento nauroi. "Olet hauska, E-Z. Jos putoaisit tältä korkeudelta, tämä kapine uppoaisi maahan. Edellyttäen, että se ei räjähtäisi törmäyksessä. Ja kun sinä olet siinä." Se nauroi taas. "Tai jos et kuolisi pudotessa. Jos olisit kuollut, et olisi voinut pelastaa pikkutyttöä. Hei, mistä pikkutytöstä sinä muuten puhut?"

"Hänen nimensä on Cecelia, Lia, ja hän on Alankomaissa, ei kaukana siitä, missä me nyt olemme."

Hadz tunnusteli säiliön kärkeä, jota E-Z ei ollut nähnyt eikä olisi voinut saavuttaa. Olento työnsi sitä. Sylinteri vapautui ja poksahti auki kuin tulppaani. Hadz auttoi E-Z:n ulos luodista, ja pian hän istui tuolissaan, otus sylissään. E-Z:n siivet avautuivat. Niiden venyttäminen tuntui hyvältä.

E-Z lähti lentoon taivaan poikki, sylinteri mukanaan, jonka hän pudotti Pohjanmereen.

Kolmikko, E-Z, tuoli ja Hadz lensivät kovaa vauhtia ja lensivät kohti Pohjois-Hollantia, jossa auto kiersi.

"Kiitos", E-Z sanoi.

"Eipä kestä", Hadz vastasi. "Jään tänne, jos tarvitset minua."

"Mahtavaa!"

KAPPALE 6

E-Z OLI SAAMASSA KIINNI autoa, joka oli nyt lähellä Zaandamia. Hän tarkisti, että Lia nukkui yhä takapenkillä. Hän ei kuitenkaan enää nähnyt unta, joten hän pelkäsi, että Lia heräisi pian.

Hänen pyörätuolinsa muutti kurssia, kiihdytti vauhtia ja nollasi auton ja leijui sitten sen yläpuolella. Väärennetty lääkäri, joka ajoi autoa, huomasi pyörätuolin heidän takanaan sivupeilistä.

"Wat is dat vliegende contraptie?" hän kysyi. (Käännös: "Se on pyörätuoli, joka ei voi olla oikeassa: Mikä tuo lentävä vehje on?"

Kaksi roistoa käänsi päätään.

Toinen sanoi: "Ik weet het niet, maar versnel het!" (Käännös: En tiedä, mutta nopeuttakaa sitä!""

Toinen roisto nauroi ja otti sitten aseen kojelautakastista. (Käännetty: hansikaslokerosta.) Hän tarkisti, onko siinä luoteja. Napsautti sen kiinni ja naksutti salvan pois.

E-Z:n pyörätuoli laskeutui auton katolle kolahtaen.

Kuljettaja jarrutti voimakkaasti, jolloin pyörätuoli liukui eteenpäin. Se liukui tuulilasia pitkin eteenpäin ja sitten konepellin poikki.

E-Z nousi ylös, leijui ja kääntyi heitä kohti.

"Mitä ihmettä?" kuljettaja huusi, kun hän menetti auton hallinnan, mikä sai sen luisumaan ja tekemään siksakkia.

E-Z ja pyörätuoli nousivat ylös, peruutti ja tarttui auton puskuriin, jolloin se pysähtyi.

Välittömästi matkustaja heittäytyi auki ja laukauksia ammuttiin.

Takapenkillä Lia kuorsasi.

Aseistettu roisto rullaili ulos ovesta ja valmistautui sitten polvillaan ampumaan E-Z:tä kohti.

Hadz ilmestyi tyhjästä ja löi aseen roiston kädestä. Sitten hän sitoi miehen kädet selän taakse ja jalat selän taakse kuin vasikka rodeossa.

Toinen roisto hyökkäsi suoraan E-Z:n kimppuun, joka lassosi hänet vyöllään. Rikollinen kaatui, joten hän sai helposti kiedottua vyön jalkojensa ympärille.

Kaveri yritti hypätä pois, mutta ei päässyt kovin pitkälle. Nyt kun hänet oli pysäytetty, he kävivät lääkärin kimppuun tuolin häkkimekanismin avulla. Lääkäri saatiin kiinni ja liikkumattomaksi.

Lia nukkui koko ajan, jopa silloin, kun Hadz nosti hänet ulos autosta ja kantoi turvaan.

E-Z asetti kolme miestä vierekkäin auton takapenkille.

"Kenelle te työskentelette?" hän vaati.

Hadz lennähti: "He eivät ymmärrä englantia." Hän käänsi miehille E-Z:n kysymyksen. Kun valelääkäri oli vastannut, Hadz käänsi. "Hän sanoo, etteivät he tiedä, kenelle he työskentelevät."

"Tuo on naurettavaa. He kidnappasivat lapsen sairaalasta. Kysy heiltä, minne he olivat sitten viemässä häntä? Ja miten he saivat tietää hänestä?"

Hadz käänsi. Valelääkäri vastasi jälleen: "Meille sanottiin, että hänet pitäisi viedä laiturille, ja joku odottaisi häntä siellä. Muuta emme tiedä."

E-Z ei uskonut heitä, mutta Hadz vahvisti, että he todellakin puhuivat totta. "Mitä haluatte tehdä heille?" hän kysyi.

"Voitko pyyhkiä heidän mielensä? Ja niiden mielet, joihin he ovat yhteydessä? Nämä kolme ovat koneen rattaita. Haluamme pyyhkiä satamassa olevan henkilön mielen. Niin että he kaikki unohtavat hänet - ikuisesti."

"Tehty", hän sanoi.

"Vau, oletpa sinä nopea!"

E-Z ja Hadz tuolissa lähtivät takaisin sairaalaan, juuri kun Lia alkoi heräillä. Hän liikutti päätään, tunsi tuulen puhaltavan hiuksiaan ja käpertyi E-Z:n rintaan. Hän avasi oikean kämmenensä ja katsoi ystäväänsä, poikaa/enkeliä. Hän nauroi ja halasi häntä tiukasti. Kun hän huomasi E-Z:n olkapäällä olevan pienen keijun kaltaisen olennon, hän käytti kämmenen silmiä katsomaan häntä.

"Olet niin pieni ja söpö", hän sanoi.

"Hauska tutustua sinuun", Hadz sanoi. "Ja kiitos."

He lensivät kohti sairaalaa.

"Olet nyt turvassa", E-Z sanoi.

"Etkä ole enää siinä kapineessa", Lia sanoi.

"Hadz auttoi minut ulos", E-Z sanoi ja räpytteli siipiään.

"Mistä sait nuo?" Lia kysyi. "Saanko minäkin niitä?"

E-Z hymyili. Hän ei ollut varma, kuinka paljon hänen pitäisi kertoa Lialle. Hän pelkäsi, mitä Eriel sanoisi, jos hän paljastaisi liikaa. "Sain ne vanhempieni kuoleman jälkeen."

"Mutta miksi?" pikku-Lia tiedusteli.

"Aloin pelastaa ihmisiä", E-Z sanoi.

"Tarkoitatko, etten ole ensimmäinen ihminen, jonka olet pelastanut?"

"Ei, et ole."

Hadz raotti kurkkuaan, mikä oli merkki E-Z:lle lopettaa puhuminen.

He lensivät eteenpäin hiljaisuudessa. Pikkutyttö halasi E-Z:n rintaa. Pyörätuoli tiesi, minne sen piti mennä. Hadz tunsi itsensä jälleen kerran tarpeelliseksi.

E-Z oli ajatuksissaan. Hän mietti, oliko Lian pelastaminen ollut pääasia. Vai oliko luodista irti pääseminen suorittanut tehtävän. Vai oliko hän kenties tehnyt kaksi yhtä aikaa? Kuinka monta niitä olisi sitten ollut? Hänen oli pakko kirjoittaa ne ylös, jotta hän pysyisi kärryillä. Sitä hän oli tehnyt päiväkirjaansa, mutta viime aikoina hänellä ei ollut ollut paljon aikaa kirjata asioita ylös.

"Kuulen sinun ajattelevan", Lia sanoi. Hänellä oli molemmat kämmenensä auki. Hän tarkkaili E-Z:n ulkoista olemusta ja kuunteli samalla, mitä tämä ajatteli sisällään. "Haluan tietää lisää näistä kokeista. Ja haluan tietää, miksi näen käsilläni silmieni sijaan. Luuletko, että tämä Eriel tietää?"

POP

Hadz ei jäänyt odottamaan vastausta.

"Sairaala on alapuolella", E-Z sanoi.

Tuoli laskeutui hitaasti alas, ja he menivät sairaalan sisälle. E-Z ja tuolin siivet katosivat. Hän työntyi käytävää pitkin ja löysi Lian huoneen. Hänen äitinsä odotti siellä.

"Pidättäkää tämä poika", Lian äiti huusi.

E-Z oli ymmällään. Miksi hän halusi, että poika pidätetään? Hän oli juuri pelastanut hänen tyttärensä.

"Mutta äiti", Lia aloitti.

Poliisi tuli sisään. He kurottautuivat E-Z:n taakse ja panivat hänen kätensä käsirautoihin.

Ennen kuin ne suljettiin, Lia huusi. Sitten hän avasi kämmenet ja ojensi ne eteensä. Hänen kämmenensilmistään lähti sokaiseva valkoinen valo, joka sai kaikki huoneessa olevat paitsi hänet ja E-Z:n pysähtymään ajoissa. Pikku Lia pysäytti ajan.

"Siistiä! Miten teit tuon?" E-Z huudahti, kun käsiraudat putosivat lattialle kolahtaen.

"En tiedä. Halusin suojella sinua. Pelastaa sinut." Hän pysähtyi ja kuunteli. "Joku on tulossa, sinun on päästävä pois täältä. Tunnen, että joku muu on tulossa, ja sinun on lähdettävä."

"Joku?" E-Z kysyi. "Tiedätkö sinä kuka?"

"En tiedä. Tiedän vain, että joku muu on tulossa, ja sinun on lähdettävä - välittömästi."

"Pärjääkö hän? Aiotaanko he satuttaa sinua?

"Kyllä minä pärjään - he tulevat hakemaan sinua - eivät minua. Mene pois täältä, heti."

"Milloin näen sinut taas?" E-Z kysyi, kun hän rikkoi sairaalan ikkunan ja lensi ulos ja odotti tytön vastausta.

"Tulet aina näkemään minut, E-Z. Olemme yhteydessä toisiimme. Olemme ystäviä. Sinä lähdet pois täältä, ja minä hoidan loput." Hän puhalsi miehelle suukon.

Lia meni sänkyyn, veti peiton kaulaansa myöten ja teeskenteli nukkuvansa syvään ennen kuin hän pani maailman jälleen kerran liikkeelle.

"Mitä tapahtui?" hänen äitinsä kysyi.

Kaikki oli taas hyvin. Lia oli sängyssä vahingoittumattomana.

Maailma jatkui kuten ennenkin, kun E-Z siivitteli taas kotiin.

"Kiitos, Hadz, kun autoit", E-Z sanoi, vaikka hän oli jo lähtenyt. Jotenkin hän tiesi, että missä tahansa E-Z olikin, E-Z kuuli hänet.

KAPPALE 7

KUN E-Z LENSI TAIVAAN yllä, hän tajusi näkevänsä nälkää. Hänen alapuolellaan oli Big Ben. Hän päätti laskeutua ja hakea itselleen englantilaisia Fish and Chips -annoksia.

Kun tuoli laskeutui, hän huomasi valkoisen pakettiauton liikkuvan nopeasti tietä pitkin. Se oli koulun vieressä. Hän näki vanhempia autoissa ja jalkaisin odottamassa lastensa noutamista.

Kun pakettiauto kääntyi kulmaan, se kiihdytti vauhtiaan.

Hänen pyörätuolinsa kaatui eteenpäin ja putosi ajoneuvon taakse. Ajo muuttui holtittomammaksi, kun se lähestyi koulua. Lapsia alkoi tulla ulos.

E-Z's tarttui kiinni pakettiauton takaosaan. Käyttäen kaikkia voimiaan hän veti sen vinkuen pysähtymään.

Kuljettaja painoi kaasua yrittäen ajaa pois. Hänellä ei ollut onnea. He eivät nähneet, mikä tai kuka heitä pidätteli.

E-Z mursi takakontin lukon, kurkotti sisään ja veti esiin käynnistyskaapelit. Tuoli syöksyi eteenpäin ja laskeutui auton katolle. E-Z käytti kiristyskaapeleita ohjaamon ovien sitomiseen. Kuljettaja ei päässyt ulos.

Sireenien äänet täyttivät ilman.

E-Z lähti lentoon ja huomasi, että useat ihmiset ottivat hänestä kuvaa puhelimillaan, ja lensi yhä korkeammalle.

Hänen vatsansa murisi ja hän muisti kalan ja ranskalaiset perunat. Koska hänellä ei ollut brittivaluuttaa, hän ei voinut maksaa niitä kuitenkaan, joten hän lähti kotiin.

Ajatellessaan setäänsä ihmettelemässä, missä hän oli, hän ajatteli jättää viestin ja alkoi tehdä niin: "Olen matkalla kotiin".

Klikkaa.

"Missä sinä olet?" Setä Sam kysyi. Se ei ollutkaan viesti.

"Lennän juuri Britannian yli. Eikö olekin miellyttävä päivä lentämiseen?"

"Mitä? Miten?"

"Se on pitkä tarina, selitän, kun palaan."

"Oletko lentokoneessa?"

"En, vain minä ja tuolini."

Alhaalla E-Z näki ihmisten ottavan hänestä valokuvia. Kun hän huomasi paikallisen lentoyhtiön 747:n tulevan kohti, hän tajusi olevansa pulassa. Ennen kuin hän ehti lentää korkeammalle, kamerat ottivat kuvia ja luultavasti julkaisivat niitä koko sosiaalisessa mediassa.

"Anteeksi Eriel", hän sanoi ja nousi korkeammalle. "Tiedätkö sanonnan, että kaikki julkisuus on hyvää julkisuutta? No..." Eriel nauroi. Jos Eriel näki hänet joka päivä ja joka tunti, miksi hänen piti kutsua hänet apuun? Jokin ei oikein täsmää. En minä arkkienkelit halunneet, että hän suorittaisi kokeet loppuun.

Kylmäävän kylmäävä tunne kävi hänen lävitseen, kun taivas muuttui mustien pilvien pyöritellessä ja sykkiessä hänen ympärillään. Hän lensi eteenpäin yrittäen lisätä vauhtia, mutta sitten alkoivat salamat, ja hänen oli väistettävä niitä. Sitten hän muisti lentokoneen. Hän näki, että se oli onnistunut laskeutumaan ja että ihmiset olivat vahingoittumattomia. Hän jatkoi matkaansa kohti kotia.

Myrskyn jälkeen tähdet tulivat esiin. Hänen tuolinsa räpytteli siipiään, kun E-Z otti päiväunet.

"E-Z?" Lia sanoi hänen päässään. "Oletko siellä?"

Hän nykäisi heräämään, unohti olevansa tuolissa ja kaatui. Hän alkoi pudota, mutta hänen siipensä potkaisivat käyntiin, ja pian hän oli taas tuolissa.

"Onko kaikki hyvin, pikkuinen?" hän kysyi.

"Kyllä. He luulevat, että se kaikki oli unta, kun puhuin sinulle. Piirsin kuvia sinusta. Äiti tietää totuuden, mutta ei suostu myöntämään sitä."

"Ai, huolestuttaako se sinua?"

"Ei. Voimani lisääntyvät. Tunnen ne, ja tiedän, että jotain on tulossa. Jotain, jossa sinä tarvitset apuani. Lähden pian kotiin. Kysyn äidiltä, voimmeko tulla katsomaan sinua. Pian."

"Mitä? Ehkä äitisi pitäisi soittaa setäni Samille, ja he voisivat jutella?"

"Niin, se on fiksu ajatus. Äiti on nähnyt kuvat ja hän on tavannut sinut, mutta hän ei muista. Aivan kuin hänen mielensä olisi puhdistettu tai hänen muistinsa sinusta olisivat nukkumassa."

"Oletko varma, että tämä on oikein?"

"Olen varma. Minun on oltava siellä, missä sinä olet. Minun täytyy auttaa sinua."

E-Z:n mieli tyhjeni. Lia oli poissa.

Teini-ikäinen ajatteli, että Lia tuli Pohjois-Amerikkaan. Hän oli pieni tyttö, näkevä käsillään, kyllä, mutta miten hän voisi mitenkään auttaa häntä? Hän oli auttanut häntä pakenemaan, mutta hän oli hämmentynyt hänen osallisuudestaan. Hän ei halunnut saattaa tyttöä vaaraan. Hän huusi Erielille uudelleen. Hän herätti laulun, mutta mitään ei tapahtunut.

Hän katseli maisemia. Hän oli melkein kotona. Luojan kiitos, että hänen tuolinsa oli modattu ja hän pystyi matkustamaan hyvin nopeasti!

KAPPALE 8

E-Z HAVAITSI RANNIKON. Hän huokaisi helpotuksesta, kunnes huomasi suuren linnun, joka suuntasi suoraan häntä kohti. Kun se lähestyi, hän tajusi, että se oli joutsen. Mutta ei mikään tavallisen kokoinen joutsen. Se oli valtava, ja niin oli myös sen siipien kärkiväli, jonka hän arvioi olevan yli sataviisikymmentä senttiä. Se oli sama joutsen, joka oli puhunut hänelle aiemmin. Eikä vain se, vaan hän huomasi myös kirkkaan punaisen valon välkkyvän linnun olkapäässä.

Joutsen kaartoi ja laskeutui sitten raskaasti hänen olkapäilleen. Se oli liftannut kyytiin.

"No hei hei", E-Z sanoi ja vilkaisi kaunista olentoa, kun se tasaantui.

"Hoo-hoo", joutsen sanoi. Sitten se pudisti päätään, avasi nokkansa ja sanoi: "Hei E-Z."

"Taidan olla sinulle kiitoksen velkaa", E-Z sanoi.

"Eipä kestä. Toivottavasti et pahastu siitä, että otin kyydin", joutsen sanoi höyheniä röyhistellen.

"Ei se mitään", E-Z vastasi.

"Tässä on mentorini Ariel", joutsen sanoi.

WHOOPEE

Enkeli korvasi punaisen valon.

"Hei", hän sanoi ja istui E-Z:n polvelle.

"Uh, hauska tavata", E-Z sanoi.

"Miten voin olla avuksi?" hän kysyi.

"Toivon, että sinä ja ystäväni joutsen täällä voisitte muodostaa kumppanuuden."

"Miten niin?" hän kysyi.

"Minun suojattini on kokenut paljon. Hän voi kertoa sinulle yksityiskohdat, kun hän tuntee olevansa valmis, mutta nyt tarvitsen sinun auttavan häntä antamalla hänen auttaa sinua kokeissa. Tarvitsette apua, eikö niin?"

"Ymmärtääkseni", hän sanoi suunnattuna Arieliin. Sitten joutsenelle: "Ei mitään sinua vastaan, kaveri." Nyt Arielille, "on se, että kukaan ei voi auttaa minua koettelemuksissani. Se tuli suoraan Erieliltä ja Ophanielilta."

"Olen selvittänyt asian heidän kanssaan. Joten jos se on ainoa vastalauseesi", hän piti tauon ja sanoi sitten

WHOOPEE

ja hän oli poissa.

Sen jälkeen E-Z ja joutsen jatkoivat matkaansa Atlantin yli Pohjois-Amerikkaan. Koska hän oli aina halunnut nähdä Grand Canyonin. Hänen täytyisi nähdä se joskus toiste. Joutsen kuorsasi ja käpertyi E-Z:n kaulaan.

E-Z kurottautui taskuunsa ja kaivoi puhelimensa esiin. Hän otti selfien joutsenen kanssa. Hän piti puhelinta kädessään ja suunnitteli nauhoittavansa joutsenen, kun se seuraavan kerran puhuisi. Hän tarvitsi todisteita siitä, ettei ollut menettämässä järkeään.

Vähän myöhemmin E-Z tähtäsi taloonsa. Oli koulupäivä, mutta hän oli aivan liian väsynyt menemään. Kun tuoli alkoi laskeutua, joutsen heräsi. "Olemmeko jo perillä?"

"Kyllä, olemme kotonani", E-Z sanoi ja painoi puhelimensa äänitysnappia. "Haluatko, että jätän sinut jonnekin?"

"Ei kiitos. Minä jään luoksesi", joutsen sanoi, kun se venytti kaulaansa vilkaistakseen taloa, jossa hän asuisi. "Sinä ja minä, meidän on puhuttava."

E-Z painoi playta, mutta se oli kuollutta ilmaa. Joutsenta ei voinut nauhoittaa. Outoa.

He laskeutuivat ulko-ovelle. E-Z laittoi avaimensa lukkoon, mutta ennen kuin hän ehti avata sen, Sam-setä oli jo paikalla. Hän halasi veljenpoikaansa ja sanoi: "Tervetuloa kotiin." Hän rapsutti leukaansa ja näytti hieman huolestuneelta nähdessään E-Z:n seuralaisen, poikkeuksellisen suuren joutsenen.

"Mukava olla taas täällä", E-Z sanoi ja lähti sisälle.

Joutsen seurasi häntä räpyläjaloillaan tassuttelemalla perässä.

"Ja kuka on sinun höyhenpeitteinen ystäväsi?" Setä Sam kysyi.

E-Z tajusi, ettei hän edes tiennyt joutsenen nimeä.

Joutsen sanoi: "Alfred, minun nimeni on Alfred."

E-Z esitteli hänet virallisesti.

Sitten joutsen tassutteli käytävää pitkin E-Z:n huoneeseen ja lensi hänen sänkyynsä ottamaan ansaitut päiväunet.

E-Z meni keittiöön setä Samuli pyörillään.

"Mitä ihmettä tuo joutsen tekee täällä?" Hän pysähtyi ja otti jääkaapista maitoa. Hän kaatoi veljenpojalleen lasin täyteen. "Se ei voi jäädä tänne. Meidän pitäisi laittaa se kylpyammeeseen. Että jos se mahtuu. Se on suurin joutsen, jonka olen koskaan nähnyt. Mistä löysit sen ja miksi toit sen tänne?"

E-Z nielaisi maitonsa takaisin. Hän pyyhki maitoviikset pois. "En minä löytänyt sitä, vaan se löysi minut. Ja se osaa puhua. Se, se, oli paikalla, kun pelastin sen pikkutytön ja kun pelastin sen lentokoneen. Se sanoo, että meidän on puhuttava."

Setä Samuli käveli vastaamatta käytävää pitkin. E-Z seurasi tiiviisti perässä puhumatta.

"Puhu!" Setä Samuli vaati.

Joutsen Alfred avasi silmänsä, haukotteli ja nukkui sitten taas ääntäkään päästämättä.

"Sanoin, että puhu", Setä Samuli sanoi yrittäen uudelleen.

Alfred-joutsen avasi nokkansa ja räkäisi.

"Ei hätää, Alfred", E-Z sanoi. "Se on minun setäni Samuli."

"Hän ei ymmärrä minua. Enkä usko, että hän koskaan pystyykään. Olen täällä sinua varten ja vain sinua varten", sanoi joutsen Alfred. Se räkäisi, käpertyi sitten pussilakanaan ja vaipui taas uneen.

Setä Samuli katseli vierestä, kun joutsen oli ollut eloisa ja katsonut tiiviisti E-Z:tä.

Se ja Sam-setä sulkivat oven mennessään ulos ja menivät takaisin keittiöön juttelemaan.

E-Z oli niin väsynyt, että pystyi tuskin pitämään silmiään auki.

"Eikö tämä voi odottaa aamuun", hän kysyi.

Sam pudisti päätään.

"Okei, nyt mennään. Ensin löin pesäpallon ulos puistosta. Sitten juoksin tai pyöräilin pesien ympäri. Sitten jäin loukkuun luodinmuotoiseen säiliöön, josta ei ollut ulospääsyä. Sitten pystyin puhumaan pienen tytön kanssa Hollannissa. Menin sinne pelastamaan häntä. Hänen nimensä on Lia, ja hänen äitinsä soittaa sinulle muuten. Estin ajoneuvoa vahingoittamasta lapsia Lontoossa, Englannissa. Sitten tapasin Alfredin, trumpettijoutsenen. Ja nyt olet ajan tasalla - voinko mennä nukkumaan?"

"Mitä minun pitäisi sanoa, kun hän soittaa?" Sam tiedusteli. "Emme edes tunne näitä ihmisiä, mutta meidän pitäisi antaa heidän asua täällä talossa kanssamme. Me ja Alfred joutsen?"

"Kyllä, ole hyvä ja suostu siihen. Täällä on suunnitelma meneillään, enkä tiedä vielä kaikkia yksityiskohtia. Lialla on voimia, silmät kämmenissään ja hän voi lukea ajatuksiani ja pysäyttää ajan. Joutsen Alfredilla on myös voimia, hän voi lukea ajatuksiani ja hän voi puhua. Luulen, että me kolme olemme jollain tavalla sidoksissa toisiimme, ehkä koettelemusten takia. En tiedä. Mitä tahansa voi tapahtua, kun Eriel vakoilee minua ympäri vuorokauden", E-Z sanoi.

Käytävää pitkin tultaessa he kuulivat joutsenen jalkojen läpsyttelyn, kun se kahlasi pitkin käytävää. "Olen liian nälkäinen nukkuakseni", Alfred-joutsen sanoi.

"Millaisia asioita sinä syöt?"

"Maissi on hyvää, tai voitte päästää minut ulos, niin haen itselleni ruohoa."

"Onko meillä maissia?" E-Z kysyi.

"Vain pakastettua", Sam-setä sanoi. "Mutta voin juoksuttaa jyvät lämpimän veden alla, niin ne ovat valmiita hetkessä."

"Sano hänelle kiitos", Joutsen Alfred sanoi. "Se on hyvin ystävällistä."

Sam-setä laittoi maissit lautaselle, ja Alfred söi, mitä tarjottiin. Sillä oli kuitenkin yhä nälkä ja sen piti käydä tyhjentämässä rakko, joten se pyysi päästä sittenkin ulos. Ulkona ollessaan hän ottaisi osaa nurmikolle.

E-Z ja Uncle Sam katselivat joutsenta muutaman sekunnin ajan.

"Toivottavasti naapurin chihuahua ei pistäydy käymään", Sam-setä sanoi. "Tuo joutsen on niin iso, että se säikähtää sitä kuoliaaksi."

E-Z nauroi. "Kuvittele, mitä se tekisi, jos koira ymmärtäisi sitä niin kuin minä?"

Joutsen Alfred teki olonsa kotoisaksi. Se oli varma, että se viihtyisi täällä.

KAPPALE 9

MYÖHEMMIN JOUTSEN ALFRED PYYSI saada puhua E-Z:n kanssa kahden kesken.

"Voit sanoa täällä mitä tahansa", E-Z sanoi. "Setä Samuli ei ymmärrä sinua, muistatko?"

"Niin, tiedän. Mutta kyse on käytöstavoista. Ihmiselle ei puhuta, kun toinen on läsnä, varsinkaan kun ollaan vieraana toisen kotona. Se olisi, noh, melko epäkohteliasta. Itse asiassa hyvin epäkohteliasta."

E-Z tajusi vasta nyt, että Joutsen Alfred puhui brittiläisellä aksentilla.

"Saanko poistua?" E-Z kysyi.

Setä Samuli nyökkäsi, ja E-Z meni huoneeseensa Alfred-joutsenen seuratessa häntä.

"Hyvä on", E-Z sanoi. "Kerro minulle, miksi Ariel lähetti sinut tänne ja mitä tarkalleen ottaen aiot tehdä auttaaksesi minua?"

Nyt kun E-Z oli sängyssään, joutsen heilui ympäriinsä, kun hän vaivautui pussilakanaan ja yritti tehdä olonsa mukavaksi.

"Voit nukkua sängyn pohjalla", E-Z sanoi ja heitti tyynyn sinne.

"Kiitos", Alfred-joutsen sanoi. Se kahlasi tyynyn päälle ja mätkähti sitä verkkojaloillaan, kunnes se oli mukava. Sitten hän kyykistyi.

"Nyt aloitetaan", Alfred sanoi.

E-Z, nyt pyjamassaan, kuunteli, kun Alfred kertoi tarinansa.

"Olin kerran mies."

E-Z haukkoi henkeään.

"Parasta olla keskeyttämättä, ennen kuin olen lopettanut", joutsen torui. "Muuten tarinani jatkuu ja jatkuu, eikä kumpikaan meistä saa unta."

"Anteeksi", E-Z sanoi.

Joutsen jatkoi. "Asuin vaimoni ja kahden lapseni kanssa. Olimme uskomattoman onnellisia, kunnes myrsky puhalsi ja repi talomme alas ja tappoi heidät kaikki. Minä jäin henkiin, mutta ilman heitä en halunnut. Sitten luokseni tuli enkeli, Ariel, jonka sinä tapasit, ja hän kertoi, että voisin nähdä heidät kaikki vielä kerran, jos suostuisin auttamaan muita. Nautin toisten auttamisesta, ja se antaisi minulle tarkoituksen. Sitä paitsi minulla ei ollut muita vaihtoehtoja, joten suostuin."

"Sinulla on kokeita?" E-Z kysyi. Hän oli virheellisesti olettanut, että Alfredin tarina oli päättynyt.

"Minun tarinani ei ole vielä päättynyt", Alfred-joutsen sanoi melko vihaisesti. Sitten hän jatkoi. "Se on tarinani ydin. Minulla ei ole koettelemuksia, koska en ole koulutuksessa oleva enkeli. Siipeni eivät ole kuin sinun siipesi. Olen joutsen, vaikkakin tavallista suurempi joutsen. Rotuni nimi on Cygnus Falconeri, joka tunnetaan myös nimellä jättiläisjoutsen. Lajini kuoli sukupuuttoon kauan sitten. Tarkoitukseni oli määrittelemätön. Olin jumissa välissä, ajelehdin ajassa, koska tein virheen. Mutta en halua puhua siitä nyt. Kun näin sinun pelastavan sen pikkutytön, soitin Arielille ja kysyin, voisinko työskennellä kanssasi. Hän nuhteli minua pakenemisesta, ja minut lähetettiin takaisin välitilaan. Pakenin sieltä jälleen ja autoin sinua koneen kanssa, ja Ariel pyysi Ophanielia antamaan minulle toisen mahdollisuuden. Nyt minulla on tarkoitus - auttaa sinua."

"Ja Ophaniel suostui? Mutta entä Eriel?"

"He eivät aluksi suostuneet. Se johtui siitä, että Hadz ja Reiki ilmiantoivat minut siitä, että autoin sinua kutsumalla lintuystäväni. Kun kuulin, että heidät lähetettiin kaivoksiin ja että he pakenivat jälleen, Ariel esitti asiani, ja Ophaniel suostui. En tiedä Erielistä. Onko hän sinun mentorisi?"

"Kyllä, hän tuli Hadzin ja Reikin tilalle. He pistäytyivät siellä täällä ja siellä, kun taas hän sanoo näkevänsä aina, missä olen ja mitä teen."

"Se kuulostaa yliampuvalta. Haluaisin silti tavata hänet jonain päivänä. Toistaiseksi olemme tiimi. Voin auttaa sinua, jotta minäkin voin jonain päivänä olla taas perheeni kanssa. Joten minne sinä menet E-Z, sinne menen minäkin."

E-Z laski päänsä tyynyyn ja sulki silmänsä. Hän oli kiitollinen kaikesta avusta. Olihan joutsen auttanut häntä aiemmin lentokoneen kanssa.

"En tule tiellesi", Alfred-joutsen sanoi. "Tiedän, ajattelet, että olemme epälooginen pari ja kun Lia saapuu, olemme vielä epäloogisempi kolmikko, mutta..."

"Odota", E-Z sanoi. "Tiedätkö sinä Liasta? Miten?"

"Ai niin, tiedän kaiken sinusta ja tiedän kaiken hänestä ja tiedän myös enemmän. Että me kolme olemme yhteydessä toisiimme. Meidät on ennalta määrätty toimimaan yhdessä." Hän venytti leukojaan, jotka näyttivät siltä kuin hän olisi yrittänyt haukotella. "Olen liian väsynyt puhumaan enää tänä iltana." Ennen pitkää Alfred Joutsen kuorsasi pois.

E-Z kävi mielessään läpi kaiken, mitä hän tiesi joutsenista. Mikä ei ollut paljon. Aamulla hän tekisi tutkimusta Alfredin lajista.

Hän mietti, miten PJ ja Arden suhtautuisivat Alfrediin. Tai ehkä ei ollut mitään syytä esitellä heitä? Alfred voisi olla salaisuus.

Hän pörrötti tyynynsä nyrkillä ja valmistautui nukkumaan.

Se herätti Alfredin, ja hän oli kiukkuinen siitä.

"Onko sinun pakko tehdä noin?" Alfred kysyi.

"Anteeksi", E-Z sanoi.

KAPPALE 10

S EURAAVANA AAMUNA E-Z HERÄSI siihen, että setä Samuli kolkutteli hänen ovelleen. "Herää E-Z! PJ ja Arden ovat jo matkalla viemään sinut kouluun."

E-Z haukotteli ja venytteli. Hän pukeutui ja siirtyi sitten tuoliinsa. Koska Alfred nukkui vielä, hän hiippailisi ulos ja näkisi hänet koulun jälkeen.

"Et voi mennä minnekään ilman minua!" Alfred sanoi. Hän ravisteli höyhenensä ympäriinsä ja hyppäsi sitten lattialle.

"Et voi tulla kanssani kouluun. Lemmikit eivät ole sallittuja."

"E-Z, tulehan poika!" Sam-setä huusi keittiöstä. "Muuten myöhästyt aamiaisesta."

E-Z:n vatsa murisi, kun paahtoleivän tuoksu leijaili hänen suuntaansa. "Tullaan!"

E-Z ei ehtinyt väittää vastaan, ja hän avasi oven. Hän eteni keittiöön juuri kun Arden ja PJ saapuivat. Ulkona kuulunut torvi kertoi hänelle, että he olivat paikalla.

"Hyvä on, hyvä on!" E-Z huusi napatessaan palan paahtoleipää. Hän eteni käytävää pitkin, ja hänen uusi verkkojalkainen toverinsa tuli perässä.

PJ nousi autosta auttaakseen E-Z:n sisään ja kiinnitti pyörätuolin takakonttiin. Sulkiessaan sitä hän huomasi Alfredin yrittävän päästä autoon.

"Tuo otus ei pääse autoon", PJ huusi.

Arden rullasi ikkunan alas.

"Mikä hitto tuo on? Jäikö minulta huomaamatta muistio, jossa sanottiin, että meillä on tänään Show and Tell?" Hän kikatti.

"Onko tuo joutsen?" Rouva Kahva-PJ:n äiti tiedusteli.

"Vai onko tämä otus faniklubisi puheenjohtaja?" PJ kysyi virnistäen.

Autoon päästyään E-Z vastasi. "Olemme liian vanhoja näyttämään ja kertomaan", hän nauroi. "Joutsen on minun projektini. Kokeilu, kuin sokealle tarkoitettu sokeuskoira. Se on pyörätuoliseurani." Hän kiinnitti Alfredin turvavyöllä.

PJ meni istumaan eteen äitinsä viereen.

Joutsen Alfred sanoi: "Etkö aio esitellä minua?"

Rouva Kahva veti auton ulos, ja he lähtivät kohti koulua.

"Alfred", E-Z vilkaisi ystäviään, "tässä on rouva Handle. Ja kaksi parasta ystävääni PJ ja Arden. Kaikki, tässä on Alfred, trumpettijoutsen." E-Z risti kätensä.

Alfred sanoi: "Hoo-hoo." E-Z:lle hän sanoi: "Olen uskomattoman iloinen tavatessani sinut. Voit kääntää minulle."

"Mistä tiedät hänen nimensä?" PJ kysyi.

"Et kai sinä nyt ole muuttumassa, mikä hänen nimensä olikaan, kaveriksi, joka pystyi puhumaan eläimille, E-Z? Ole kiltti ja sano, ettet ole. Tosin siitä voisi tulla todellinen rahasampo. Voisimme markkinoida kykyjäsi. Kysyä kysymyksiä ja julkaista vastauksia omalla YouTube-kanavallamme. Voisimme kutsua sitä E-Z Dickensiksi, joutsenkuiskaajaksi."

"Erinomainen idea!" PJ sanoi, kun hänen äitinsä pysähtyi risteykseen. "Jos tämä olisi ollut muutama vuosi sitten, olisimme luultavasti tienanneet miljoonia YouTubessa. Nykyään rahan tienaaminen siellä on aika rankkaa. He ovat todella kiristyneet."

"Älä ole töykeä", rouva Kahva sanoi ajaessaan eteenpäin.

"Henkilö, johon hän viittaa, on tohtori Dolittle", Alfred tarjosi. "Se oli Hugh Loftingin kirjoittama kahdentoista kirjan romaanisarja. Ensimmäinen kirja julkaistiin vuonna 1920, ja muut seurasivat aina vuoteen 1952 asti. Hugh Lofting kuoli vuonna 1947. Hänkin oli britti. Syntynyt ja kasvanut Berkshiren mies."

"Tiedän, ketä he tarkoittavat", E-Z sanoi Alfredille. "Ja ei, en ole."

Arden sanoi: "Toivottavasti joutsenseuralaisesi ei vie meiltä kaikkia tyttöjä tänään. Tiedäthän, miten tytöt rakastavat höyhenpeitteisiä asioita."

Rouva Handle raotti kurkkuaan.

"Olin aikoinaan aikamoinen naisten tappaja", Alfred sanoi, jota seurasi toinen "Hoo-hoo!", jonka hän osoitti PJ:lle ja Ardenille.

PJ sanoi: "Seuralaisjoutsenesi on todella hassu."

Arden kysyi: "Mikä lintuelokuva voitti Oscarin?"

PJ vastasi: "Siipien herra."

Arden kysyi: "Mihin linnut sijoittavat rahansa?"

PJ vastasi: "Haikaramarkkinoille!"

"Ystäväsi ovat helposti huvitettavissa", Alfred sanoi. "He ovat kaksi samasta kankaasta leikattua tumpeloa.

Ymmärrän, miksi pidät heistä. Minä pidän rouva Handlesta. Hän on hiljainen ja erinomainen kuljettaja."

E-Z nauroi.

"Kiva, että nautit aamuhuumorista", PJ sanoi.

"En oikeastaan", Alfred sanoi. "Sitä paitsi te kaksi olette oikeita pölkkypäitä."

Arden ja PJ tekivät kaksoiskuvan.

E-Z teki myös kaksoisvihellyksen heidän kaksoisvihellyksilleen. "Mitä?"

"Ettekö te kuulleet?" molemmat sanoivat yhteen ääneen. "Joutsen osaa puhua - ja vieläpä brittiaksentilla. Voi hitto, tytöt tulevat todella rakastamaan häntä."

Rouva Handle pudisti päätään. "Älkää leikkikö tyhmiä kerjäläisiä, te kaksi!"

E-Z katsoi joutsen Alfredia, joka näytti hämmentyneeltä.

Alfred kokeili omaa vitsiään nähdäkseen, ymmärsivätkö he todella häntä. "Miksi kolibrit hyräilevät?" hän kysyi.

Kolme poikaa katsoivat, oli selvää, että sekä Arden että PJ ymmärsivät nyt häntä.

Alfred sanoi vitsin: "Koska ne eivät tietenkään osaa sanoja."

PJ ja Arden nauroivat, tavallaan, mutta he olivat lähinnä säikähtäneet.

"Miksi hekin ymmärtävät sinua nyt?" E-Z kysyi. "Ensin ne eivät osanneet, nyt ne pystyvät. Luulin, että sanoit, että vain minä ymmärrän. Ja miksei Samuli-setä voinut ymmärtää sinua?"

Nyt kun he ymmärsivät häntä, Alfred tunsi itsensä hämmentyneeksi. Hän kuiskasi E-Z:lle: "En todellakaan tiedä. Ellei sillä, miksi olen täällä, ole jotain tekemistä myös heidän kanssaan."

"Eikä siihen kuulu Setä Samuli? Tai rouva Kahva?"

"Ehkä ei", Alfred vastasi.

"Ja mistä sinä löysit tämän puhuvan joutsenen?" Arden kysyi.

"Ja miksi tuot sen kouluun?" PJ kysyi.

Rouva Handle puuskahti. "Olette kaikki hyvin typeriä. E-Z sanoo, että hän on seurajoutsen. Se ei osaa puhua."

"Ensinnäkin se ei ole vain joutsen, vaan Cygnus Falconeri. Se tunnetaan myös nimellä jättiläisjoutsen ja laji, joka on ollut sukupuuttoon kuollut vuosisatoja."

"En ole nähnyt montaa joutsenta oikeassa elämässä", Arden sanoi. "Ne, jotka olen nähnyt luontokanavalla, eivät kuitenkaan näyttäneet yhtä suurilta kuin hän. Sen jalat ovat valtavat! Ja mitä tapahtuu, jos sen täytyy, tiedäthän, käydä vessassa?"

"Keskimääräisen jättiläisjoutsenen nokan ja pyrstön pituus oli 190-210 senttimetriä", Alfred tarjosi. "Ja jos niin käy, käytän nurmikkoa - urheilukentällä pitäisi olla runsaasti tilaa ruokailla ja käydä asioilla, jos ja kun se on tarpeen."

"Tarkoitatko, että syöt ruohoa ja menet sitten ruohon päälle?" PJ sanoi.

"Hyi!" Arden sanoi.

He olivat nyt hirveän lähellä koulua, E-Z selitti. "En voi kertoa yksityiskohtia, koska en tunne niitä. Tiedän vain varmasti, että Alfred on täällä auttamassa minua, ja tulet näkemään häntä paljon."

"En usko, että häntä päästetään kouluun", Arden sanoi.

"Se ei ole ongelma, koska olen seuralaisesi", Alfred sanoi.

PJ, Arden ja Alfred nauroivat, kun auto pysähtyi koulun ulkopuolelle.

"Soita minulle, jos haluat, että haen sinut koulun jälkeen", rouva Handle sanoi.

"Kiitos", he vastasivat.

Kun E-Z:n tuoli oli otettu takakontista, rouva Handle ajoi pois jalkakäytävältä.

Hänen ystävänsä auttoivat hänet siihen, kun taas Alfred lensi ylös ja istui hänen olkapäälleen. He suuntasivat kohti koulun etuosaa, jossa rehtori Pearson usutti oppilaita sisälle.

"Hyvää huomenta, pojat", hän sanoi leveä hymy kasvoillaan. Kunnes hän huomasi joutsen Alfredin. "Mikä tuo on?" hän kysyi.

"Se on seurajoutsen", E-Z sanoi.

"Cygnus Falconerie, jos tarkkoja ollaan", Arden sanoi.

"Se on meidän kanssamme", PJ sanoi.

Rehtori Pearson risti kätensä. "Tuo otus, Cygnus-minkälainen, ei tule tänne!"

Alfred sanoi: "Ei se mitään E-Z. Ei aiheuteta kohtausta. Tulen tänne, kun oppituntisi loppuvat. Nähdään myöhemmin." Alfred lensi ylös ja laskeutui rakennuksen katolle. Hän katseli näkymää ennen kuin lensi alas jalkapallokentälle. Siellä oli paljon ruohoa mässäiltäväksi. Kun hän oli kylläinen, hän etsi varjoisen paikan puun alta ja otti torkut.

Rehtori Pearson pudisti päätään ja piti sitten ovea E-Z:lle ja hänen ystävilleen. Sisällä kuului viiden minuutin varoituskello.

Koulupäivä oli E-Z:lle ja hänen ystävilleen rauhallinen.

Eriel ei ollut vieläkään kuullut mitään uusista kokeista

KAPPALE 11

Alfred asettui uusiin rutiineihinsa. Koululaiset oppivat tuntemaan hänet - tosin vain E-Z ja hänen ystävänsä tiesivät, että Alfred osasi puhua.

Tänä päivänä Alfred odotti koulun ulkopuolella E-Z:tä ja kysyi: "Voimmeko puhua?".

E-Z katsoi ympärilleen; hän ei vieläkään halunnut muiden oppilaiden kuulevan, kun hän puhui joutsenelle. Hän kuiskasi: "Äh, voiko tämä odottaa, kunnes pääsemme kotiin?".

"Vai niin", Alfred sanoi. "Tunnet yhä itsesääliä, kun juttelemme. Mikä on ymmärrettävää, mutta lapset rakastavat minua täällä. He jonottavat silittämään ja ruokkimaan minua. Sitä paitsi, eikö setä Samuli ole kotona? Minun on puhuttava kanssasi kahden kesken."

"Koska hän ei edelleenkään ymmärrä sinua, puhut minulle kahden kesken, vaikka olisimme kotona."

"Mutta tämä on huolestuttava asia ja aika arkaluonteinen", Alfred sanoi.

PJ ajoi heidän viereensä jalkakäytävälle. Arden kysyi, halusivatko he kyydin kotiin.

"Äh, kaverit. Olen pahoillani, mutta kävelen tänään Alfredin kanssa kotiin. Hänellä on minulle tärkeää tietoa kerrottavana."

PJ ja Arden pudistelivat päätään. Arden sanoi: "Odotimme, että meidät heitettäisiin jonain päivänä tytön takia - ei linnun." Hän kikatti.

"Entä se peli?" Arden kysyi.

"Tänään on tänään ja peli on vasta huomenna. Anteeksi kaverit." E-Z kiihdytti vauhtia. Auto ryömi hänen vieressään ja kiihdytti sitten renkaiden vinkuen pois.

"Plonkers", Alfred sanoi.

"He tarkoittavat hyvää. Mikä nyt on niin tärkeää?"

"Oletko kuullut mitään Liasta viime aikoina? Olen huolissani hänestä." Alfred käveli E-Z:n vierellä ja nipisteli voikukan päätä mennessään.

"Miksi olet huolissasi? Eihän mikään uutinen ole hyvä uutinen?"

"Itse asiassa olen kuullut hänestä, ja on tapahtunut... noh, hämmentävä uusi kehitys."

E-Z pysähtyi. "Kerro lisää."

"Jatka kävelemistä", Alfred sanoi ja nipisteli nyt päivänkakkaran päätä. "Lia ja hänen äitinsä ovat jo matkalla tänne. Heidän pitäisi saapua joskus huomenna."

"Mihin niin suuri kiire? Tarkoitan, että kyllä se on yllätys. Tiesimme, että he tulisivat - mahdollisesti pian. Mikä siinä on hämmentävää?"

"Ei se ole hämmentävää." "Se ei ole hämmentävää."

"Lopeta viivyttely ja sylkäise se ulos!" "Lopeta viivyttely ja sylkäise se ulos!"

"Lia ei ole enää seitsemänvuotias - hän on nyt kymmenvuotias."

"Mitä? Se on mahdotonta."

"Luuletko, että hän valehtelisi?"

"Ei, en usko, että hän valehtelisi, mutta - tuossa ei ole mitään järkeä. Ihmiset eivät kasva seitsemästä kymmeneksi muutamassa viikossa."

"Hän sanoi menneensä nukkumaan. Seuraavana aamuna hän meni keittiöön aamiaiselle, ja lastenhoitaja alkoi huutaa. Niin hän huomasi, että oli vanhentunut kolme vuotta yhdessä yössä."

"Vau!" E-Z huudahti.

"Ja siinä on vielä lisää."

"Lisää. En voi kuvitella mitään muuta."

"Hän pystyi vakuuttamaan äitinsä siitä, ettei hänen tarvinnut jäädä tänne koko vierailun ajaksi. Hän on kiireinen liikenainen. Se vaati aika paljon suostuttelua. Lia sanoi, että hänen olisi parempi, kun ottaa huomioon Samin kokemuksen sinusta ja kokeista. Hänen äitinsä suostui, muutamalla ehdolla."

"Kuten?"

"Että hän pitää Sam-sedästä."

"Kaikki pitävät Sam-sedästä."

"Ja että selität hänelle, miten hänen tyttärensä on voinut vanheta noin yhdessä yössä."

"Ja miten minun pitäisi tehdä se?"

"Rehellisesti sanottuna", Alfred sanoi, "minulla ei ole aavistustakaan. Siksi halusin puhua kanssasi kahden kesken. Setä Sam tietää, että Lia on tulossa, eikö niin?"

E-Z nyökkäsi: "Niin kai, jos he ovat tulossa."

"Mutta hän odottaa seitsemänvuotiasta pikkutyttöä, kun hänen ovelleen ilmestyy kymmenvuotias."

E-Z pysähtyi taas. Setä Samuli. Hän ei ollut edes ajatellut, että Setä Samuli joutuisi kohtaamaan kymmenvuotiaan tytön. "En ole varma, olenko koskaan maininnut hänelle Lian ikää. Ehkä en olekaan, ja me murehdimme turhasta."

Alfred jankutti eteenpäin. "Olen kuullut ihmisten vanhenevan nopeasti. On olemassa sairaus nimeltä Progeria. Se on geneettinen sairaus, melko harvinainen ja melko tappava. Useimmat lapset eivät elä yli kolmentoista, ja Lia on jo kymmenen, joten meidän on selvitettävä tämä."

"Miten se juttu, jonka sanoit,"

"Progeria."

"Niin, progeria, miten se sairastuu?" "Niin, progeria, miten se sairastuu?" E-Z kysyi.

"Käsittääkseni se tapahtuu parin ensimmäisen vuoden aikana. Ja lapset ovat yleensä epämuodostuneita."

"Lia on epämuodostunut lasin takia, ei sairauden. Onko siihen olemassa parannuskeinoa?"

"Ei ole parannuskeinoa. Mutta E-Z, on jotain muuta. Se liittyy jotenkin hänen käsissään oleviin silmiin. Ne ovat uudet ja sairaus on uusi. Liian suuri yhteensattuma, eikö sinusta?"

E-Z harkitsi tätä ja päätti, että Alfred oli oikeassa. Se oli liian suuri yhteensattuma. Mutta mitä hän aikoi tehdä asialle? Pitäisikö hänen soittaa Erielille? "Tunnetko Erielin?"

Alfred hidasti vauhtiaan, ja niin teki myös E-Z. He olivat melkein kotona ja heidän oli puhuttava tästä ennen kuin he tapasivat Sam-sedän. "Kyllä, olen kuullut hänestä. Mutta kuten tiedät, Eriel ei ole minun enkelini. Tapasit mentorini Arielin, ja hän on luonnon enkeli, siksi olen harvinaisen joutsenen kunnossa. Hän voi ehkä pystyä auttamaan, mutta meidän on odotettava hänen seuraavaa esiintymistään."

"Tarkoitatko, ettet voi kutsua häntä?"

Alfred nyökkäsi. "Pystytkö kutsumaan Erielin esiin mielesi mukaan?"

E-Z nauroi. "En ihan tahdosta, mutta hän on tavoitettavissa. Tosin hän on ties minkälainen kiusankappale, eikä pidä siitä, että häntä kutsutaan tai kutsutaan." E-Z ajatteli hiljaa ja niin ajatteli Alfredkin. Heidän talonsa oli nyt näkyvissä ja Sam-setä oli kotona, sillä hänen autonsa oli pysäköity pihatielle. "Minusta meidän pitäisi odottaa ja katsoa, mitä Lian kanssa tapahtuu."

"Samaa mieltä", Alfred sanoi astuessaan polulta pois ja vetäessään maasta ruohoa ja pureskellessaan sitä. E-Z katseli. "En mieluummin syö liikaa ruohoa; tarkoitan nurmikon ruohoa. Sitä syön koko päivän, kun olet koulussa - lukuun ottamatta niitä harvoja kukkia, joita löydän. Juuri nyt tekisi mieli syödä vähän märkää, veden alla kasvavaa. Se on tuoreempaa ja mehukkaampaa."

"Ymmärrän sen täysin", E-Z sanoi. "Tykkään syödä salaattia, kun se on tuoretta ja rapeaa. En pidä siitä niin paljon, kun se tulee pusseissa ja ainoa tapa saada se alas on kastella se salaattikastikkeeseen."

"Kaipaan kyllä ihmisruokaa."

"Mitä kaipaat eniten?"

"Juustohampurilaisia ja ranskalaisia, ilman muuta. Niin, ja ketsuppia. Miten rakastinkaan sitä paksua, punaista, tahmeaa menee kaikkeen kastiketta."

"Ehkä se ei olisi niin paha, ruohon päällä?" "Ehkä se ei olisi niin paha, ruohon päällä?" E-Z nauroi, mutta Alfred mietti asiaa.

"Olisin valmis kokeilemaan sitä."
"Laitetaan se listallesi", E-Z sanoi.
"Mikä on ämpärilista?" Alfred kysyi.

KAPPALE 12

E-Z POHTI ALFREDIN KYSYMYSTä. Alfred ei tiennyt, mikä on bucket-lista... ja sanonta keksittiin vuonna 2007. Nicholson/Freemanin samannimisessä elokuvassa. Hän selitti menemättä liian pitkälle yksityiskohtiin.

"Tuo on todella mielenkiintoinen ajatus", Alfred sanoi ja pörrötti höyhenensä. "Mutta mitä järkeä on pitää ämpärilistaa? Muistaisit varmasti kaiken, mitä todella haluaisit tehdä?"

"Tiedätkö Alfred, en ole aivan varma. Kai se voi liittyä jotenkin ikään. Vanheneminen ja muistin menettäminen."

"Kuulostaa järkevältä."

He jatkoivat matkaansa ja saapuivat kotiin. Kun E-Z pyöräytti itsensä ramppia ylös, Alfred hyppäsi kyytiin. Joutsen räpytteli siipiään auttaakseen ylöspäin suuntautuvaa vauhtia. Ylhäällä, kun E-Z avasi oven, he kuulivat tuntemattoman äänen.

"Voi ei, he ovat jo täällä!" Alfred sanoi.

"Olisit voinut varoittaa minua!" E-Z vastasi ja tunki laukkunsa koukkuun matkalla olohuoneeseen.

"Ilmeisesti olisin, jos olisin tiennyt!"

Lia nousi seisomaan. Kymmenvuotias Lia näytti huomattavan erilaiselta, kunnes hän kohotti avoimet kämmenensä. Hän kiljaisi nähdessään E-Z:n ja juoksi tämän luo ja halasi häntä. Sitten hän halasi Alfredia ja sanoi olevansa uskomattoman onnellinen tavatessaan hänet vihdoin.

Myös Lian äiti Samantha seisoi ja katseli, kuinka hänen tyttärensä halasi poikaa, joka oli pelastanut hänen henkensä. Enkeli/poika pyörätuolissa. Hänen tyttärensä oli maininnut Alfredin, mutta ei sitä, että hän oli jättiläisjoutsen.

Samu-setä seisoi ja sanoi: "Ai, olet kotona." Hän siirtyi lähemmäs veljenpoikaansa. Sitten ehdotti kiusallisesti, että he menisivät keittiöön. Hakemaan virvokkeita.

"Meille riittää", Samantha sanoi.

Sam vaati kuitenkin, että he menisivät keittiöön.

"Äh", E-Z änkytti. "Haluaisin juotavaa."

Sam huokaisi.

"Älä vaivaudu meidän takiamme", Samantha sanoi.

"Ei mitään vaivaa", Sam sanoi ja työnsi E-Z:n tuolin kohti olohuoneen uloskäyntiä.

"Lia, olet todella kaunis", Alfred sanoi ja kumarsi päätään, jotta Lia saattoi taputtaa häntä.

"Kiitos", Lia sanoi punastuen. Hän vilkaisi E-Z:n suuntaan, kun he poistuivat huoneesta, mutta tämä ei huomannut sitä, sillä hänen katseensa oli setänsä.

Kun he olivat keittiössä, Sam parkkeerasi veljenpoikansa. Hän avasi jääkaapin ja sulki sen taas. Hän meni kaapin luo, avasi oven ja sulki sen taas.

"Mikä hätänä?" E-Z kysyi.

"Minä, en odottanut niitä näin pian, ja mitä hollantilaiset ylipäätään syövät ja juovat? Minulla ei taida olla talossa mitään sopivaa. Ehkä minun pitäisi lähteä hakemaan jotain?"

"He ovat samanlaisia ihmisiä kuin me, he varmasti maistavat mitä tahansa, mitä sinulla on. Älä mieti sitä liikaa."

"Auta minua tässä, poika. Millaisia asioita meidän pitäisi tarjoilla? Juustoa ja keksejä? Jotain lämmintä, grillattuja juustovoileipiä? Meillä on vettä, mehua ja virvoitusjuomia."

"Okei, otetaan nyt juustoa ja keksejä. Katsotaan, miten se sujuu. Ja tarjotin erilaisia juomia."

Sam huokaisi ja kokosi kaiken tarjottimelle. "Ai, lautasliinat!" hän sanoi ja otti laatikosta pinon niitä.

"Kaikki valmiina?" E-Z kysyi.

"Kiitos, poika", Sam sanoi nostaessaan tarjottimen täynnä ruokaa ja juomia. Hän eteni olohuoneeseen veljenpoikansa seuratessa perässään. Sam asetti kaiken pöydälle, hyppäsi sitten ylös ja sanoi: "Sivulautaset!" ja poistui huoneesta, palaten pian sen jälkeen takaisin mainittujen tavaroiden kanssa.

E-Z vilkaisi Lian suuntaan siemaillessaan juomaansa. Hän pystyi yhä näkemään tytön pikkutyttönä, vaikka hän ei enää ollutkaan sellainen. Hänen hiuksensa olivat pidemmät.

Lian äiti näytti vielä epämukavammalta kuin setä Samuli. Hän näpytteli keksiä, mutta ei purrut siihen. Hän liikutti juomalasia edestakaisin, mutta ei juonut siitä. Hän vilkaisi Sam-sedän suuntaan silloin tällöin, mutta ei kauaa. Sitten hän huokaisi hyvin äänekkäästi ja palasi näpyttelemään ruokaansa.

"Miten lentosi sujui?" E-Z kysyi.

"Se oli helppoa-helppoa verrattuna siihen, että olisin lentänyt sinun kanssasi", Lia sanoi. Hän nauroi ja virvoitusjuoma meinasi tulla hänen nenästään. Pian he kaikki nauroivat ja tunsivat olonsa rennommaksi.

Alfred jutteli vapaasti tietäen, että vain Lia ja E-Z ymmärsivät häntä. "Nyt olemme yhdessä, Kolme. Niin kuin oli tarkoituskin."

Lia ja E-Z vaihtoivat katseita.

Alfred jatkoi. "Mietin jatkuvasti, miksi meidät tuotiin yhteen. E-Z, sinä osaat pelastaa ihmisiä ja olet super-duper vahva, lisäksi osaat lentää ja samoin tuolisi. Lia sinun voimasi ovat näkösälläsi. Osaat lukea ajatuksia. E-Z:n kertoman mukaan sinulla on valon voimat ja voit pysäyttää ajan.

"Minä, minä pystyn matkustamaan, lentämään taivaalla ja voin joskus sanoa, milloin asiat tapahtuvat ennen kuin ne tapahtuvat. Osaan myös lukea ajatuksia, mutta en aina. Lisäksi useimmat ihmiset rakastavat joutsenia. Jotkut sanovat, että olemme enkeleitä. Jotkut jopa uskovat, että joutsenilla on voima muuttaa ihmiset enkeleiksi. En tiedä, onko se totta. Minä itse pystyn auttamaan kaikkia eläviä, hengittäviä asioita parantamaan itsensä."

Viimeinen osa oli E-Z:lle uutta. Hän halusi tietää enemmän.

Alfred vastasi vapaaehtoisesti: "Antautuminen on ensimmäinen askel."

E-Z ja Lia olivat ajatuksissaan Alfredin tunnustuksen suhteen.

"Mitä me nyt teemme?" Lia kysyi.

"Jokainen joukkue tarvitsee johtajan, kapteenin. Minä ehdotan E-Z:tä", Alfred sanoi.

"Kannatan ehdokkuutta", Lia sanoi.

Lia ja Alfred nostivat maljansa E-Z:lle. Sam-setä ja Lian äiti Samantha yhtyivät maljaan. Vaikka heillä ei ollut aavistustakaan, miksi he kaikki kohottivat maljan.

E-Z kiitti heitä kaikkia. Mutta sisimmässään hän ihmetteli, miten tämä kaikki menisi oikein. Miten hän aikoi johtaa pientä tyttöä ja trumpettijoutsenta? Miten hän aikoi pitää heidät turvassa ja poissa vaaran tieltä?

Sam-setä ja Samantha tarjoutuivat siivoamaan, kun kolmikko palasi olohuoneeseen.

"Se on heille hyvä tilaisuus tutustua toisiinsa vähän paremmin", Alfred sanoi.

"Kyllä, äiti ei ole koskaan ennen ollut näin hermostunut. Työssään hän tapaa paljon ihmisiä ja puhuu heille, jopa täysin tuntemattomille, kuin olisi aina tuntenut heidät. Se taitaa olla yksi hänen menestyksensä salaisuuksista. Samin kanssa hän on kuitenkin hiljainen kuin hiiri ja hermostunut."

"Ehkä se johtuu jetlagista", E-Z ehdotti.

Alfred nauroi. "Ei, he tuntevat vetoa toisiinsa. Olette molemmat liian nuoria huomataksenne, mutta ilmassa oli jotain vipinää."

"Ihanko totta, äitini on ihastunut Samiin?"

"Sam-setä oli myös aika kömpelö - mutta hän ei tapaa nykyään kovinkaan montaa tyttöä, koska hän työskentelee kotoa käsin ja viettää suurimman osan ajastaan auttaen minua. Äänestän, vaihdetaan puheenaihetta."

"Niin minäkin", Lia sanoi.

"Te kaksi ette ole hauskoja."

"Luulen, että meidän on aika kutsua Eriel", E-Z sanoi. "Hänen täytyy olla se, joka toi meidät kaikki yhteen. Meidän on saatava tietää suunnitelmasta. Tietää, mitä meiltä odotetaan ja milloin."

"Kuka on Eriel?" Lia kysyi. "Muistan, että kysyit minulta aiemmin, tunnenko hänet."

"Hän on arkkienkeli ja hän on opastanut koettelemuksiani. No, ainakin viimeiset."

"Minun enkelini, joka on antanut minulle käsinäön lahjan, on nimeltään Haniel. Hänkin on arkkienkeli. Hän on maapallon hoitaja."

Tämä yllätti E-Z:n. Jos he kaikki työskentelivät omille enkeleilleen, miksi heidät sitten tuotiin yhteen? Oliko yksi enkeli voimakkaampi kuin toinen? Kuka oli pomoenkeli? Kuka vastasi kenelle?

"Haluaisin todellakin tietää, mitä on tekeillä", Alfred sanoi.

"Tiedän vain", Lia sanoi, "että onnettomuuden jälkeen minulta kysyttiin, olisinko yksi kolmesta. Ja nyt, voila, tässä sitä ollaan."

Sam-setä ja Samantha tulivat huoneeseen. He juttelivat vielä hetken yhdessä, kunnes lennosta väsynyt Samantha meni huoneeseensa. Sam-setä meni myös huoneeseensa.

"Mennään minun huoneeseeni juttelemaan", E-Z sanoi.

Lia ja Alfred seurasivat perässä. Muutaman tunnin keskustelun jälkeen kolmikko tajusi, että heillä oli paljon kysymyksiä mutta vähän vastauksia. Lia meni huoneeseensa, jonka hän jakoi äitinsä kanssa. Alfred nukkui E-Z:n sängyn reunalla. E-Z kuorsasi. Huomenna oli uusi päivä - silloin he selvittäisivät kaiken.

KAPPALE 13

SEURAAVANA AAMUNA LIA KANTOI murokulhoja takapuutarhaan. Aurinko oli nousemassa taivaalla, oli pilvetön päivä ja lähestyi kello kymmentä. Alfred mässäili nurmikolla polun vieressä.

Lia ojensi E-Z:lle kulhonsa, istuutui sitten terassilla olevan sateenvarjon alle ja otti lusikallisen Cornflakesia.

"Pohjoisamerikkalaiset maissihiutaleet maistuvat erilaiselta kuin ne, joita meillä on Alankomaissa."

"Mitä eroa siinä on?" E-Z kysyi.

"Täällä kaikki maistuu makeammalta."

"Olen kuullut, että eri maissa käytetään erilaisia reseptejä. Haluatko jotain muuta?" Hän kieltäytyi pudistamalla päätään. "En saanut unta viime yönä", E-Z sanoi ja otti toisen lusikallisen Captain Crunchia.

"Anteeksi, kuorsasinko liikaa?" Alfred tiedusteli työntäessään kasvonsa kasteiseen ruohikkoon.

"Ei, olit ihan hyvä. Minulla oli paljon mielessä. Tarkoitan, että me kaikki olemme täällä. Kolme - enkä minä ole ollut oikeudenkäynnissä vähään aikaan... Sen jälkeen kun Hadz ja Reiki alennettiin, en tiedä, mitä on tekeillä. Sen viimeisimmän Erielin kanssa käydyn taistelun jälkeen - jonka muuten voitin - en ole kuullut mitään Erielistä. Se tekee minut hermostuneeksi. Mietin, mitä hän on keksinyt tehdäkseen elämästäni kurjaa."

Alfred kahlasi kauemmas puutarhaan, kun yksisarvinen laskeutui ruohikolle.

"Palveluksessanne", Pikku Dorrit sanoi.

Yksisarvinen nokitteli Liaa, kun tämä nousi seisomaan ja suuteli sitä otsalle.

Heidän yläpuolellaan alkoi sininen taivaankirjoituksen raita. Se kirjoitti sanat:

SEURAA MINUA.

E-Z:n tuoli nousi: "Tule!" hän huusi.

Pikku Dorrit kumartui ja antoi Lian nousta selkäänsä.

Alfred räpytteli siipiään ja liittyi muiden joukkoon.

"Tiedätkö, minne olemme menossa?" Alfred kysyi.

"Tiedän vain, että meidän on pidettävä kiirettä! Värähtelyt lisääntyvät, joten meidän on oltava lähellä."

"Katso eteenpäin", Lia huusi. "Luulen, että meitä tarvitaan huvipuistossa."

E-Z:lle oli heti selvää, miksi heitä tarvittiin. Vuoristorata oli suistunut raiteiltaan. Vaunut roikkuivat puoliksi kiskoilla ja puoliksi irti niistä. Ja kaikenikäiset matkustajat huusivat. Yksi lapsi roikkui niin epävarmasti jalat vaunun laidan yli, että oli selvää, että hän putoaisi ensimmäisenä.

"Otetaan poika kiinni", Lia sanoi ja lähti liikkeelle. Hän ja Pikku Dorrit menivät suoraan pojan luo. Poika päästi irti, putosi ja laskeutui turvallisesti Lian eteen yksisarvisen päälle.

"Kiitos", poika sanoi. "Onko tämä oikeasti yksisarvinen, vai näenkö unta?"

"Se todella on", Lia sanoi. "Hänen nimensä on Pikku Dorrit."

"Äidilläni on samanniminen kirja. Luulen, että se on Charles Dickensin kirjoittama."

"Aivan oikein", Lia sanoi.

"Onko Pikku Dorritissa yksisarvisia?" "Ei. Jos on, minun on pakko lukea se!"

"En voi sanoa varmasti", Lia sanoi. "Mutta jos saat sen selville, kerro minulle."

E-Z tarttui yksi kerrallaan ylitsevuotaviin autoihin. Tasapainottaminen vaati jonkin verran työtä, se oli aluksi vähän kuin slinky, joka kallistui kaikki yhteen suuntaan. Mutta hänen kokemuksensa lentokoneesta auttoi ja innoitti häntä, kun hän nosti autot takaisin raiteille. Hän piti niitä vakaana, kunnes kaikki matkustajat olivat turvallisesti sisällä.

Alfredin avun ansiosta tämä prosessi sujui ongelmitta. Alfred pystyi siipiensä, nokkansa ja pelkän kokonsa avulla viputtamaan heidät turvaan.

"Ovatko kaikki kunnossa?" E-Z huusi kaikkien matkustajien raikuvien aplodien saattelemana.

Tehtävä oli suoritettu onnistuneesti, ja Alfred lensi sinne, missä Lia ja muut olivat. Se oli erinomainen paikka tarkkailuun.

"Voimmeko ottaa pojan nyt alas?" Lia kysyi.

E-Z näytti hänelle peukkua ylöspäin.

Alhaalla tuotiin nosturi, joka oli tarkoitus nostaa ylös pelastusta varten. Se ei ollut vielä läheskään valmis. Hän katseli, kun työmiehet ryntäilivät keltaisissa suojakypärissään.

E-Z vihelsi vuoristorataa operoivalle miehelle, jotta tämä käynnistäisi sen.

Vuoristoradan kuljettaja käynnisti moottorin uudelleen. Ensin vaunut puksuttivat hieman eteenpäin, sitten ne pysähtyivät. Matkustajat huusivat; he pelkäsivät, että se suistuu taas raiteilta. Jotkut pitivät kiinni niskoistaan, jotka olivat saaneet kolhuja alkuperäisessä tapahtumassa.

E-Z asetti pyörätuolinsa vaunujen etuosaan tarkkaillakseen, että niiden asento ei muuttunut. Hän huomasi tuulen voimistuvan, kun matkustajien hiukset pyyhkäisivät vaunuissa. Eräs iäkäs mies menetti LA Dodgersin baseball-lippiksensä. Kaikki seurasivat, kun se putosi maahan.

"Yritä uudestaan", E-Z huusi toivoen parasta mutta miettien varasuunnitelmaa kaiken varalta.

Kuljettaja käynnisti moottorin. Jälleen kerran vuoristorata liikkui eteenpäin. Tällä kertaa hieman pidemmälle, mutta se pysähtyi jälleen.

Teini huusi Little Dorritille: "Voitko laittaa Lian maahan. Nappaa sitten jotain ketjulenkkejä, joiden molemmissa päissä on koukut, ja tuo ne tänne luokseni?"

Yksisarvinen nyökkäsi ja laskeutui alas alhaalle kerääntyneen väkijoukon "oohhien" ja "ahhien" saattelemana. Yksi kaveri yritti tarttua häneen ja napata kyydin, hän työnsi hänet pois nenällään, ja poliisi siirtyi eristämään alueen.

"Täällä!" eräs rakennustyöntekijä sanoi. Hän oli kuullut, mitä E-Z pyysi. Hän laittoi osan ketjusta Little Dorritin suuhun ja kiersi loput tämän kaulan ympärille.

"Eikö se ole liian painava?" hän kysyi, kun Pikku-Dorrit lähti vaivatta liikkeelle ja lensi siivekkäästi sinne, missä Alfred odotti nyt E-Z:n vieressä.

Alfred käytti nokkaansa ja laittoi koukun vuoristoratavaunun etuosaan. Hän kiinnitti sen paikalleen ja kiinnitti sen E-Z:n pyörätuoliin.

"Pysykää paikoillanne", E-Z huusi. "Aion saada sinut alas, hitaasti mutta varmasti. Yrittäkää olla liikaa liikkumatta, haluan, että paino on tasaisesti paikallaan. Kolmannella, lähdetään rullaamaan", hän sanoi. "Yksi, kaksi, kolme." Hän veti, antoi kaikkensa, ja auto rullasi hänen mukanaan. Alaspäin meneminen oli helppoa, ylöspäin tultaessa hänen oli varmistettava, ettei kärry päässyt liikaa vauhtiin ja lähtenyt taas liikkeelle. Pikku Dorrit ja Alfred lensivät auton rinnalla valmiina toimimaan, jos jokin menisi pieleen.

Lia oli niin peloissaan, hermostunut ja innoissaan.

"Sinä pystyt siihen, E-Z!" hän huusi unohtaen, että hän saattoi sanoa sanat päässään, ja Lia kuuli ne.

"Kiitos", hän sanoi pitäen tahdin hitaana ja tasaisena. Vaikka E-Z oli väsynyt, hänen oli saatava käsillä oleva tehtävä valmiiksi. Kun auto kiersi kulman ja pysähtyi, se palasi tunneliin. Takaisin sinne, mistä sen matka oli ensin alkanut.

"Kiitos!" kuljettaja huusi.

Palomiehet, ensihoitajat ja sairaanhoitajat valmistautuivat odottamaan matkustajien tulvaa. He poistuivat matkustajista samaan aikaan.

"E-Z! E-Z! E-Z!" väkijoukko huudahti, ja puhelimet nostettiin ylös kuvaamaan koko tapahtumaa.

"Onkohan meillä aikaa napata karkkia?" Lia kysyi.

"Entä kinuskimaissi?" Alfred sanoi. "En ole varma, pidänkö siitä, mutta olen valmis kokeilemaan!" "En ole varma, pidänkö siitä, mutta olen valmis kokeilemaan!"

"Toki", E-Z sanoi, "käyn hakemassa molemmat sinulle ilman huolia! Saatan jopa hankkia itselleni Candy Applea."

Kun hän meni tekemään ostoksia, hän huomasi, että toimittajat olivat saapuneet. He olivat kerääntyneet jonkun erittäin pitkän, pikimustatukkaisen henkilön ympärille. Mies piti edessään silinterihattua ja muistutti Abraham Lincolnia. Tarkemmin tarkasteltuaan hän tajusi, että se oli Eriel valepuvussa. Hän siirtyi lähemmäksi kuunnellakseen.

"Kyllä, minä olen se, joka kokosi tämän dynaamisen kolmikon yhteen. Johtaja on E-Z Dickens ja hän on kolmetoistavuotias supertähti. Sen lisäksi, että hän on Kolmikon kokenein jäsen, hän on myös johtaja. Kuten olette varmaan huomanneet, hän pystyy käsittelemään melkein mitä tahansa. Hän on mahtava poika!"

E-Z tunsi, kuinka hänen poskensa kuumenivat.

"Entä tyttö ja yksisarvinen?" toimittaja huudahti.

"Hänen nimensä on Lia, ja tämä oli hänen ensimmäinen yrityksensä supersankarimaailmassa. Hänen yksisarvisensa on Little Dorrit, ja nämä kaksi ovat mahtava tiimi. Hän pelasti tuon pojan", hän tarttui poikaan. Hän laittoi hänet kameroiden eteen.

Kun kaikki katseet olivat hänessä, hän päätti lauseensa. "Helposti. Lia ja Pikku Dorrit ovat ihania lisäyksiä tiimiin, ja heistä on valtavasti apua E-Z:lle kaikissa hänen tulevissa pyrkimyksissään."

"Millaista se oli?" toimittaja kysyi pojalta.

"Lia oli todella mukava", nuori poika sanoi.

Tumma hahmo työnsi pojan pois. Hän pyyhki pölyt itsestään.

"Trumpettijoutsenen nimi on Alfred. Tämä oli hänen ensimmäinen tilaisuutensa avustaa E-Z:tä. Hän rohkeasti, laittoi itsensä vaaraan. Alfred on toinen erinomainen jäsen tässä Kolmen supersankarin tiimissä. Tulette näkemään heitä paljon tulevaisuudessa." Hän epäröi: "Niin, ja minun nimeni on Eriel, jos haluatte lainata minua artikkelissanne."

Nyt E-Z toivoi, ettei olisi suostunut keräämään karnevaaliherkkuja. Hän käpertyi sivummalle, toivoen, ettei häntä huomattu.

"Tuolla hän on!" joku huusi.

Muut, jotka olivat jonossa hänen takanaan, työnsivät häntä kohti jonon etuosaa.

"Talo tarjoaa", myyjä sanoi ja ojensi hänelle yhden kaikesta.

"Kiitos", hän sanoi, kun hän nousi ylös.

"Se on hän! Se poika pyörätuolissa! Meidän sankarimme!" joku huusi hänen alapuoleltaan.

"Tuolla hän on, ota hänen kuvansa."

"Tule takaisin selfieen, kiitos!" "Tule takaisin selfieen, kiitos!"

E-Z vilkaisi sinne, missä Eriel oli ollut, mutta nyt kun hänet oli huomattu, kukaan ei ollut kiinnostunut hänestä. Seuraavaksi Eriel oli kadonnut.

"Lähdetään pois täältä!" E-Z sanoi miettien, minne tarkalleen ottaen heidän pitäisi mennä. Jos he menisivät hänen kotiinsa, toimittajat ja fanit seuraisivat heitä todennäköisesti perässä. Tavallaan hän kaipasi niitä päiviä, jolloin Hadz ja Reiki pyyhkivät kaikkien asianosaisten mielet. Se todellakin mutkisti asioita.

Paluumatkalla E-Z ei voinut olla miettimättä, mitä Eriel aikoi. Eihän kenenkään pitänyt tietää hänen koettelemuksistaan. Se oli hyvin outoa - mutta hän oli liian uupunut puhuakseen siitä ystävilleen. Sen sijaan hän pohti, miksi ei enää ollut tärkeää pitää koettelemuksiaan salassa - ja miten se muuttaisi asioita. Oli hyvä, että hänen siipensä eivät enää palaneet, eikä hänen tuolinsa näyttänyt olevan kiinnostunut veren juomisesta.

"No, se oli aika helppoa", Alfred sanoi.

Lia naurahti: "Ja oli aika hauskaa nähdä sinut toiminnassa E-Z."

"Hei, entäs minä, minäkin autoin!"

"Totta kai autoit", E-Z sanoi. "Ja Pikku Dorrit, kiitos! En olisi pystynyt siihen ilman sinua!"

Pikku Dorrit nauroi. "Oli ilo olla avuksi."

"Olit uskomaton!" Lia sanoi silittäen Dorritin kaulaa.

Mutta jokin vaivasi heitä. Oli selvää, että E-Z olisi voinut tehdä kaiken itse. Hän ei tarvinnut apua.

Alfredista tuntui erityisesti, että hän teki trumpettijoutsenena kaiken, minkä pystyi. Mutta hänestä ei ollut paljon apua tällaisessa pelastustehtävässä. Ei niin kuin joku, jolla oli kädet, voisi auttaa. Hän oli tehnyt parhaansa, mutta riittikö se? Oliko hän paras valinta Kolmen jäseneksi?

Lia ajatteli, että Pikku Dorrit olisi voinut laskeutua pojan alle ja pelastaa hänet ilman, että hän olisi ollut sen selässä. Yksisarvinen oli fiksu ja olisi voinut seurata E-Z:n esimerkkiä ja ohjeita. Hänestä tuntui, että hän oli tullut tänne asti, ja minkä takia? Siinä ei oikeastaan ollut mitään järkeä.

Ne palasivat jälleen kotiin. Vaikka he olivat saaneet yhdessä aikaan jotakin ihmeellistä, heidän mielensä oli matalalla.

Pikku Dorrit lähti ja meni sinne, missä asui, kun häntä ei tarvittu.

E-Z meni heti toimistoonsa, jossa hän työsti hieman kirjaansa. Hän oli halunnut päivittää koeluettelon nähdäkseen, missä hän oli. Hän päätti kirjoittaa ne kaikki uudelleen alusta alkaen:

1/ pelasti pikkutytön
2/ pelasti lentokoneen putoamiselta
3/ pysäytti ampujan katolla
4/ pysäytti tytön kaupassa
5/ pysäytti ampujan talonsa ulkopuolella
6/ kaksintaisteli Erielin kanssa
7. pääsi ulos siitä luodista
8/ pelasti Lian
9/ laittoi vuoristoradan takaisin raiteilleen.

Hän ei ollut varma, oliko setä Samin pelastaminen koettelemus vai ei. Hadz ja Reiki olivat pyyhkineet hänen mielensä. E-Z:n vaisto oli, että Setä Samulin pelastaminen ei ollut ollut koettelemus.

Hän istuutui takaisin tuoliinsa. Hän ajatteli lähestyvää määräaikaa. Hänen oli suoritettava vielä kolme koetta rajoitetussa ajassa. Tavallaan hän halusi saada ne tehtyä ja hoidettua. Toisaalta sitoutumisen päättyminen pelotti häntä.

Sillä välin Alfred päätti mennä uimaan järveen.

Lia ja hänen äitinsä lähtivät kävelylle.

$$***$$

"**M**ILLAISTA SE OLI?" SAMANTHA kysyi.

"Se oli äärimmäisen jännittävää ja pelottavaa samaan aikaan. E-Z on merkittävä. Peloton", Lia selitti.

"Ja mikä oli sinun panoksesi?"

He käänsivät kulman ja istuivat yhdessä puistonpenkille. Lapset leikkivät, juoksentelivat ylös ja alas ja huusivat. Sekä äiti että tytär muistivat, miten Lia leikki näin huolettomasti seitsemänvuotiaana. Nyt kun hän oli kymmenen, hänen kiinnostuksensa leikkimiseen oli vähentynyt huomattavasti.

"Kaipaatko sinä sitä?" Samantha kysyi.

Lia hymyili. "Tiedät aina, mitä ajattelen. En oikeastaan, mutta jonain päivänä pian haluaisin kokeilla tanssimista uudelleen. Nähdäkseni, miten ja voisinko sopeutua."

He istuivat yhdessä katselemassa sanomatta mitään.

"Mitä minun panokseeni tulee, pieni poika roikkui autosta ja olisi saattanut pudota ilman Pikku Dorritin apua."

"Olisi voinut?"

"Kyllä, luulen, että E-Z olisi pelastanut hänet ja sitten hoitanut loput, jos me emme olisi olleet paikalla. Hän on tottunut tekemään kokeet yksin."

"Etkö usko, että sinua tai Alfredia olisi tarvittu?"

"Ehkä meidän läsnäolostamme moraalisena tukena oli apua, en tiedä. Näyttää siltä, että arkkienkelit ovat nähneet paljon vaivaa saadakseen meidät yhteen. Lennättääkseen meidät koko matkan Alankomaista, kotimaastamme. Kun tämän oikeudenkäynnin perusteella en usko, että meitä todella tarvitaan."

Samantha otti tyttärensä kädestä kiinni, ja he nousivat penkiltä ja kääntyivät takaisin kohti kotia.

"Mielestäni tiimi, apujoukko, on hyvä asia, ja olen varma, että E-Z tietää ja arvostaa sitä. Hän ei vaikuta sellaiselta pojalta, joka olisi yksinäinen. Hän pelasi baseballia, ja Samin kertoman mukaan pelaa vieläkin. Hän tietää, että joukkueet toimivat hyvin yhdessä ja rakentavat jokaisen pelaajan vahvuuksien varaan. Mitä sinuun tulee, en olisi huolissani siitä, ettet ollut ratkaisevin tekijä tässä oikeudenkäynnissä. Äläkä koskaan aliarvioi arvoasi."

"Kiitos, äiti", Lia sanoi, kun he käänsivät kulman heidän kadulleen. "Puhutaan nyt Samista. Sinähän todella pidät hänestä?"

Samantha hymyili mutta ei vastannut.

$$*** $$

SAM TARKISTI SAMAAN AIKAAN E-Z:n tilanteen. "Onko kaikki hyvin?" hän kysyi työntämällä päänsä sisälle veljenpoikansa toimistoon.

"En ole varma. Voimmeko puhua?"

"Totta kai, poika."

"Sulje ovi, ole hyvä."

"Mitä nyt? Eikö ensimmäisen joukkueen koe-esiintyminen mennyt hyvin?"

"Ensin haluan kysyä sinulta, mitä sinun ja Lian äidin välillä on meneillään?"

Sam huitoi jalkojaan ja puhdisti silmälasejaan. "Ei puhuta nyt minusta ja Samanthasta. Se on meidän välinen asia."

"Ai, on siis olemassa US?" hän virnisti.

"Vaihda puheenaihetta", Sam sanoi.

"Hyvä on sitten, ihan miten vain. Mitä oikeudenkäyntiin tulee, se meni hyvin, äläkä ajattele minusta pahaa. En sano tätä siksi, että olisin isopäinen, mutta olisin pystynyt suorittamaan sen ilman muita."

"Kerro minulle tarkalleen, mitä tapahtui. Mikä oli sinun tehtäväsi? Ja täytyy sanoa, että tämä yllättää minut, sillä olet aina ollut tiimipelaaja."

"Tiedän. Se vaivaa minuakin. Se tapahtui huvipuistossa. Vuoristorata suistui radalta. Sen etuosa roikkui reunasta ja matkustajia valui yli. Vain yksi oli todellisessa vaarassa - lapsi, jonka Lia sai kiinni Pikku Dorritin yksisarvisen avulla."

"Kuulostaa siltä, että pelastus oli hyödyllinen."

"Niin olikin, sillä pojan aika oli melkein lopussa, mutta minä olin paikalla ja olisin voinut pelastaa hänet. Sitten laitoin kärryt takaisin raiteille ja autoin muut sisälle. Minulle oli kuin aika olisi pysähtynyt - olisin siis helposti voinut ratkaista tilanteen ilman kenenkään apua."

"Kuulostaa siltä, että Alfredista ei ollut sinulle paljon hyötyä. Vihjaatko, että pärjäisit ilman häntä?"

E-Z ajoi sormiaan tummien hiustensa keskellä. Harjamainen tunne sai hänet jotenkin rentoutumaan.

"Alfred auttoi. Mutta minä etsin keinoja, joilla hän voisi auttaa. Hän yrittää niin kovasti. Haluamme niin kovasti auttaa, mutta rehellisesti sanottuna hän on tarpeeksi fiksu tietääkseen, että tein hänelle töitä. Hän voisi siis auttaa, eikä se tunnu hyvältä."

"Niin joukkuepelaajat tekevät. He pitävät huolta toisistaan. Auttavat toisiaan."

"Tiedän, mutta kun on kyse ihmishengistä, minun tehtäväni on varmistaa, ettei kukaan kuole. Jos keksin tehtäviä muille, jotta he tuntisivat itsensä tarpeellisiksi, se on haitta, ei apu." Hän huokaisi syvään ja napsautti sormiaan näppäimistöllä. Häpeissään hän vältti katsekontaktia setäänsä.

Muutaman minuutin hiljaisuuden jälkeen E-Z palasi työstämään kirjaansa ja antoi setänsä miettiä asioita. Hän kävi läpi päivän tapahtumien yksityiskohtia.

Kun hän selvitti. Purkaen asiat osiin. Kun hän purki oikeudenkäyntiä ja kokosi sen uudelleen, hän sai ilmestyksen. Hän ei ollut tehnyt tätä koskaan ennen. Hän voisi keskustella asiasta tiiminsä kanssa. He voisivat kertoa, miten hän pärjäsi, tehdä ehdotuksia, jotta hän voisi parantaa. Kyllä, oli monia etuja olla yksi kolmesta. Hän tunsi olonsa rennommaksi ja onnellisemmaksi tämän tiedon myötä.

"Minusta sinun pitäisi antaa tälle tiimitilanteelle enemmän aikaa, ennen kuin päätät mitään. Sinulle on varmasti hyödyllistä tietää, että heillä jokaisella on omat erikoisvoimansa, jotka auttavat sinua. Tässä tilanteessa sinun taitosi olivat etusijalla. Se ei tarkoita, että aina olisi näin. Asiat voivat muuttua seuraavaa tehtävää varten. Kaikki tapahtuu syystä."

"Ajattelet samoilla linjoilla kuin minä nyt. Kaikki on aina paremmin, jos sitä ei tarvitse kohdata yksin. Sinä opetit sen minulle."

"Nääntyykö kukaan muu tässä talossa nälkään?" Alfred huusi kahlatessaan pitkin käytävää.

E-Z työnsi tuolinsa taakse ja vastasi: "Minä!"

Sam sanoi: "Sinä mitä?"

"Ai, Alfred kysyi, onko kenelläkään nälkä."

"Niin minullakin!" Sam huusi.

"Minulla on", Lia sanoi. "Mitä on päivälliseksi?"

Samantha ehdotti, että he tilaisivat pizzaa. Kaikki hurrasivat, paitsi Alfred. Hän ei pitänyt sitkeästä juustosta.

He viettivät illan yhdessä, täyttivät kasvojaan ja katselivat zombeista kertovaa sarjaa.

"Eihän se ole liian pelottava sinulle, Lia?" E-Z kysyi.

"Se on liian pelottava minulle!" Samantha vastasi. Sam laittoi kätensä tytön ympärille, kun taas Lia kikatti ja piti äitinsä kädestä kiin

KAPPALE 14

VARHAIN SEURAAVANA AAMUNA ALFRED heräsi huutoon. Jos et ole koskaan kuullut joutsenen huutoa, olet onnekas. Se oli niin kovaääninen, että se herätti kaikki.

E-Z yritti rauhoittaa Alfredia. Joutsen vain räpytteli siipiään enemmän ja piti kauheaa ääntä. Se oli kuin sitä olisi kidutettu. Joko se tai sitten maailmanloppu oli tulossa.

Setä Samuli saapui tarkistamaan, mitä oli tekeillä.

"Se on Alfred, mutta älä huoli. Minä hoidan tämän", E-Z sanoi.

Pian Lia ja Samantha tulivat tutkimaan asiaa. Lia sai Samanthan suostuteltua hänet takaisin nukkumaan.

Lia jäi auttamaan E-Z:tä lohduttamaan Alfredia. Tämä meni heti ikkunan luo, avasi sen nokallaan ja lensi ulos yöhön.

Heidän yläpuolellaan E-Z ja Lia kuuntelivat, kuinka Alfredin verkkojalat läpsyttelivät kattoa.

"Mitä te kaksi odotatte!" se huusi. "Meidän on mentävä - NYT!"

Lia kiipesi ulos ikkunasta ja seisoi täristen reunalla. Hän odotti, kunnes E-Z pääsi pyörätuoliinsa ja manöövereerasi sen leijailevaan asentoon.

"Odota, luulen, että yksisarvinen on vihdoin tulossa", Alfred sanoi. "Siksi minä olen täällä ylhäällä. Nähdäkseni, oliko se tulossa."

Pikku Dorrit laskeutui, laittoi nenänsä Lian alle ja heitti tämän selälleen.

Ne lensivät Alfredin johdolla.

"Hidasta!" E-Z huusi. Alfred ei välittänyt hänestä. Hän jatkoi matkaa, kasvattaen korkeutta ja nopeutta. E-Z:n tuolin siivet alkoivat räpiköidä samoin kuin hänen enkelisiipensä. Hänen oli toimittava nopeasti pitääkseen Alfredin näköpiirissä.

Lia vapisi. "Olisipa minulla villapaita mukana."

"Kyykisty kaulaani", Pikku Dorrit sanoi. "Pidän sinut lämpimänä."

E-Z kiihdytti vauhtia ja lähestyi, mutta huomasi sitten, että Alfred hidasti vauhtia. Tai niin hän luuli. Sen sijaan hän näki näyn, joka ei koskaan pyyhkiytyisi hänen mielestään. Alfred oli jähmettynyt ilmaan, siivet ja jalat ojennettuina. Kuin hän olisi mallinnut X:ää.

Sitten hänen koko kehonsa alkoi vapista, joka kasvoi tärinäksi. Näytti siltä, että hän sai sähköiskun. Ja hänen kasvonsa, sietämättömän tuskan ilme niillä, toi kyyneleen ystävien silmiin.

"Mitä hänelle tapahtuu?" Lia kysyi. "En voi katsoa sitä enää. En vain voi", hän nyyhkytti.

"Aivan kuin häntä järkyttäisi. Kuka tekisi sellaista?" Kun hän sanoi sen, hän tiesi. Vain Eriel voisi olla näin julma. Eriel oli kutsumassa heitä. Käyttämällä tätä sähköiskutekniikkaa saadakseen heidät seuraamaan ystäväänsä Alfredia. Mutta entä jos hän ei selviäisi sähköiskuista? Kun hän sanoi tämän, kourallinen Alfredin höyheniä irrottautui hänen kehostaan ja leijui ilmassa. Hän lakkasi tärisemästä ja alkoi lentää. Olkapäänsä yli hän sanoi: "Tulkaa, pysykää vauhdissa, ennen kuin se iskee taas."

"Oletko kunnossa?" Lia kysyi.

"Se oli kolmas, ja joka kerta se pahenee. Meidän on päästävä sinne, minne he haluavat, ja nopeasti. En tiedä, kestänkö toista - en ainakaan pahempaa kuin edellistä. Se oli melkoinen."

He lensivät eteenpäin ja juttelivat mennessään.

"Olen pahoillani, että herätin kaikki", Alfred sanoi nyt, kun iskut olivat loppuneet.

"Se ei ollut sinun vikasi." E-Z sanoi. "Olen melko varma, että tiedän, kenen vika se on - ja kun näemme hänet, annan hänelle selkään."

"Mitä tarkoitat?" Lia kysyi ja halasi Little Dorritin kaulaa vasten. Oli niin pimeää ja kylmää; hän ei voinut olla vapisematta.

Alfred sanoi: "Meidät on kutsuttu lähettämällä sähköiskuja koko kehooni. Oli kuin höyheneni olisivat palaneet sisältä ulospäin. Niin tylyä. Niin kovin töykeää, ja hetken aikaa luulin olevani taas välitilassa."

Hänen koko joutsenvartalonsa tärisi ajatellen sitä. "Annan sille, joka sen teki, mitä se ansaitsee, kun näen sen myös!"

Alfred jatkoi lentämistä muiden perässä. "Aiemmin Ariel kuiskasi korvaani herättääkseen minut. Sitten puhuimme yhdessä suunnitelman. Hän teki näin jopa silloin, kun olin välitilassa. Hän on aina ollut lempeä ja kiltti minulle. Tämä kutsu oli erilainen."

"Kuulostaa Erielin teolta", E-Z myönsi. "Hän ei ole kovin tahdikas ja hän voi olla hieman melodramaattinen ja melko tunteeton. Puhumattakaan siitä, että hänellä on sairas huumorintaju."

"Vähän melodramaattinen, ei edes raapaise pintaa", Alfred sanoi.

"Sinun on kerrottava meille joskus lisää tästä välikysymyksestä. Nimi kuulostaa söpöltä, mutta minusta tuntuu, että se on oksymoroni", E-Z sanoi.

"En halua puhua siitä", Alfred vastasi.

"Odotan todella innolla tämän Erielin tapaamista. EI." Lia tunnusti. "Se on kuin odottaisi innolla Voldemortin tapaamista. Hänen maineensa kiirii hänen edellään."

"Ah, Harry Potter -fani siis?" Alfred sanoi.

"Ehdottomasti", Lia myönsi.

Tähdet taivaalla yläpuolella lähettivät mielikuvituslämpöä. Silti he vapisivat valmistautumattomina yöilmassa.

"Olemmeko jo melkein perillä?" E-Z kysyi.

"En tiedä varmasti", Alfred sanoi. "Shokissa ei sanottu, minne meidät kutsuttiin, enkä havaitse mitään värähtelyjä ilmassa. Ainoa asia, joka osoittaa, ettemme tee sitä, mitä meiltä odotetaan, on toinen sokki. Valitettavasti."

"Emme halua, että niin käy. Nopeutetaan vauhtia."

"Näyttää kuitenkin siltä, että pääsemme lähemmäs." Alfred pysähtyi ilmaan, siivet täysin ojennettuina. "Voi ei!" hän sanoi odottaen uutta iskua. Hän odotti ja odotti, mutta mitään ei tapahtunut. "Taidamme olla melkein..."

Joutsenen vartalo ei tällä kertaa vain tärissyt ja värissyt. Alfredin ruumis pyöri uudestaan ja uudestaan. Kuin hän olisi tehnyt kuperkeikkoja taivaalla.

Irralliset höyhenet lensivät hänen ympärillään ja tanssivat tuulessa, kun joutsen lähti vapaaseen pudotukseen.

E-Z lensi trumpettijoutsenen alle ja sai sen kiinni. "Alfred? Alfred?" Joutsenparka oli pyörtynyt. "Eriel! Sinä! Senkin iso karvainen korppikotka!" E-Z huusi ja nosti nyrkkinsä kohti taivasta. "Sinun ei tarvitse tappaa Alfredia. Kerro meille, missä olet, niin tulemme sinne, mutta vain jos suostut lopettamaan sen sähkövarausten kanssa. Se on barbaarista. Hän on joutsen, herran tähden. Antakaa hänen olla."

"Mitä hän sanoi", Lia vastasi avokämmenet taivasta kohti.

Sekunnin ajan ne leijuivat paikallaan.

Sitten pyörätuoliin iski järkytys. Sitten se iski Dorritin yksisarviseen. Ja kaikki joutuivat vapaaseen pudotukseen.

Erielin nauru täytti ilman heidän ympärillään. Maailma oli hänen Sensurroundinsa, ja hän pilkkasi Kolmea niin kuin kukaan muu ei voinut. Tai tekisi.

KAPPALE 15

N E JATKOIVAT SYÖKSYKIERROSTA JONKIN aikaa. Kukaan heistä ei voinut hallita erikoisvoimiaan tai -ominaisuuksiaan.

He odottivat, että heidän ruumiinsa roiskuisivat jalkakäytävälle. Jalkakäytävälle, joka näytti nousevan tervehtimään heitä.

Yhtäkkiä laskeutuminen loppui. Oli kuin he kaikki olisivat olleet kiinni jossakin näkymättömässä nukketeatterissa.

Muutaman sekunnin kuluttua liike alkoi uudelleen, mutta tällä kertaa se oli lempeää.

Se ohjasi heitä, kunnes heidät voitiin laskea turvallisesti arkkienkelien Erielin, Arielin ja Hanielin jalkojen juureen.

"Oliko mukava matka?" Eriel kysyi. Hän röhähti naurusta. Hänen toverinsa katselivat nauramatta tai puhumatta.

Alfred, joka oli nyt hereillä, lensi ja laskeutui, ja häntä seurasi Pikku Dorrit, yksisarvinen, joka kantoi Liaa.

Yksisarvinen kumarsi, kuittasi muut vieraat ja vetäytyi sitten huoneen toiselle puolelle.

Eriel oli kolmesta muusta korkein ja seisoi kädet lanteillaan varmistaen, ettei ollut epäselvyyttä siitä, kuka oli johdossa.

Ariel sen sijaan oli keijumainen.

Haniel oli patsasmainen, kauneutta säteilevä.

Eriel astui eteenpäin ja kohosi maasta niin, että hän oli heidän yläpuolellaan. Hän huusi: "Teiltä kesti tarpeeksi kauan tulla tänne! Tulevaisuudessa, kun käsken teitä tulemaan tänne, tulette tänne nopsaan!"

Haniel lensi lähemmäs Alfredia. Hän kosketti tätä otsaan. Sitten hän kääntyi E-Z:n puoleen ja teki samoin. Hän hymyili. "Hauska tavata teidät molemmat." Hän kääntyi Lian puoleen. Lia avasi kämmenensä ja he vaihtoivat avokämmenen sormenkosketukset. Lia heittäytyi Hanielin syliin. Haniel kietoi siipensä Lian ympärille ja ihasteli uuden kymmenvuotiaan tytön ulkonäköä.

Ariel lepatti E-Z:n lähellä. Hän iski tälle silmää ja hymyili Lialle. Hän lensi Alfredin luo, kosketti tätä ja vapautti hänet tuskastaan.

"Riittää jo hössötys!" Eriel komensi äänensä jyrisevällä äänellä niin kovaa, että E-Z pelkäsi nostattavansa katon pystyyn.

"Odota hetki", Alfred sanoi kävellessään, kun hänen verkkojalkansa räpyttelivät betonilattialla. "Sain melkein sähköiskun, ja haluaisin anteeksipyynnön."

Eriel avasi siipensä leveäksi, laajemmaksi, niin leveäksi kuin ne saattoivat mennä. Hän leijui Alfredin yläpuolella, joka vapisi mutta piti pintansa. Heidän katseensa kohtasivat toisensa.

Eriel tunsi, että trumpettijoutsen Alfred oli joko hyvin rohkea tai hyvin typerä. Joka tapauksessa hän tarvitsi apua.

E-Z rullautui eteenpäin ja asetti tuolinsa niiden väliin. "Tehty mikä tehty." Hän puhutteli Alfredia: "Pysykää alhaalla." Alfred teki niin. Sitten Erielille: "Tiedän, että olet kiusaaja, ja se, mitä teit ystävällemme, oli anteeksiantamatonta ja julmaa. On keskellä yötä, joten mene asiaan - kerro meille, miksi olemme täällä? Mikä hätänä?"

Eriel laskeutui ja hänen siipensä taittuivat vartalonsa taakse. Hän pauhasi: "Yritykseni tavoittaa teidät henkilökohtaisesti suojattini jäivät vastaamatta. Vaikka tein mitä, kuorsauksesi esti sinua heräämästä. Lähetin Hanielin hakemaan Liaa, mutta hän ei pystynyt herättämään häntä häiritsemättä hänen vieressä nukkuvaa äitiään. Siksi kutsuimme Alfredin, joka ei myöskään vastannut pitkään aikaan. Hänen mentorinsa yritti tavalliseen tapaansa lähestyä häntä - mutta hänen kuiskauksensa ei ollut tarpeeksi voimakas herättääkseen hänet."

"Olin huolissani sinusta", Ariel sanoi.

"Olen pahoillani", Alfred sanoi. "E-Z:n sänky on ihanan mukava, ja hän kuorsaa kyllä aika äänekkäästi. Siitä oli pitkä aika, kun nukuin taas kerran oikeassa sängyssä."

"HILJAA!" Eriel kiljui.

Alfred astui taaksepäin, kun taas E-Z siirsi tuolinsa entistä lähemmäs olentoa.

Eriel hiljensi ääntään. "Haniel luuli, että olet kuollut, joutsen. Ja siksi minä, käytin tilaisuutta hyväkseni testatakseni uusinta teknologiaamme."

"Sitä ei ollut testattu ihmisillä aiemmin", Haniel myönsi.

"Ajattelimme, että olisi parasta kokeilla johonkin, joka ei ollut ihminen - Alfred, sinä sopisit siihen ja se toimi loistavasti. On totta, että te kaikki saavuitte myöhässä, mutta te pääsitte tänne. Kuten sanotaan, parempi myöhään kuin ei milloinkaan."

"Käytit minua koekaniinina?" Alfred sanoi heiluttaen niskaansa edestakaisin nokka auki ja edeten pitkin lattiaa.

E-Z asettui jälleen kerran pyörätuolillaan niiden väliin. "Pysy alhaalla", hän sanoi Alfredille.

Eriel, Haniel ja Ariel muodostivat puoliympyrän kolmikon ympärille.

"Olet oikeassa E-Z. Se mikä on tehty, on tehty. Parempi, että sitä testattiin minuun kuin teihin kahteen. Jatkakaa nyt", Alfred sanoi.

"Niin, Eriel", E-Z sanoi, "kysyn vielä kerran, miksi olemme täällä?" "Niin, Eriel", E-Z sanoi.

"Ensinnäkin", arkkienkeli pauhasi, "suunnitelmana oli, että te kolme muodostaisitte jonkinlaisen kolmikon."

"Me selvitimme sen jo itse", Lia sanoi. Hän piti kämmeniään auki, jotta hän saattoi ottaa kaikki kolme arkkienkeliä yhtä aikaa näkyviin. Hän katseli myös aika ajoin ympäri huonetta nähdäkseen heidän ympäristönsä. Se näytti tutulta, sen seinät olivat metalliset, kuten se, jossa hän oli tavannut E-Z:n ensimmäisen kerran. Vain paljon tilavampi.

E-Z katseli ympärilleen ja katsoi Liaa. Hän ajatteli samaa. Mitä enemmän hän katseli seiniä, sitä enemmän ne tuntuivat sulkeutuvan häntä kohti. Hän tunsi itsensä kylmäksi ja klaustrofobiseksi, vaikka tila oli valtava. Hän toivoi, että hänen pyörätuolissaan olisi ollut painike, kuten joissain autoissa, joilla istuinta voisi lämmittää.

"Hiljaa!" Eriel huusi. Koska kaikki olivat hiljaa, se tuntui sopimattomalta. He eivät tietenkään olleet ottaneet huomioon, että hän pystyi myös lukemaan heidän ajatuksiaan.

Alfred nauroi.

Eriel sulki heidän välinsä, ja Alfred perääntyi. Eriel sulki taas raon. Ja niin edelleen, kunnes Alfred oli selkä seinää vasten. Alfred lähti lentoon. Eriel nosti hänet ylös kynsiä muistuttavilla jaloillaan. Piteli häntä muiden yläpuolella.

"Eriel, ole kiltti", Ariel sanoi. "Alfred on hyvä sielu."

Eriel laski hänet alas ja kohotti sitten nyrkkinsä. Niistä lensi salamoita, jotka kimposivat kontin metallikattoon. Kaikki muut paitsi Eriel leikkivät polttopeliä lentävien sähkövarausten kanssa. Eriel katseli. Nauroi.

Kun hän kyllästyi tähän viihdemuotoon. Kun Erielin itseluottamus oli koetuksella, hän nappasi salamat kiinni. Hän teki siitä suuren näytöksen, kun hän laittoi ne taskuihinsa.

"No niin", hän sanoi. "Teille on tulossa uusi koettelemus. Tänään. Yksi teistä kuolee."

E-Z ponnahti ylös tuoliltaan. Alfred huusi tahtomattaan "Hoo-hoo!" ja Lia huusi pikkutytön huudon.

Eriel jatkoi välittämättä heidän reaktioistaan. "Olette täällä valitsemassa. Kumpi teistä kuolee tänään? Kun olette valinneet, selitän seuraukset, jotka teille aiheutuu mainitusta kuolemasta." Eriel lensi muutaman metrin päähän ja kaksi muuta enkeliä olivat hänen vierellään, yksi kummallakin puolella.

Ensin Eriel kuvaili Alfredin kuolemaa:

"En voi kertoa teille mitään yksityiskohtia tästä oikeudenkäynnistä. Voin kertoa teille vain sen, että Alfred, jos kuolet tänään, et täytä sopimustasi. Sen vuoksi et näe perhettäsi enää koskaan, et nyt etkä koskaan enää koskaan. Kuolemasi olisi kuitenkin kaunis. Sillä kuten elämässä, joutsenen kuolema on aina kaunis. Majesteettinen. Sillä kun joutsen kuolee, siitä tulee enkeli. Muutoksesi olisi sinulle uusi alku. Tarkoituksenne olisi parantaa niin ihmisten kuin eläintenkin elämää.

Sinulle annettaisiin uusi nimi ja uusi tarkoitus. Sinua arvostettaisiin todella kaikin tavoin. Ja sielusi palaisi ikuiseen lepopaikkaansa."

Kyyneleet valuivat Alfredin trumpettijoutsenen poskia pitkin. Ariel lohdutti häntä kietomalla siipensä hänen siipiensä ympärille.

Toiseksi Haniel kertoi Lian kuolemasta:

"Lapsi, pian naiseksi tuleva, kuten Ariel, en voi kertoa sinulle mitään tietoa tehtävästä. Voin sanoa sinulle rakas Cecelia, joka tunnetaan myös nimellä Lia, vain sen, että jos kuolisit tänään, sinua ei enää ole. missään muodossa. Kuolemasi on vain sitä, kuolema. Lopullinen. Se on kuin olisi ollut, kun hehkulamppu räjähti, olisit kuollut. Elämänne olisi päättynyt silloin. Ja kuitenkin olette täällä nyt, ja teillä on paljon annettavaa maailmalle. Et ole edes raapaissut pintaa niistä voimista, joita sinulla on käytettävissäsi. Jos kuitenkin kuolisit tänään, nuo voimat jäisivät käyttämättä. Joutuisit maahan, tomusta tomuksi. Pelkkä muisto niille, jotka ovat tunteneet ja rakastaneet sinua. Mutta myös sielusi palaisi ikuiseen lepopaikkaansa."

Lia sulki kätensä hillitäkseen niistä valuvat kyyneleet. Niitä putosi myös silmistä. Hänen vanhoista silmistään. Hänen ruumiinsa tärisi nyyhkyttäessään. Hän oli liikaa tunteiden vallassa puhuakseen.

Pikku Dorrit siirtyi lähemmäs ja tönäisi pientä tyttöä olkapäähän. Haniel yritti myös lohduttaa tyttöä suutelemalla häntä otsalle.

Sitten Eriel alkoi kertoa E-Z:n tarinaa:

"E-Z, olet saavuttanut monia asioita vanhempiesi kuoleman jälkeen. Sinulle on annettu koettelemuksia. Joskus, usein ihmiselle ylitsepääsemättömiä tehtäviä.

Silti olet onnistunut voittamaan ne. Olet pelastanut ihmishenkiä. Et ole tuottanut minulle pettymystä. Me kuitenkin tunnemme." Hän epäröi vilkuillen puolelta toiselle. "Erityisesti minusta tuntuu, että olette tehnyt tyhjäksi voimanne. Joskus jopa kieltänyt ne. Olette käyttäneet antamamme ajan tehdä maailmasta parempi paikka ja tuhlanneet sen." Hän jatkoi.

E-Z avasi suunsa puhuakseen.

"Hiljaa!" Eriel huusi. "Älä yritä puolustella itseäsi. Olemme katselleet, kun olet pelannut baseballia ja tuhlannut aikaa ystävien kanssa, aivan kuin sinulla olisi ollut kaikki maailman aika suorittaa tehtävät. No, aika on lopussa. Jos kuolet tänään, koettelemuksesi jäisivät kesken."

E-Z:llä oli melko hyvä aavistus siitä, mitä seuraavaksi oli tulossa, mutta hänen oli odotettava, että Eriel sanoi sen. Puhua sanat, jotta se olisi totta.

Kuten hän arveli, Eriel ei ollut vielä valmis. "Jättäen meidät keskeneräisiin kokeisiin, joiden vuoksi henkesi pelastettiin. Se olisi anteeksiantamatonta. Jos kuolisit tänään, menettäisit siipesi. Se on jo aluksi. Ne koettelemukset, joita sinulle ei ollut vielä annettu - eivät koskaan saisi. Sillä sinä olit ainoa, joka pystyi suorittamaan tehtävät. Ainoa toivomme.

"Siksi niitä, jotka sinä olisit pelastanut, ei pelastaisi kukaan, ei milloinkaan. He kuolevat sinun takiasi. Kaikki, jotka koskaan pelastit koettelemustesi aikana, kuolisivat.

"Olisi kuin sinua ei olisi koskaan ollutkaan. Heidän kuolemansa olisi lopullinen. Täydellinen. Kenelläkään heistä ei olisi mahdollisuutta kuolemanjälkeiseen elämään. Edes heidän lähettämisensä tuonpuoleiseen ei olisi vaihtoehto. Kuolemasi sitten E-Z aiheuttaisi tuhoa ja kaaosta maailmaan. Kuten sinä päivänä, kun sinä ja minä kaksintaistelimme. Muistatko, millainen maailma oli sinä päivänä? Sellainen maa olisi - joka ikisenä päivänä." Eriel käänsi selkänsä. He katsoivat, kuinka hän ojensi siipensä, aivan kuin hän valmistautuisi lähtemään.

Kaikki olivat hiljaa. Pohtivat kohtaloaan.

Jonkin ajan kuluttua Eriel rikkoi hiljaisuuden. "Ariel, Haniel ja minä jätämme teidät toistaiseksi. Voitte puhua keskenänne ja päättää. Mutta tehkää se nopeasti. Meillä ei ole koko päivää aikaa."

Arkkienkelikolmikko katosi katon läpi.

KAPPALE 16

KUN ARKKIENKELIT OLIVAT LÄHTENEET, Kolme oli liian tyrmistynyt sanoakseen mitään. Kunnes E-Z rikkoi hiljaisuuden.

"Minusta ei ole mitään järkeä siinä, että he toivat meidät kaikki tänne yhteen. Heidän kiduttavan Alfredia. Saada meidät tänne. Sitten sanovat, että yhden meistä on kuoltava. Ja meidän on valittava kumpi. Se on barbaarista - jopa Erieliltä."

Lia käveli nyrkkejä puristaen. Hän oli liian vihainen puhuakseen, eikä hän välittänyt siitä, jos hän törmäsi johonkin. Itse asiassa, kun hän törmäsi, hän potkaisi sitä.

Alfred sivalsi. "Minusta jos jonkun pitää kuolla, sen pitäisi olla minä. Voimani ovat äärimmäisen rajalliset. Minut muutettaisiin todennäköisemmin joutsenkeittoon, kun otetaan huomioon kokeiden monimutkaisuus. Kuten viime koe. Tiedän, että autoit minua E-Z. Se oli ystävällistä sinulta, mutta tiesin, että olin rasite."

E-Z yritti keskeyttää, mutta Alfred vain jatkoi. "Puhumattakaan siitä, että saattaisin olla tiellä. Asettaisin jonkun teistä vaaraan. Olen elänyt surullista ja yksinäistä elämää sen jälkeen, kun perheeni vietiin minulta. Jonain päivänä yksinäisyys on musertava. Kolmen jäsenenä oleminen on auttanut, mutta...

"Jopa joutsenena pystyin ajattelemaan heitä. Muistaa heitä, rakastaa heitä. Pelkkä tieto siitä, että he kuolivat yhdessä ja ovat jossain yhdessä, antaa minulle rauhan. Vaikka en olisikaan heidän kanssaan, mutta ehkä olen tänään, jos minä olen se, joka kuolee. Olen valmis ottamaan sen riskin. Sitä paitsi, kun minä menen, kukaan maan päällä ei kaipaa minua."

"Me tulemme kaipaamaan sinua!" Lia sanoi.

"Totta kai tulemme kaipaamaan sinua!" "Totta kai tulemme kaipaamaan sinua!" E-Z oli samaa mieltä, kun hän ylitti lattian ja huomasi pöydän, joka ennen oli sulautunut seinään. Hän siirtyi lähemmäs sitä, jonka päällä hän löysi pinon papereita, joita hän selaili.

"Arvostan tunteitasi", Alfred sanoi. "Hei, mitä sinä teet, E-Z? Mistä tuo pöytä on peräisin?"

Lia ojensi molemmat kätensä eteensä, jotta hän näki sekä E-Z:n että Alfredin samanaikaisesti.

E-Z jatkoi sivujen selaamista. Pian ne lensivät ympäri huonetta. He pyörivät ilmassa kuin olisivat joutuneet tornadon silmään.

Kolmikko ryhmittyi yhteen ja katseli paperinpyöritystä. Sitten ne putosivat kerralla jalkakäytävälle.

Lia tarttui yhteen niistä ja luki sitä E-Z:n ja Alfredin katsellessa.

"Mitä tämä on?" hän huudahti. "Siinä lukee meidän nimemme. Siinä kerrotaan tarinoita. Meidän tarinoitamme. Kuolemistamme."

"Siinä sanotaan, että olemme jo kuolleet!" E-Z sanoi lukiessaan yhtä niistä papereista, jotka hän oli napannut.

"Voi", Lia sanoi, ja kyynel valui pitkin hänen poskeaan. "Siinä sanotaan myös, että äitini on kuollut, samoin kuin setäsi Samuli."

E-Z pudisti päätään. "Se ei voi olla totta. Se ei ole totta. He huijaavat meitä." Hän katsoi ympärilleen. Jokin huoneessa oli muuttunut. Seinät. Ne olivat nyt punaiset. "Olemmeko menneet toiseen ulottuvuuteen tai jotain? Katsokaa seiniä? Olemmeko jossain muualla, missä tulevaisuus on jo menneisyyttä?"

Alfred poimi toisen pudonneista sivuista. Siinä kerrottiin hänen vaimonsa ja lastensa kuolemasta sekä hänen omasta kuolemastaan. Ja kuitenkin, kun hän katsoi itseään, tunsi itsensä, hän oli elossa, hänellä oli höyheniä: trumpettijoutsen. "Haluan ulos", hän sanoi.

Lia hymyili. "Tarkoitatko, ulos tästä huoneesta vai ulos tästä elämästä? Minäkin haluan ulos, tarkoitan ulos tästä karmivasta metallisäiliöstä, mutta en halua kuolla. Maailman näkeminen kämmenieni kautta on outoa ja samalla jotenkin siistiä. Myös se, että voin lukea ajatuksia, on siistiä. Kun pysäytin ajan, se oli mahtavaa. Kuvittele, että voisit kutsua sen voiman esiin, jos joku olisi vaarassa tai jos tapahtuisi katastrofi. Kuvittele, kuinka monta henkeä voitaisiin pelastaa? Ja nyt olen kymmenen, ja kuka tietää, mitä muita voimia minulle on vielä luvassa."

"Jumalankaltainen", E-Z sanoi. "Tiedän, miltä sinusta tuntui, Lia. Siltä minustakin tuntui, kun pelastin sen ensimmäisen pikkutytön, kun pelastin muut ja kun pelastin sinut."

Kolme muodosti uudelleen ympyrän ja yhdistyi käsiin lausuessaan sanat: "Meillä on voima. Kukaan ei kuole tänään. Ei ole väliä, mitä he sanovat." He kääntyivät ympäri ja ympäri ja lauloivat uutta mantraansa. Kunnes he olivat valmiita kutsumaan arkkienkelit takaisin.

KAPPALE 17

ERIEL SAAPUI ENSIMMÄISENÄ, KULMAKARVAT koholla ja huulet pilkallisesti vääntyneinä. Seuraavaksi saapuivat Ariel ja Haniel. Nämä kaksi jäivät hänen taakseen hänen valtavien siipiensä varjoon. Eriel risti kätensä, kun taas kaksi muuta arkkienkeliä siirtyivät ylöspäin. He leijuivat hänen hartioidensa vastakkaisilla puolilla.

"Olemme päättäneet", E-Z sanoi. "Kukaan ei kuole tänään."

Erielin nauru jyrisi ympäri metalliaitausta. Hän nousi ilmaan, sitten hän risti kätensä rintakehänsä päällä. Ariel ja Haniel pysyivät hiljaa, kun taas Erielin nauru voimistui niin korkealle, että se sattui Alfredin korviin.

Alfred pyörtyi, mutta toipui nopeasti. Lia ja E-Z auttoivat hänet ylös. He pitivät häntä pystyssä, kunnes Pikku Dorrit lensi tänne. Hetkeä myöhemmin Alfred istui korkealla heidän yläpuolellaan yksisarvisen selässä. Hän oli melkein kasvotusten Erielin kanssa.

"Kiitos, kaveri", Alfred sanoi.

"Oli ilo olla avuksi", Pikku Dorrit sanoi.

"Riittää!" Eriel huusi siirtyen korkeammalle heidän yläpuolellaan. Hän pelotteli heitä koollaan, sairaalloisuudellaan ja jyrisevällä äänellään. "Luuletteko voivanne muuttaa sitä, mitä tulee olemaan? Olen kertonut teille, mitä on tapahduttava, eikä teillä ole muuta vaihtoehtoa kuin totella minua. Se ei ollut kyselytutkimus. Eikä demokratia. Se oli varmuus. Sillä niin on kirjoitettu..."

Sitten hän huomasi, että lattia oli täynnä papereita. Hän lensi alas ja poimi yhden. Sitten hän nousi ylös, niin että hän oli kasvotusten Alfredin kanssa. Kädessään hän piti Alfredin tarinaa.

"Olet näköjään lukenut tulevaisuuden. Nyt tiedät totuuden, että elät rinnakkaisuniversumissa. Se, mitä täällä tapahtuu, leviää kaikkiin muihin universumeihin. Paikoissa, joissa sekä tulevaisuus että menneisyys ovat olemassa."

Lia pudotti oikean kätensä ja kohotti vasenta. Hänen kätensä eivät olleet vahvat, sillä ne olivat vielä tottuneet siihen, että hänen täytyi pitää niitä pystyssä.

Eriel lensi huoneen poikki punaiselle sohvalle, jolle hän istuutui. Muut enkelit liittyivät hänen seuraansa, yksi kummallekin käsinojalle. Eriel istui mukavasti siipiensä ollessa kokonaan sisään- tai ulospäin.

Tehtyään olonsa mukavaksi hän jatkoi. "Yhdessä maailmoista te kaikki kolme olette jo kuolleet. Luitte totuuden. Tässä maailmassa on vielä toivoa. Toivo on olemassa, koska me, eli minä, Ariel, Haniel ja Ophaniel, olemme olemassa. Olemme valinneet teidät kolme ihmistä työskentelemään kanssamme. Olemme antaneet teille tavoitteita ja auttaneet teitä mahdollisuuksiemme mukaan. Kun olemme kanssanne, me yksin sallimme olemassaolonne jatkumisen. Me yksin annamme elämällenne tarkoituksen. Jos kieltäydytte seuraamasta teille valitsemaamme polkua, teitä ei ole enää olemassa myöskään tässä maailmassa. Sinut pyyhitään pois, niin kuin et koskaan ollut etkä koskaan tule olemaankaan."

E-Z puristi nyrkkejään ja hänen tuolinsa kaatui eteenpäin. "Siinä asiakirjassa, asiakirjassa toisesta elämästäni, siinä sanottiin, että Sam-setä oli myös kuollut. Hän ei ollut onnettomuudessa vanhempieni kanssa. Hän ei ole osa tätä kauppaa. Tapoitko sinä hänet Eriel, pitääkseen minut täällä?"

Vastausta odottamatta Lia puuttui asiaan. "Asiakirjassani lukee, että äitini on kuollut. Miten se voi olla totta? Ole kiltti ja sano, ettei se ole totta!"

Alfred tunsi nyt olonsa paremmaksi ja hyppäsi Pikku Dorritin selästä. Hän kahlasi lähemmäs sohvaa ja kohtasi jälleen Erielin.

E-Z katseli ylpeänä ystäväänsä Alfredia, pelotonta trumpettijoutsenta.

"Ja asiakirjoissa rukouksiini vastataan. Olen jo kuollut. Kuolin perheeni kanssa, niin kuin pitikin. Olisin mieluummin jäänyt kuolleeksi. Olisin kuollut heidän kanssaan sen sijaan, että olisin jälleensyntynyt trumpettijoutsenena. Sen jälkeen, kun Haniel pelasti minut väliinputoajasta."

Eriel hätisti Alfredin pois. "Ai niin, betwixt ja between. Olin unohtanut, että sinut lähetettiin sinne. Et pitänyt siitä kovin paljon, vai mitä?"

Alfred liikutti niskaansa ja irvisteli nokallaan. Hän paljasti pienet, rosoiset hampaansa kuin olisi halunnut purra Erieliä.

"Pysy alhaalla", Eriel sanoi, kun hän rullasi sohvalle.

Alfred sulki nokkansa. Lia siirtyi lähemmäs. Nyt Kolmikko seisoi yhdessä Erielin edessä. He odottivat, että arkkienkeli sanoisi jotain, mitä tahansa. Näytti siltä, että hän oli kerrankin sanaton.

E-Z käytti tilaisuutta hyväkseen saadakseen tilanteen haltuunsa.

"Lehdissä luki, että Sam-setä oli kuollut onnettomuudessa, jossa oli ollut äitini, isäni ja minä. Hän ei ollut autossa kanssamme, jotta näin olisi tapahtunut, hänen olisi pitänyt olla istutettuna autoon kanssamme. Mitä tarkoitusta varten? Selittäkää meille, te niin kutsutut arkkienkelit. Miksi muuttaisitte historiaa omien tarkoitusperienne mukaan? Missä Jumala muuten on tässä kaikessa? Haluan puhua hänelle."

"Niin minäkin!" Lia huudahti.

"Niin minäkin!" Alfred yhtyi mukaan.

Eriel löi jalkansa ristiin ja levitti siipensä. Hän laittoi kätensä leualleen ja vastasi: "Jumalalla ei ole mitään tekemistä meidän tai sinun kanssasi - ei enää." Hän haukotteli, aivan kuin tämä tehtävä olisi tylsistyttänyt häntä.

"Entä jos kertoisin sinulle, että talosi oli tulessa juuri nyt, kun puhumme? Entä jos kertoisin sinulle, ettei Sam-setä eikä äitisi Samantha, Lia eläisi toista päivää?"

"Sinä p-p-paskiainen!" E-Z huudahti.

"Ditto!" Lia sanoi.

"Älä viitsi", Eriel tylytti. "Me olemme kaikki ystäviä täällä. Ystäviä, emmekö olekin? Talosi voi olla tulessa, mitä tahansa voi tapahtua, kun olemme täällä tässä paikassa, ajassa pysähtyneinä. Mitä kauemmin viivyttelet valitsemasta, sitä enemmän kaaosta luot maailmaan." Hän nousi seisomaan ja hänen siipensä ojentuivat, mikä sai kolmikon ottamaan muutaman askeleen taaksepäin.

Hän jatkoi: "E-Z, sinä vaarantaisit henkesi setäsi puolesta, eikö niin?" Hän nyökkäsi. "Totta kai. Ja Lia, vaarantaisit henkesi pelastaaksesi äitisi hengen, eikö niin?" Lia nyökkäsi.

"Ja Alfredin, rakkaan pikku trumpettijoutseneni. Höyhenpeitteinen sulkasääskinen ystäväni. Kumman näistä kahdesta pelastaisit. Jos voisit pelastaa vain toisen heistä?" Eriel hymyili, ylpeänä riimittelyistään.

"Pelastaisin molemmat", Alfred sanoi. "Vaarantaisin henkeni tai kuolisin yrittäessäni."

"Sinulla on outo kuolemantoive, höyhenpeitteinen ystäväni."

Alfred ryntäsi kohti Erieliä.

"Y-o-u a-r-e n-o-t m-y f-r-i-e-n-d! Lopeta leikkiminen kanssamme. Sinä toit meidät yhteen. Sinä toit meidät yhteen. Miksi? Pilkatakseen meitä. Saadaksenne pikkutytön itkemään. Sinä olet pelkkä, mutta iso kiusaaja."

"Niin", Lia sanoi. "Lakkaa kiusaamasta meitä."

"Mitä he sanoivat", E-Z lisäsi.

Eriel nyt raivoissaan, muuttui mustasta punaiseksi mustasta punaiseksi. Hän lensi huoneen poikki ja löi nyrkkejään pöytään.

"Haluatteko kuulla totuuden? Sinä et kestä totuutta." Hän hymyili. "Pieni sivuhuomautus, rakastan Jack Nicholsonin suoritusta elokuvassa A Few Good Men."

Se oli yksi asia, josta sekä Eriel että E-Z olivat samaa mieltä. Nicholsonin suoritus siinä elokuvassa oli virheetön.

"Lopettakaa melodramaattisuus ja kertokaa, mitä haluatte meiltä."

"Me jo kerroimme", Eriel sanoi. "Sanoinhan, että yhden teistä on kuoltava tänään. Käskin teidän valita kumpi. Se on kirjoitettu, yhden teistä on kuoltava. Teidän on valittava. Nyt."

Alfred astui eteenpäin, joutsenkaula ojennettuna. "Sitten se olen minä."

Alfred polvistui, hänen ruumiinsa tärisi. Hän laski päänsä alas, aivan kuin odottaisi arkkienkelin leikkaavan sen irti.

Sen sijaan kaikki kolme arkkienkeliä taputtivat. Ne telmivät ympäri huonetta. Kiljuen kuin he olisivat olleet palkattuja klovneja, jotka esiintyivät lasten synttäreillä.

Muutaman minuutin täydellisen hulluuden jälkeen arkkienkelit pysähtyivät.

"Se on tehty", Eriel sanoi.

Ja sitten he olivat poissa.

KAPPALE 18

E-Z PYÖRÄTUOLISSAAN, LIA LITTLE Dorritissa ja Alfred joutsenen kanssa The Three liihotti taivaalla. He jatkoivat matkaa muutaman kilometrin verran, kunnes he huomasivat alapuolellaan valtavan metallisen sillan.

Nuori mies keikkui sillan reunalla ja antoi kaikki merkit siitä, että hän aikoi hypätä.

E-Z otti puhelimensa esiin ja valmistautui soittamaan hätänumeroon, kun taas Alfred lensi epäröimättä alas miehen luo. Hän laittoi puhelimensa pois ja seurasi Lian kanssa perässä.

Alfred leijui miehen lähellä, eikä pystynyt puhumaan eikä mies ymmärtänyt häntä, hän pystyi vain sanomaan: "Hoo-hoo!".

"Pois luotani!" mies huusi ja heilutti Alfred-parkaa, joka yritti vain auttaa, pois.

Mies eteni lähemmäs reunaa, potkaisi kenkänsä pois ja katseli, kuinka ne putosivat hänen alapuolellaan olevaan jokeen. Hän katseli, kuinka vesi ohitti ne ja veti kengät nälkäisellä suullaan alleen. Haluten nähdä enemmän, hän riisui t-paitansa - jonka etupuolella luki ironisesti "The End".

Nuori mies katseli, kun hänen suosikkipaitansa heilui ja tanssi matkalla alaspäin. Kun vesi nielaisi sen, mies alkoi laulaa:

"Täällä minä menen mulperipensaan ympäri.

Mulperipensas, mulperipensas, mulperipensas.

Täällä minä kierrän mulperipensaan,

Aurinkoisena, aurinkoisena aamuna."

Alfred kuuli hänen laulavan. Hän tunsi riimin. Hän odotti, että mies laulaisi toisen säkeistön. Itse asiassa hän halusi tämän laulavan lisää. Mutta hän pelkäsi häiritä häntä. Mies ei ymmärtäisi, vaikka hän yrittäisi puhua hänelle.

Tähän mennessä E-Z odotti merkkiä Alfredilta. Lopulta hän sai sellaisen - Alfred käski häntä ja Liaa olemaan tulematta lähemmäs.

Alfred toivoi, että nuori mies ymmärtäisi häntä. Ehkä hän saisi hänet kiinni, jos hän siirtyisi lähemmäs. Hän siirtyi lähemmäs ja levitti siipensä täyteen.

Nuori mies näki hänet. "Joutsen", hän sanoi. Sitten hän hyppäsi.

Joutsen oli tavallista joutsenta suurempi. Mutta ei tarpeeksi suuri saadakseen kiinni täysikasvuisen miehen. Hän yritti kuitenkin katkaista putoamisensa. Hän vaaransi henkensä pelastaakseen hänet. Mutta mitä hän tekikin, mies putosi silti kuin lyijypallo. joen nälkäiseen suuhun.

Alfred syöksyi perään ajattelematta itseään. Kukaan ei tiennyt, miten hän aikoi kantaa miehen ulos. Jotkut sanovat, että ajatus ratkaisee. Tässä tapauksessa Alfredin veti alleen miehen paino.

Tähän mennessä E-Z leijui veden yläpuolella ja odotti, että joko mies tai Alfred nousisi pintaan, jotta hän voisi auttaa heitä. Lia ja Little Dorrit eivät osanneet uida. E-Z ei voinut mennä heidän luokseen tuolinsa kanssa tai ilman sitä.

Ärtyneenä hän lensi kohti rantaa etsien elonmerkkejä. Vihdoin hän näki sen, jotain keikkui toisella puolella. Hän ryntäsi paikalle, kantoi miehen sinne, missä Lia odotti, ja kun tämä oli yskinyt, hän meni etsimään merkkejä joutsen Alfredista.

Sitten hän näki hänet. Puoliksi vedessä ja puoliksi pois vedestä. Hän keikkui vuoroveden mukana.

"Alfred!" hän huusi, kun hän nosti joutsenen päätä ja huomasi heti, että sen niska oli murtunut. Joutsen Alfred, hänen ystävänsä, ei ollut enää olemassa. Erielin teko oli tehty.

Lia, joka oli tarkkaillut Erien jokaista liikettä, näki Alfredin niskan ja huusi "Ei!".

E-Z nosti joutsenen elottoman ruumiin pyörätuoliinsa ja piteli sitä. Hänkin alkoi itkeä.

Heidän takanaan Alfredin pelastama mies huusi,

"En ole kuollut! Se olen minä, Alfred."

KAPPALE 19

MAAN TAAUKO.

Linnut pysähtyivät kesken lennon. Kuten lentokoneetkin. Ja muut lentävät esineet, kuten ilmapallot ja lennokit. Luodit lakkasivat ampumasta sen jälkeen, kun ne olivat poistuneet kammiosta. Vesi lakkasi virtaamasta Niagaran putouksilla. Ötökät eivät enää surisseet. Ilma pysähtyi.

Ophaniel ilmestyi Erielin, Arielin ja Hanielin rinnalle. Kädet lanteillaan ja leuka eteenpäin työntyneenä oli enemmän kuin ilmeistä, että hän oli ärsyyntynyt.

Puhumisen sijaan hän kääntyi E-Z:n suuntaan.

Mies oli jähmettynyt, suu auki. Hänen viimeinen sanansa oli ollut: "NOOOOOOOOOOOOOOOOOOOOOOOOOO!"

Nyt hän tarkkaili Liaa. Tytöllä oli kyynel jähmettynyt poskelle. Se oli valunut hänen vanhasta silmästään.

Nyt takaisin E-Z:hen. Hän kantoi ruumista. Kuolleen joutsenen ruumista.

Nyt Alfredin luo, joka ei ollut enää joutsen. Hän oli ottanut ihmisen muodon. Hukkuneen miehen.

Se mies, joka tulisi hänen tilalleen Kolmoseen.

"Mikä tässä kuvassa on vikana?" Ophaniel, tähtien kuun hallitsija, tiedusteli.

Kukaan ei uskaltanut puhua.

"Eriel, sinä olet täällä johdossa. Ensin pilasit E-Z:n ja Samin kanssa tehtävän sidostestin saamalla itsesi, anteeksi sanonta - lyötyä ulos puistosta.

"Nyt typeryytesi vuoksi joutsen Alfred on ottanut haltuunsa ihmiskehon. Sen henkilön ruumiiseen, jonka sanoin olevan Kolmen jäsen.

"Tiedät, mitä meillä on vastassamme. Ymmärrät, mitä tulevaisuus tuo tullessaan, jos emme saa asioita kuntoon. Sinä tiedät!"

Eriel kumartui Ophanielin jalkojen juureen ja nousi sitten maasta ennen kuin puhui. "Minä puhuin sanat, se on tehty."

"Niin, sinä puhuit sanat ja sitten et varmistanut, että tehtävä on suoritettu, senkin imbesilli!" "Niin, sinä puhuit sanat ja sitten et varmistanut, että tehtävä on suoritettu, senkin imbesilli!"

Hän leijui uuden Alfredin lähellä. "Olen pahoillani, mutta tämä mutkistaa asioita melkoisesti, jopa meidän kannaltamme. Vaikka meillä olisi voimamme, hänen saaminen pois tästä ihmiskehosta ja takaisin joutsenmuotoonsa ei ole yhtä helppoa. Meidän on ehkä lähetettävä hänet takaisin välitilaan! Eikä hän ansaitse sitä. Itse asiassa..."

Ariel lensi Ophanielin viereen ja kysyi: "Saanko puhua?"

"Saat, jos sinulla on Alfredista jotain tietoa, joka voisi auttaa meitä selviytymään tästä sotkusta." "Saat, jos sinulla on jotain tietoa Alfredista, joka voisi auttaa meitä selviytymään tästä sotkusta."

"Tunnen Alfredin paremmin kuin kukaan muu täällä. Hän suostui uhraamaan itsensä. Hän tekisi sen uudestaan hetkeäkään epäröimättä - vaikkei se olisi hänelle mitään hyödyksi. Se on valtava uhraus keneltä tahansa elävältä olennolta, antaa henkensä pelastaakseen toisen. Lisäksi pitäisi ottaa huomioon, miten paljon Alfred on joutunut kärsimään sekä ihmiselämässään että joutsenena. Hän on poikkeuksellinen sielu, ja hänelle pitäisi antaa toinen mahdollisuus, ja kolmas ja neljäs, jos on tarpeen."

Eriel pilkkasi: "Hänen pitäisi olla poissa, palattuaan ikuisiksi ajoiksi takaisin välitilaan. Hän ei ole sen arvoinen..."

"En antanut sinulle lupaa keskeyttää!" Ophaniel huusi. Estääkseen häntä keskeyttämästä jatkossa hän napitteli hänen huulensa kiinni.

"Se on totta, mitä sanot, Ariel", Ophaniel sanoi. "Alfred toimii hyvin sekä Lian että E-Z:n kanssa. Ehkä meidän pitäisi antaa hänelle toinen mahdollisuus tässä uudessa kehossa. Eihän häntä ollut tarkoitettu olemaan siinä välissä. Se oli Hadzista ja Reikistä kiinni. Olisimme karkottaneet heidät kaivoksiin heti sen jälkeen. Sen sijaan annoimme heille toisen mahdollisuuden E-Z:n kanssa.

"Eriel lähetti heidät silti kaivoksiin. Loppu hyvin, kaikki hyvin. Ehkä Alfred ansaitsee toisen mahdollisuuden. Katsotaan mitä tapahtuu, kuten ihmiset sanovat, pelataan korvakuulolta. Jos se toimii hyvin. Jos ei, tämä ruumis voidaan kierrättää, koska henki on jo poistunut rakennuksesta."

"Kiitos", Ariel sanoi ja kumarsi matalasti Ophanielille. "Kiitos paljon. Pidän tilannetta silmällä. En anna Alfredin pettää sinua."

Ophaniel nyökkäsi, nousi ylös ja sanoi sanat:

MAA JATKUI.

Aika alkoi tikittää ja maailma palasi entiselleen.

Ophaniel katosi ensin, muut kolme odottivat muutaman sekunnin ennen kuin seurasivat perässä.

KAPPALE 20

"**E**I VOI OLLA TOTTA!" E-Z huudahti pyöräillen lähemmäs uutta Alfredia. "Alfred, sinäkö se olet? Voiko se todella olla sinä?"

Lian ei tarvinnut kysyä, koska hän tiesi jo. Hän juoksi Alfredin luo ja heitti kätensä tämän ympärille.

Alfred sanoi englantilaisella aksentillaan: "Eriel on varmaan tehnyt vaihto-oikosulun."

Alfred, jolla oli yllään vain farkut, vapisi. "Vaikka minua paleltaa, tuntuu todella hyvältä olla taas kehossa." Hän jännitti lihaksiaan ja juoksi paikallaan lämmitelläkseen. Sitten hän teki muutaman kärrynpyörän nurmikon poikki, kun E-Z ja Lia seisoivat katsomassa suu auki roikkuen.

"Mikä keuliminen!" Little Dorrit sanoi.

Alfred, joka oli juuri huomannut hänet, meni hänen luokseen ja juoksutti kättään pitkin hänen turkkiaan. Se tuntui niin pehmeältä ja lämpimältä, että hän nuuski sitä.

"Tämä on aika outo käänne", E-Z sanoi pyöräillen lähemmäs. "En oikein tiedä, mitä tästä pitäisi ajatella."

"En minäkään tiedä", Alfred sanoi, "mutta voimmeko keskustella siitä ruokailun aikana". Minulla on nälkä, ja ketsupilla ja sipulilla täytetty juustohampurilainen ja jättimäinen annos ranskalaisia tekisi varmasti hyvää."

"Hetkinen", E-Z sanoi. "Jos sinä olet tämä tyyppi, tämä tyyppi, jonka nimeä emme edes tiedä - entä jos joku tunnistaa sinut?"

Alfred kumartui ja kosketteli varpaitaan. Hän tunsi kasvojensa ihon. Hänen hiuksiaan. "Ylitämme sen sillan, kun pääsemme sen yli." Hän hymyili, nosti päänsä taivaan suuntaan ja sanoi: "Kiitos Eriel, missä ikinä oletkin." Hän hymyili.

Lentokone heidän päänsä yläpuolella taivutti sanat:

Vielä kerran rintamalle, rakkaat ystävät.

"Aika outo ilmaisu taivaankirjoitukselle", Lia huomautti. "Tietääkö kumpikaan teistä, mitä se tarkoittaa?"

E-Z pudisti päätään: "Voin googlettaa sen." Hän kaivoi puhelimensa esiin.

"Ei tarvitse", Alfred sanoi. "Se on Shakespearelta, ja se liitetään kuningas Henrikiin. Kirjaimellisesti se tarkoittaa: 'Yritetään vielä kerran', ja uskon, että se sanottiin taistelun aikana. Oletan siis, että tämä on viesti Arieliltani, joka kertoo minulle, että minulle on annettu toinen mahdollisuus." Kyyneleet nousivat hänen silmiinsä.

E-Z suhtautui epäilevästi tähän tapahtumien muutokseen. Hän oli iloinen, että Alfred oli yhä heidän kanssaan, mutta hän ihmetteli, millä hinnalla. "Olen huolissani", E-Z myönsi.

Lia sanoi, että hänkin oli.

"Ah, älä ole huolissasi. Jos Ariel lähettää minulle tämän viestin, hän on meidän puolellamme. Sitä paitsi se mies, jonka ruumiissa olen - hän ei halunnut sitä enää. Yritin pelastaa hänet, mutta hän hyppäsi kuitenkin. Ehkä se on kohtalo, että autan sinua koettelemuksissasi E-Z. Mitä se sitten onkin, otan sen vastaan. Annan kaikkeni. Sen jälkeen, kun minulla on paita ja kengät jalassa."

"Mitähän voimia sinulla on nyt, Alfred. Tarkoitan, onko sinulla vielä niitä, vai onko sinulla muita voimia. Tai ei mitään. Koska olet taas ihminen", Lia kysyi.

Alfred raapi vaaleatukkaista päätään. "En minä tiedä. Ainoa asia, joka täällä tarvitsee parannusta, on entinen joutsenkehoni. En halua ottaa sitä riskiä, että jos parannan sen, päädyn takaisin siihen."

"Hyvä on", Lia sanoi. "Mutta emme voi jättää vanhaa joutsenruumistasi sinne, emmehän voi? Meidän on haudattava se."

Kun he katsoivat elotonta ruumista, se katosi ilmaan.

"No, se ratkaisee ongelman", E-Z sanoi.

"Minusta tuntuu, että minun pitäisi sanoa muutama sana, vanhan ruumiini poismenon johdosta. Haittaako ketään?"

Sekä E-Z että Lia kumarsivat päätään.

Alfred lausui otteen Lordi Alfred Tennysonin runosta otsikolla:

Kuoleva joutsen:

Tasanko oli ruohoinen, villi ja paljas,

Leveä, villi ja avoin ilmoille,

joka oli rakentunut kaikkialle

Katoksen alla oli harmaata, synkkää harmautta.

Sisäisellä äänellä joki juoksi,

Sitä pitkin ui kuoleva joutsen,

ja se valitti kovaa.

Tässä Alfred huhuili ja huhuili, kunnes kyyneleet täyttivät kaikki heidän silmänsä, kun runo jatkui:

Oli keskipäivä.

Tuuli kävi väsyttävästi,

ja vei ruovikon latvoja mennessään.

He seisoivat yhdessä hetken hiljaisuudessa.

Sitten Lia sanoi: "Nyt haetaan sinulle puhtaat ja kuivat vaatteet, ja sitten mennään kaikki hampurilaispaikalle. Minullakin on nälkä ja jano."

E-Z pudisti päätään. "Ruoka tekisi hyvää, mutta epäilen edelleen Erieliä. Jokin tässä ei täsmää."

"Ehkäpä saamme sen selville - kunhan olemme syöneet! Johda minut juustohampurilaisen taivaaseen."

He lähtivät liikkeelle pitkin rantakadun kävelykatua. He jatkoivat kävelyä jonkin aikaa. Ennen kuin he tajusivat olevansa eksyksissä.

"Olen erinomainen suunnistaja", Pikku Dorrit, yksisarvinen, sanoi lentäessään alas heitä tervehtimään. "Nouskaa Alfredin ja Lian kyytiin. E-Z voitte seurata minua."

Alfred kurottautui farkkujensa taskuun ja kaivoi esiin lompakon. Sen sisältä hän löysi muutaman setelin ja sen ruumiin tunnistetiedot, jossa hän nyt asui. Nuoren miehen nimi oli David, James Parker, kaksikymmentäneljä vuotta vanha. Hän piteli ajokorttiaan.

"Hieno kuva", Lia sanoi.

"Kyllä, olen aika komea."

"Voi veljet", E-Z sanoi ja työnsi eteenpäin.

Ylös, ylös ilmaan Little Dorritin matkustajat lensivät. E-Z seurasi, kunnes tiesi, missä oli. Hän päätti pyytää, että hänen pyörätuoliinsa lisättäisiin GPS. Harmi, etteivät he olleet ajatelleet sitä, kun he olivat modifioineet sitä.

Laskeutumista seurasi pikainen retki käytettyjen tavaroiden kauppaan. Alfredilla oli nyt uusi t-paita, farkut, juoksulenkkarit ja sukat. Sen jälkeen oli lyhyt jonotus ennen kuin ruoan tilaaminen alkoi.

Pikku Dorrit teki itsensä vähiin, kun kolmikko ahmi ruokaa. He olivat kaikki hyvin nälkäisiä.

Alfred teki hihitteleviä ääniä, joita oli liikaa, jotta niitä voisi kuvailla yksityiskohtaisesti. Kun he olivat syöneet, he siirsivät roskat asianmukaisiin roskakoreihinsa. Ja lähtivät kotiin.

Kun he olivat melkein perillä, Alfred huusi E-Z:lle: "Meidän on puhuttava!".

"Eikö tämä voi odottaa, kunnes laskeudutte?" Pikku Dorrit kysyi. "Kun olen lopettanut täällä, minulla on paikkoja, minne mennä, ihmisiä, joita nähdä."

"Kuinka töykeää", E-Z sanoi. "Anna mennä, Alfred tai David tai mikä nimesi nyt onkaan."

"Siitä halusin puhua kanssasi", Alfred sanoi. "Miten aiot selittää muodonmuutokseni Sam-sedälle ja Samanthalle? Äh, Sam-setä ja Samantha, haluan esitellä teille Alfredin, trumpettijoutsenen. Hänen nimensä on nyt David James Parker. Kiitos kehon, johon hän astui ja jossa hän tällä hetkellä asuu. Koska ruumiin edellinen omistaja teki itsemurhan, - Jones Streetin sillalla."

"Voi hitsi", E-Z sanoi. "Se on sataprosenttisesti totuus sellaisena kuin me sen tiedämme, mutta emme voi kertoa heille totuutta."

"Äitini pyörtyisi, jos sanoisimme sen. Miksemme kerro heille, että Alfred joutsen lensi etelään? Aurinkoisempaan säähän. Tai että se tapasi kumppanin? Sitten voimme esitellä Alfredin nimellä D.J., joka kuulostaa paljon ystävällisemmältä kuin David James."

"Olet nero", E-Z sanoi "Tosin, koska ystäväni nimi on PJ, asiat voisivat mennä hieman sekaisin DJ:n ja PJ:n kanssa. Mitä mieltä olet Alfred? Onko sinulla jokin mieltymys?"

"En pidä DJ:stä. Se kuulostaa aivan liian tavalliselta. Minua kutsuttaisiin mieluummin Parkeriksi. Parker-hovimestari oli yksi suosikkihahmoistani Thunderbirdseissä."

"Parker se sitten on", E-Z lopetti sanomisen, kun Lia päästi huudon ja Alfred pyörtyi - heidän kotinsa oli poissa. Poltettu maan tasalle.

KAPPALE 21

"**V**oi ei!" E-Z HUUSI juostessaan kohti palavia jäänteitä. "Minun on löydettävä Sam-setä ja Samantha. Minun on aivan pakko."

Hänen tuolinsa leijui jäänteiden yllä; se oli kokonaan hiiltynyt mustaksi. Erottamaton tuhon sotku, jossa ei ollut merkkiäkään ihmiselämästä. Satunnaisia esineitä oli kasteltu vedellä. Sammuneiden hiilien seasta nousi siellä täällä ajoittaisia savumerkkejä.

E-Z nosti nyrkkinsä ilmaan. "Tule tänne Eriel, senkin jättiläismäinen..."

"Lentävä typerys!" Parker päätti loukkauksen.

Lia yritti rauhoitella kaikkia.

"Miksi sinun piti tehdä se? Miksi? Miksi?" E-Z huusi.

Lia kaatui maahan. Hän lepuutti päätään E-Z:n polvella ja Parker halasi häntä juuri, kun auto vinkui pysähtyen heidän takanaan.

Kaksi ovea lensi auki: Sam ja Samantha.

He juoksivat ja takertuivat toisiinsa; aivan kuin he eivät olisi koskaan odottaneet näkevänsä toisiaan enää. Kaikki vuodattivat kyyneleen tai pari, ennen kuin he erosivat toisistaan. Kun he tajusivat, että ryhmähalissa oli mukana mies, jota he eivät tunteneet.

Tuntematon oli pitkä mies, jolla ei olisi mitään ongelmaa saada paikkaa Raptorsissa, jos hän olisi nuorempi. Hän oli pukeutunut päästä varpaisiin tummanmustaan nastaraitaiseen pukuun ja siihen sopiviin kenkiin.

Hänen takkinsa napit auki avattuina paljastivat mustan puvun, jossa oli kiiltävää kangasta, mahdollisesti silkkiä. Hänen sysimustat silmänsä ja tuulenpuuskittaiset hiuslohkonsa tekivät kontrastia hänen murattipunaiseen ihonväriinsä. Hän muistutti hautausurakoitsijan ja taikurin risteytystä.

Hän ojensi kätensä: "Hei, olen Samin vakuutusmies."

Sam-setä selitti, että hän ja Samantha olivat menneet ulos syömään. Nähdessään E-Z:n ilmeen hän perusteli tätä: "Hän ei ollut saanut nukuttua jet lagin takia." Hän ei ollut saanut nukuttua. Samantha ja Sam vaihtoivat katseita ja nyökkäsivät. "Samantha ja minä..."

"Voi äiti!"

E-Z sanoi: "Samantha ja Sam-setä istuvat puussa, k-i-s-s-i-n-g."

"Lopeta", Parker sanoi. "Sinä nolaat heidät."

Kaikki katseet suuntautuivat vakuutusmieheen. Hänen nimensä oli Reginald Oxworthy. Hän oli puhelimessa. Hän huusi. "Miten niin hän ei ole oikeutettu?"

"Voi ei!" Sam sanoi.

"Hän on ollut asiakkaamme jo vuosia, ensin asuessaan toisessa osavaltiossa ja sittemmin muutettuaan tänne. Hän on vakuutettu, olen varma siitä." Tuli tauko. "No, KATSO KERRAN!" Hän napsautti puhelimensa kiinni. "Olen pahoillani tästä kaikesta."

Sam käveli lähemmäs, ja kaikki muut seurasivat häntä. "Mikä tarkalleen ottaen on ongelma?"

"Ai, ei niin sanotusti mitään ongelmaa."

"Minusta se kuulosti kyllä ongelmalta", Samantha sanoi. Muut nyökkäsivät.

Oxworthy selvitti kurkkunsa. "Käskin heidän tarkistaa vakuutuksenne uudelleen. Anna minulle..." Hänen puhelimensa soi. "Hetki", hän sanoi ja käveli pois heidän luotaan. He seurasivat häntä kuin joukko jalkapalloilijoita, jotka kuuntelivat jokaista hänen sanaansa. "Niin. Selvä. He ovat siis vahvistaneet sen. Ei hätää, sellaista sattuu."

Hän säteili hymyn Samin suuntaan ja näytti sitten peukkua ylöspäin. Hän siirtyi pois seurueesta ja jatkoi keskustelua.

He seisoivat rykelmänä katsellen sitä, mitä heidän kodistaan oli jäljellä. Kotia, jossa E-Z oli asunut koko elämänsä. Mitä nyt tapahtuisi? Olisiko heidän rakennettava uudelleen tällä paikalla? Uusi talo, vailla historiaa tai merkitystä. Uusi talo, joka ei koskaan olisi hänelle koti. Se ei olisi koskaan paikka, jossa hänen vanhempiensa haamut, jos niitä oli olemassa, voisivat käydä vierailulla.

Oxworthy lähti heitä kohti. "No niin. Pyydän anteeksi viivästystä. Mutta hotellivarauksenne on vahvistettu. Voimme lähteä. Asettukaa sisään, kun olette valmiita."

"Kiitos", Sam sanoi. "Onko vielä mitään tietoa, mikä oli tulipalon syy?"

"Alustavien tutkimusten jälkeen he ovat yhdeksänkymmenen prosentin varmuudella sitä mieltä, että räjähdys johtui kaasuvuodosta. Mutta älä siitä nyt huolehdi. Vakuutuksesi kattaa kaikki hotelliyöpymisen kustannukset. Olen varannut teille kolme huonetta. Sen pitäisi riittää, eikö niin?"

"Sen pitäisi riittää", Sam sanoi. "Kiitos, Reg."

"Vakuutuksesi kattaa myös kulut, korvaavat tavarat, välttämättömyystarvikkeet, ruoat. Teidän ei tarvitse maksaa hotellissa senttiäkään. Jos ostat jotain, lähetä minulle kuitit. Tee kopiot, alkuperäiset pidät sinä. Minä huolehdin siitä, että saat korvauksen."

Sam ja Oxworthy kättelivät.

"Tarvitseeko joku kyydin hotellille?" Oxworthy kysyi, ja Lia ja Samantha kiipesivät hänen mustan Mersunsa takapenkille.

E-Z ja Parker nousivat Sam-sedän autoon.

"Meitä ei ole tainnut esitellä", Sam-setä sanoi ja ojensi kätensä Parkerille, joka istui takapenkillä.

"Hauska tavata", Parker sanoi.

"Ai, sinäkin olet britti", Sam-setä sanoi. "Siitä puheen ollen, missä Alfred on?"

E-Z pudisti päätään. "Selitän aamulla. Ja sinä voit jatkaa sitä, mitä aioit kertoa meille sinusta ja Samanthasta."

"Hyvä on", Sam sanoi ja katsoi taustapeiliin nähdäkseen, että Parker nukkui syvään. Hän käynnisti auton ja kiihdytti pois.

"Meillä kaikilla on ollut melkoisen tapahtumarikas päivä", E-Z sanoi.

"Niinkö?"

Anteeksi Eriel, että syytin sinua tästä, E-Z ajatteli. Vaikka aavistus hänen takaraivossaan viittasi siihen, että tuomaristo ei ollut vielä selvillä asiasta.

KAPPALE 22

K UN KAIKKI OLIVAT SAAPUNEET hotelliin, he kirjautuivat huoneisiinsa ja suunnittelivat tapaavansa myöhemmin illalliselle kello 18.00.

Setä Samilla oli oma huone, mutta hänen ja hänen veljenpoikansa huoneen välillä oli viereinen ovi. Parker oli myös nukkumassa E-Z:n huoneessa, kun taas Lia ja hänen äitinsä jakoivat huoneen pari ovea alempana.

Asetauduttuaan sisään Lia ja Samantha päättivät käydä ostoksilla välttämättömyystavaroissa. Ensisijaisesti he halusivat uusia vaatteita, sillä kaikki heidän mukanaan tuodut vaatteet olivat kadonneet tulipalossa.

"Entä passimme?" Lia kysyi.

"Hyvä, että pidän ne aina käsilaukussani."

"Huh!" He menivät merkkiliikkeeseen ja alkoivat heti sovitella Pohjois-Amerikan uusinta muotia.

"Tämän pitäisi olla erityisen hauskaa, koska vakuutusyhtiö maksaa kaiken!" Samantha huudahti seinän läpi tyttärelleen viereisessä pukuhuoneessa.

"Emme rakasta mitään niin paljon kuin shoppailua!" Lia sanoi. "Minä ostan ehdottomasti tämän, tämän ja tämän."

***

HOTELLISSA PARKER KUORSASI SÄNGYSSÄ. E-Z pyöri huoneessa ja mietti kadonnutta tietokonettaan. Onneksi hän ei ollut päässyt kovin pitkälle romaaninsa Tattoo Angelin kanssa, mutta eniten hänen mielessään olivat hänen vanhempiensa tavarat. Hän ei voinut uskoa, että ne olivat kaikki - POIS. Asiaa ei auttanut se, ettei hän ollut katsonut niitä pitkään aikaan. Mutta miksi hän syytti itseään? Vakuutusyhtiön mukaan syynä oli kaasuvuoto. He sanoivat olevansa 90-prosenttisen varmoja. Miksi hän tunsi, että kaikki oli hänen syytään, koska hän olisi voinut estää sen, pysäyttää Erielin, kun hänellä oli ollut siihen mahdollisuus.

Sam tunki päänsä huoneeseen. "Oletteko te kunnossa?"

Parker venytteli.

"Joo, olemme kunnossa. Tulkaa sisään."

"Lähden kauppaan hakemaan välttämättömyystarvikkeita. Haluatteko te kaksi antaa minulle listan siitä, mitä tarvitsette, vai tuletteko mukaani?"

"Jos tähän liittyy ruokaa - olen mukana!" "Jos tähän liittyy ruokaa - laskekaa minut mukaan!" Alfred sanoi.

"Sinulla on aina nälkä!"

"Mitä voin sanoa, olen nauttinut pelkkää ruohoa jo jonkin aikaa." "Mitä minä voin sanoa, olen nauttinut pelkkää ruohoa jo jonkin aikaa."

E-Z nappasi Samin katseen ja teeskenteli polttavansa mielikuvitussavuketta.

Sam-setä pilkkasi ja ihmetteli, miten hänen kolmetoistavuotias veljenpoikansa tiesi sellaisista asioista. Vaihtaakseen puheenaihetta he lukitsivat huoneensa ja suuntasivat käytävää pitkin.

"Minne me tarkalleen ottaen olemme menossa?" E-Z kysyi.

"Aivan oikein, emme käy kovin usein ostoksilla kaupungissa. Siellä on upea ostoskeskus, johon olen halunnut mennä siitä asti, kun muutin tänne. Se ei ole kaukana, joten ajattelin, että voisimme jutella matkan varrella."

"Voitko kertoa meille, mitä tapahtui?" Parker kysyi.

"Joo, miten sinä ja Samantha pääsitte niin nopeasti yhteen?" E-Z kysyi.

"Hmmm", Sam sanoi.

"Tarkoitin tulipaloa", Parker sanoi ja katsoi E-Z:tä ristiin olkansa yli.

He saapuivat kauppaan. Parker ja Sam menivät sisään pyöröovista, kun taas E-Z käytti ovenavaajan nappia päästäkseen sisään.

Sisälle päästyään Parker kumartui laittamaan kenkänsä uudelleen jalkaan. E-Z veti fiksun farkkutakin henkarista ja sovitti sitä ylleen. Hän pyöräytti itsensä peilin eteen tarkistaakseen istuvuuden. "Tämä näyttää aika hyvältä."

Sam tuli arvioimaan tilannetta: "Samaa mieltä, se istuu tarkasti. Näyttää kuin se olisi tehty sinulle."

"Mitä mieltä sinä olet, Alfred?"

Sam katsoi kahdesti. Parker sanoi: "Voisitko lopettaa kutsumasta minua Alfrediksi! Kuka tämä Alfred oikein oli?"

"Äh, anteeksi, se johtuu brittiaksentista. Hänelläkin oli sellainen. Alfred oli, noh, ystävämme."

Sam palasi katselemaan vaatteita. Hän oli täyttämässä koria alusvaatteilla ja hygieniatarvikkeilla.

"Mitä mieltä olet Parker?"

Hän ylitti lattian nähdäkseen tarkemmin. "Se sopii hyvin. Minusta sinun pitäisi ottaa se. Mutta on sääli, kun siipesi puhkeavat ja se menee pilalle."

Sam käveli ohi ja E-Z heitti takin koriinsa. "Minusta teidän pitäisi hankkia myös välttämättömyystarvikkeita, kuten alusvaatteita. Ellette sitten aio mennä kommandona."

"Hyi!" E-Z huudahti.

"Voi, tuo ilmaisu on minulle tuttu. Sen alkuperä on melko varmasti Isossa-Britanniassa."

"Ymmärrän, miksi veljenpoikani kutsuu sinua jatkuvasti Alfrediksi. Juuri noin hän olisi sanonut."

E-Z tuijotti Parkeria hetken. Seurasi sitten setäänsä matkalla kassalle, jossa hän pysähtyi, sovitti hattua ja heitti sen koriin.

"Minne Parker nyt meni?" hän kysyi. Sam jatkoi solmioneulojen katselua sillä aikaa, kun E-Z tutki kauppaa kadonneen ystävänsä perään.

Parker seisoi paikallaan keskellä käytävää neljä oikea käsi ylhäällä ja vasen käsi alhaalla. Hänen ilmeensä oli erehtymättömän zombimainen.

"Voi ei!" E-Z sanoi pyöräillessään paikalleen. "Parker", hän kuiskasi. "Mikä hätänä? Sinun on parasta varoa, tai joku sekoittaa sinut mannekiiniin."

Parker pysyi paikallaan.

"Äkkiä pois tolaltaan", E-Z sanoi ja törmäsi Parkeriin tuolillaan. Parkerin vartalo, kallistui ja kaatui sitten. E-Z tarttui häneen juuri ajoissa ja piti häntä paidan selästä kiinni. Hän yritti suoristaa ystävänsä, jotta tämä ei näyttäisi niin jäykältä ja mannekiinimäiseltä, mutta se ei ollut helppo tehtävä.

Setä Samuli riensi auttamaan. "Mikä Parkeria vaivaa?"

"En tiedä. Hänet on saatava pois täältä."

"Käyttääkö hän huumeita? Hänellä on outo ilme kasvoillaan, aivan kuin hän olisi nähnyt aaveen tai jotain."

"Ei, ei huumeita, paitsi vähän ruohoa silloin tällöin. Eikä kummituksia ole olemassakaan - puhumattakaan siitä, että on päivä. Ehkä voin kuljettaa hänet tuolillani? Hänet on saatava pois täältä ennen kuin joku huomaa ja soittaa poliisille.

"Aivan. En tiedä, minkä syyn he antaisivat poliisille, jos he soittaisivat heille. Liikkeessämme on mies, joka imitoi mallinukkea! Tule nopeasti."

"Hassua", E-Z sanoi. "Menkää te kassalle, minä jään tänne. Mietitään, miten saamme hänet pois täältä herättämättä liikaa huomiota."

Setä Sam meni maksamaan, kun E-Z jäi Parkerin luo. Käytävää pitkin tulevilla asiakkailla oli vaikeuksia päästä sisään ja kiertää heidät. E-Z pyöräytti tuoliaan ensin vasemmalle ja sitten oikealle, jotta ostajat mahtuisivat mukaan.

Lopulta, kun asiakkaita oli useita kerralla, hän työnsi Parkerin seinää vasten. Hän oli sentään poissa tieltä. Sitten hän istui odottamassa Samia.

"Me olemme täällä!" E-Z huusi huomattuaan hänet.

"Miksi hän on seinää vasten? Ja mitä sinä teet täällä?"

"Täällä oli paljon asiakkaita, ja me olimme tiellä. Keksitkö, miten saisimme hänet pois täältä?"

"Kyllä, aion hakea yhden noista lava-autoista", Sam sanoi.

"Mikset ota kärryjä?" E-Z kysyi. "Vähemmän silmiinpistävää."

"Emme ikinä saisi häntä kärryihin. Paitsi jos haluat ottaa siivet esiin, nostaa hänet ylös ja pudottaa hänet siihen."

"Minun täytyy miettiä." Muutaman minuutin kuluttua hän tajusi, että lava-auton hankkiminen oli paras idea. "Kyllä, hanki lava-auto, ja voin auttaa sinua laittamaan hänet siihen. Kun olemme päässeet kaupasta, voin lennättää hänet takaisin hotelliin. Ainoa ongelma on, kun pääsen perille, mitä teen hänelle sitten."

"Keksimme sen, kunhan pääsemme ulos kaupasta." Sam meni hakemaan kärryjä. Sen sijaan hän palasi lava-auton kanssa.   Se osoittautui paremmaksi vaihtoehdoksi. He saivat Parkerin helposti sen päälle ja suuntasivat takaisin hotellille.

"Kävellään takaisin, hitaasti ja tasaisesti", E-Z sanoi. "Minun ei sittenkään tarvitse lentää. Otetaan rauhallisesti, mennään huoneeseemme ja laitetaan hänet sänkyynsä."

"Sitten minä palautan lava-auton, minun piti luvata, että palautan sen henkilökohtaisesti."

"Kuulostaa hyvältä suunnitelmalta. Hups."

Joukko shoppailijoita oli valtaamassa suurimman osan jalkakäytävästä. He pysähtyivät päästääkseen heidät läpi, jatkoivat sitten taas matkaansa ja olivat pian takaisin hotellilla.

Sisälle päästyään lava-auto ei mahtunut tavalliseen hissiin, joten heidän oli käytettävä huoltohissiä. Se vaati vakuuttamista, eli talonmiehen lahjomista. Kun rahat olivat vaihtaneet omistajaa, hän jopa auttoi heitä saamaan lava-auton ulos hissistä. Hän tarjoutui myös palauttamaan sen kauppaan, kun he olivat lopettaneet. Tarjouksesta Sam kieltäytyi kohteliaasti.

Nyt E-Z:n ja Parkerin huoneen ulkopuolella hissi aukesi ja sieltä astuivat ulos Lia ja hänen äitinsä. Kummallakin oli lukuisia laukkuja mukanaan, kun he huomasivat kaverit ja lava-auton.

"Voi ei! Mitä tapahtui? Lia kysyi.

"En tiedä", E-Z sanoi. "Hän kääntyi hassusti."

"Viedään hänet sisälle", Sam sanoi.

Kun he olivat laskeneet laukkunsa, tytöt auttoivat E-Z:tä ja Samia nostamaan Parkerin sängylle.

"Ehkä hän on lumottu?" Lia ehdotti.

"Aika outo hyppy sinulta", Samantha sanoi. "Olet katsonut aivan liikaa Charmedin uusintoja."

Lia nauroi. "Kyllä, se oli yksi suosikeistani. Tarkoitan sitä edellistä versiota, sitä, jossa oli se tyttö Kuka on pomo -ohjelmasta."

"Hyvä tietää, että katsot Hollannissakin oldies-kanavaa", E-Z sanoi. Sitten hän siirtyi lähemmäs Parkeria. "Hetkinen. Hengittääkö hän vielä?"

He tarkkailivat Parkerin rintakehän nousua ja laskua. Sitä ei tapahtunut.

"Tarkista, onko sydämenlyöntiä - tai pulssia", Samantha ehdotti.

"Sydän sykkii", Sam sanoi. "Ja hän hengittää, mutta satunnaisesti."

Samantha kumartui ja tunnusteli Parkerin otsaa. "Voi sentään, hänellä on kuumetta!"

"Hakekaa jäätä!" Sam huusi ja juoksi sitten oman käskynsä mukaisesti ulos käytävälle jääämpäri mukanaan.

"Eikö meidän pitäisi kutsua lääkäri?" Samantha kysyi.

KAPPALE 23

"OLEN SAMAA MIELTä äIDIN kanssa. Meidän on soitettava ambulanssi, tai ehkä hotellissa on lääkäri", Lia sanoi.

E-Z irvisteli, ESP Lialle viestiä - meidän on päästävä eroon setä Samulista ja äidistäsi.

Sam palasi, mukanaan ämpärillinen jäitä. "Hänet on saatava kylpyammeeseen." Hän ja Samantha alkoivat nostaa Parkeria.

"Odottakaa!" Lia sanoi. "Äh, Sam ja äiti, mitä jos te kaksi menisitte hakemaan paljon ja paljon jäätä? Tarkoitan, että meidän on täytettävä amme ennen kuin laitamme hänet siihen, eikö niin?"

"Uh, luulen, että he yrittävät päästä meistä eroon", Sam sanoi.

"Anteeksi", E-Z sanoi. "Voisitko antaa meille muutaman minuutin aikaa yrittää selvittää tätä Parkerin tilannetta?"

Samantha ja Sam nyökkäsivät ja poistuivat sitten huoneesta.

E-Z lausui taikasanat, jotka kutsuivat Erielin:

Roch-Ah-Or, A, Ra-Du, EE, El.

Arkkienkeli ei silti ilmestynyt. Se, että hänet jätettiin huomiotta, ärsytti E-Z:tä suunnattomasti nyt, kun hän tiesi, että Eriel seurasi häntä jatkuvasti.

Lia yritti soittaa Hanielille, mutta ei saanut vastausta.

E-Z ja Lia eivät tienneet, mitä tehdä, kun Parkerin sydän hidasti lyöntiään ja pysähtyi melkein kokonaan.

Ilman kutsua tai fanfaareja Ariel saapui. Hän lensi suoraan Parkerin luo. Hän laski kätensä hänen otsalleen. He katselivat, kun kyynelpisarat putosivat hänen silmistään ja laskeutuivat hänen poskilleen. Hän lauloi pehmeän laulun ja odotti. Kun Parker ei liikkunut tai tullut tajuihinsa, hän kääntyi lähteäkseen. Mutta ennen kuin hän lähti, hän valitti: "Hän on poissa". Ja sekunteja myöhemmin niin oli hänkin.

Vaikka he olivat 45. kerroksessa ja vaikka Alfred/Parker oli kuollut. Jälleen kerran. E-Z nosti hänet ylös sängystä ja kantoi hänet ikkunalle. Hän vilkaisi olkansa yli takaisin Liaan.

Lia itki, kun hän ja Parker putosivat.

Putosivat, putosivat. Kunnes E-Z:n pyörätuolin siivet tulivat esiin. He lensivät, hän ja Alfred, hän ja Parker. He olivat molemmat samanlaisia. Kaksi yhden hinnalla.

Hän alkoi hourailla noustessaan yhä korkeammalle ja korkeammalle. Hänen tuolinsa metalliosat kävivät yhä kuumemmiksi.

Hän pelkäsi niiden räjähtävän itsestään.

Hänen oli tehtävä tämä oikein. Hänen oli yksinkertaisesti pakko. Hänen oli löydettävä Eriel.

Pyörätuoli alkoi kouristella, jolloin E-Z ja Alfred/Parker kaatuivat.

He laskeutuivat ilman tuolia siiloon, jossa E-Z tarrasi kiinni ystävänsä elottomaan ruumiiseen.

Ei kestänyt kauan, kun Eriel saapui paikalle ja ilmaan leijuen heidän eteensä huudahti: "Sanoinhan, että näin kävisi. Kerroin sinulle ja hän suostui. Sopimus oli tehty."

E-Z tiesi tämän olevan totta, ja silti. "Miksi annoit hänelle silloin toivoa, ja miksi Shakespeare-sitaatti siitä, että annat hänelle toisen mahdollisuuden?"

Eriel katsoi velttoa ruumista, jota E-Z piteli. "Se ei ollut minun syytäni."

"Kenen kanssa minun on sitten puhuttava?" E-Z kysyi. "Tuokaa hänet luokseni. Jumala tai kuka ikinä onkaan johdossa. Vaadin saada nähdä hänet!"

KAPPALE 24

ERIEL PUUSKAHTI JA KATOSI sitten.

E-Z ja Alfred/Parker jäivät. Nimi Parker ei ollut hänelle mitään eikä kukaan. Alfred oli hänen ystävänsä, ja nyt kun tämä oli poissa, hän aikoi muistaa hänet Alfredina ja vain Alfredina.

Odotti jotain ja ei mitään samaan aikaan. E-Z piteli kuolleen ystävänsä muotoa ja toivoi tämän palaavan takaisin elämään.

"Haluaisitko juotavaa?" ääni seinässä kysyi.

"Haluaisin, että ystäväni olisi taas elossa. Voitko herättää hänet taas henkiin? Voitko auttaa minua pelastamaan hänet?"

"Olkaa hyvä ja pysykää istumassa."

PFFT.

Laventelin rauhoittava tuoksu täytti ilman. Hän ajautui unenomaiseen tilaan, jossa hän eli uudelleen muistoa, muistoa, joka oli muuttunut ja muuttunut hänen nykyiseen tilanteeseensa sopivaksi.

Siellä he olivat E-Z:n äiti ja isä elossa ja terveinä, mutta nuorempina. He olivat palaamassa sairaalasta autolla, jota hän ei ollut koskaan ennen nähnyt. Hänen isänsä Martin ryntäsi kuljettajan paikalta auttamaan äitinsä Laurelin ulos autosta.

Yhdessä he kurkottivat takapenkille ja nostivat sieltä lastenistuimen. He katsoivat rakastavasti siinä istuvaa vauvaa, joka nukkui syvään.

"Hän on kuin isoveljensä", Martin sanoi.

"Niin, E-Z nukahti aina autossa", Laurel sanoi.

"Tule sisään", Martin huokaili.

"Ja tapaa isoveljesi", Laurel sanoi, kun pikkulapsi avasi silmänsä hetkeksi ja nukahti sitten taas.

E-Z, joka oli katsellut ulos ikkunasta, ja hänen setänsä Sam vieressään. Hän halusi mennä ulos ja tervehtiä uutta pikkuveljeään tai -siskoaan.

"Odota, että he tulevat sisälle", Sam-setä sanoi.

"Hyvä on", seitsemänvuotias E-Z sanoi, kasvot ikkunaa vasten painautuneena kahden kätensä varassa.

Etuovi avautui. "Olemme kotona!" hänen äitinsä Laurel huusi.

E-Z juoksi etuovelle, jossa hänen äitinsä ja isänsä halasivat häntä. He kyykistyivät esittelemään Dickensin perheen uusinta jäsentä.

"Se on niin pieni", E-Z sanoi.

"Se on hän", hänen isänsä sanoi.

"Ai."

"Haluaisitko pitää häntä sylissä?" hänen äitinsä kysyi.

"Hyvä on", E-Z sanoi ja piteli syliään, jotta äiti voisi laittaa pikkuveljen siihen. "En kuitenkaan halua herättää häntä. Haittaisiko häntä?"

"Ei, hän ei herää", Laurel sanoi.

"Jos hän herää, se johtuu siitä, että hän haluaa tavata isoveljensä."

"Onko hänellä nimeä?" E-Z kysyi, otti vastasyntyneen syliinsä ja kehtasi tämän päätä.

"Ei vielä, haluaisitko antaa hänelle nimen?" äiti kysyi. "Hyvä, pitele hänen kaulaansa, juuri niin... oikein hyvä. Mistä sinä tiesit tehdä noin? Olet niin hyvä isoveli."

"Hyvää työtä, kaveri", hänen isänsä sanoi.

E-Z katsoi alas sygnetin kasvoihin ja sanoi: "Hän näyttää minusta Alfredilta." Hän katsoi alas.

Kyyneleet vierivät E-Z:n poskia pitkin, kun kaksi maailmaa törmäsivät yhteen. Toisessa hän piti sylissään Alfred-nimistä pikkuveljeään. Toisessa hän piti sylissään Alfredin ruumista siilossa.

"Odotusaika on nyt seitsemän minuuttia", ääni seinässä sanoi.

"Seitsemän minuuttia", E-Z toisti.

Hän ajatteli Alfredia, hänen voimiaan. Sitä, miten hän pystyi parantamaan muita elämänmuotoja, myös ihmisiä. Hän mietti, oliko Alfred parantanut nuoren miehen. Oliko hän tehnyt vaihdon itse? Olisiko se ollut mahdollista?

"Alfred", E-Z sanoi. "Alfred, kuuletko minua?" Hän ravisteli ystävänsä vartaloa. "Alfred!" hän sanoi yhä uudelleen ja uudelleen toivoen, että hänen ystävänsä jotenkin kuulisi hänet.

Kun seinän kello laski alaspäin, Ariel ilmestyi. "Et voi kohdella ruumista, tuolla tavalla. Se on häpeällistä." Hän levitti siipensä ja lähti nostamaan Alfredin velttoa ruumista E-Z:n sylistä tarkoituksenaan viedä se pois.

"Ei!" E-Z sanoi. "Et saa häntä."

Ariel heilutti siipiään ja sitten etusormeaan E-Z:lle.

"Alfred on poistunut rakennuksesta, sinulla on hallussasi iho, puku, joka piti häntä. Alfred on nyt siellä, missä hänen kuuluukin olla. Anna hänen ruumiinsa mennä."

E-Z nousi istumaan. Jos Alfred oli jossain perheensä kanssa, jos se oli totta, niin kyllä, hän päästäisi hänet menemään. Siihen asti hän piti kiinni.

"Missä hän tarkalleen ottaen on? Onko hän perheensä luona?"

Ariel räpytteli lähelle, huomattavan lähelle, melkein istuen E-Z:n nenän päälle. "Sitä en osaa sanoa."

"Sitten en päästä häntä menemään."

"Hyvä on", Ariel sanoi. Hän puuskahti ja katosi.

Hänen yläpuolellaan siilossa näkyi kaksi hahmoa, mies ja nainen. Ne siirtyivät häntä kohti ja leijuivat alas. Lähemmäs ja lähemmäs.

Hän hieroi silmiään. Näkikö hän taas unta? Ne olivat hänen äitinsä ja isänsä. Martin ja Laurel. Enkelit, jotka tulivat tervehtimään häntä. Hän ravisteli päätään. Ne eivät voineet olla ne. Ne eivät voineet olla. Hän oli nähnyt unta heistä - siitä, että he toivat pikkuveljen kotiin. Nyt he olivat täällä, hänen kanssaan siilossa. Se oli päivänselvää - mutta nukkuiko hän yhä? Näki unta?

"E-Z", hänen äitinsä sanoi. "Tämä henkilö, ystäväsi Alfred, on kuollut. Sinun on päästettävä hänet menemään ja jatkettava työtäsi. Sinun on saatettava kokeet päätökseen, ja kello käy. Aikasi on loppumassa."

E-Z:n isä Martin sanoi: "Se on ainoa tapa, jolla voimme olla taas kaikki yhdessä."

"Mutta he valehtelivat hänelle", E-Z sanoi. "He sanoivat hänelle, että hän olisi perheensä kanssa. Hän ei voi olla perheensä kanssa nyt, ei tällä tavalla. Mistä tiedän, etteivät he valehtele minulle siitä, että he ovat sinun kanssasi? Mistä tiedän, ettet ole Erielin manipuloima, jotta saisin minut tekemään hänen käskyjään?"

"Kuka Eriel on?" hänen äitinsä kysyi.

"Emme tunne Erieliä", hänen isänsä sanoi.

Tässä ei ollut mitään järkeä. Tämä oli Erielin paikka. Sillä, tunsivatko he hänet vai eivät, ei ollut väliä, hän oli vastuussa siitä, että he olivat siellä. Hän tiesi, miten vetää Erielin sydämen nyöreistä. Hän tiesi, miten saada hänet tekemään, mitä hän halusi.

Mitä hän tarkalleen ottaen halusi? Ja miksi hän käytti vanhempiaan saadakseen sen? Se oli häpeämätöntä. Hänen vanhempansa leijailivat ilmassa hänen yläpuolellaan ja käänsivät hymyjään päälle ja pois kuin nuket. Silloin hän tiesi varmasti, etteivät nuo kaksi aavetta, tai mitä ne olivatkaan, olleetkaan hänen vanhempiaan. Ne olivat hänen mielikuvituksensa tai mahdollisesti Erielin mielikuvituksen tuotetta. Mutta hän ei saanut selville, miksi. Miksi häntä manipuloitiin niin julmasti ja häpeämättömästi?

"Herää E-Z!"

Hän oli taas sängyssään. Hänen talossaan.

Hän kääntyi ympäri ja nukahti uudelleen... ja laskeutui takaisin siiloon - taas.

KAPPALE 25

K OLME SILON KALTAISTA OLIOTA leijui huoneessa kuin ne olisivat pelanneet Seuraa johtajaa -leikkiä.

Ne eivät olleet siiloja. Ne olivat aitoja ikuisia lepopaikkoja, joita kutsutaan Sielunpyydystimiksi.

Aina kun elävä olento menehtyi, edellyttäen, että ruumis, jossa se eli, oli syntynyt sielun kanssa, eläisi jonain päivänä eteenpäin. Sielunpyydystimiä oli monia, liian monta laskettavaksi. Niiden määrä oli paljon suurempi kuin me ihmiset voimme käsittää. Enemmän kuin googolplex, joka on suurin tunnettu luku.

Kun E-Z saapui, hänet asetettiin odottavaan sielusieppariinsa, kuten ennenkin.

Alfred saapui seuraavaksi, yhä kuolleena hänen ruumiinsa asetettiin sielusieppariinsa.

Lia saapui viimeisenä, yhä nukkuen sielusieppariinsa.

E-Z:llä ei kestänyt kauan, kun hän alkoi tuntea klaustrofobiaa.

"Haluaisitko juotavaa?" ääni seinässä kysyi.

"Ei kiitos", hän sanoi rummuttaen sormiaan pyörätuolinsa käsivarrella, kun enkeli ilmestyi. Uusi enkeli, sellainen, jota hän ei ollut nähnyt aiemmin.

Tämä enkeli oli nainen. Hän oli pukeutunut virtaavaan mustaan kaapuun ja lakkiin - aivan kuin hän olisi osallistunut valmistujaisseremoniaan. Hänen ankaran näköisillä kasvoillaan oli silmälasit. Samanlaiset kuin Marilyn Monroella oli kahvilan julisteessa. Erona oli, että näissä kehyksissä sykki punaista nestettä, joka muistutti verta.

"E-Z", hän sanoi tärisevän kovalla äänellä. Hänen äänensä kaikui. "Tervetuloa takaisin sielunhoitoosi."

"Soul Catcher?" hän sanoi. "Siksikö tätä vehjettä kutsutaan? Minusta se näyttää enemmän siilolta. Mikä sielun sieppari ylipäätään on?"

"Se on sielujen ikuinen leposija", hän sanoi kuin olisi vastannut samaan kysymykseen miljoona kertaa aiemmin.

"Mutta eikö se ole sitä varten, kun ihmiset ovat kuolleet? Minä en ole kuollut." Hän todella toivoi, ettei ollut kuollut!

"Odota!" nainen huusi.

Taas hän tärisytti seiniä puhuessaan. Ja hänen hampaansa värähtelivät myös. Niin paljon, että hänen mieluiten olisi ulkona lumessa, sitten joutuisi kuulemaan naisen lausuvan vielä yhden sanan.

"En kertonut, että tämä oli kyselytunti. Nähdäkseni olet suorittanut suurimman osan kokeista onnistuneesti. Tosin Alfred avusti kokeessa numero kaksi. Kuten tiedätte, hyväksymätön apu ei ole sallittua."

E-Z avasi suunsa puolustaakseen Alfredia, mutta sulki sen vain uudelleen. Hän ei halunnut ottaa sitä riskiä, että nainen korottaisi taas ääntään. Hän toivoi todellakin, että he nostaisivat lämpöä tuolla. Toisaalta se oli sielujen paikka. Ehkä sielut suosivat kylmäsäilytystä.

TIK-TAK.

Huopa oli nyt kiedottu hänen hartioidensa ympärille.

"Kiitos."

"Olet oikeassa, kun kuolet, sielusi lepää täällä. Tai olisi levännyt täällä, jos olisimme antaneet sinun kuolla. Mutta me pidimme sinut hengissä. Meillä oli siihen hyvä syy. Asiat ovat kuitenkin muuttuneet. Se ei ole toiminut. Siksi haluaisimme purkaa alkuperäisen sopimuksemme."

"Miten niin perua? Teillä on otsaa! Yritätte perua sopimuksen, mitä se on vain siksi, että olen lapsi? Lapsityövoimaa vastaan on lakeja. Sitä paitsi olen tehnyt kaiken, mitä minulta on pyydetty. Toki minun on pitänyt oppia kaikki lennosta. Mutta olen tehnyt sen läpi sakean ja vaikean. Olen pitänyt oman osuuteni sopimuksesta, ja sinun pitäisi pitää omasi."

"Kyllä, olet tehnyt sen, mitä sinulta on pyydetty. Siinä se ongelma onkin - sinulta puuttuu aloitteellisuus."

"Aloitteen puute!" E-Z huudahti lyötyään nyrkkejään pyörätuolinsa käsinojiin. "Sopimus oli, että te lähetätte minulle koettelemuksia, ja minä keksin, miten ne voitetaan. Olen pelastanut ihmishenkiä. Et voi muuttaa sääntöjä kesken pelin."

"Totta, se oli alkuperäinen sopimus. Sitten asiat menivät pieleen Hadzin ja Reikin kanssa - he unohtivat muun muassa pyyhkiä mielet - ja Eriel joutui sekaantumaan asiaan."

"Hän lähetti minulle kokeita, suoritin ne loppuun. Voitin hänet jopa kaksintaistelussa."

"Niinpä niin. Olin pyytänyt häntä testaamaan sinun ja setäsi välisiä siteitä."

"Testaamaan meitä?"

"Kyllä. Arkkienkelin ei ole tarkoitus LUODA koettelemuksia koulutettaville enkeleille. Sinun, no, aloitekyvyttömyytesi vuoksi Eriel joutui sekaantumaan asiaan enemmän kuin olisi pitänyt."

"Odottakaa hetki! Tarkoitatko siis, että minun oli tarkoitus lähteä etsimään omia koettelemuksiani? Miksei kukaan kertonut minulle näistä vaatimuksista?"

"Toivoimme, että keksisit sen itse. On ollut vihjeitä. Vihjeitä kokonaisuudesta. Yhteisiä piirteitä. Toivoimme, että jos sinulla olisi muita, joiden kanssa voisit keskustella kokeista, - Kokeita, jotka olet jo suorittanut. Että löytäisitte ongelman. Tulisitte samaan johtopäätökseen.

Auttaisitte meitä. Ehkä jopa voittaisitte sen - ilman, että meidän tarvitsee syöttää sitä teille. Annoimme sinulle kaikki mahdollisuudet, mutta et tehnyt sitä. Niinpä menemme toista tietä."

"Yhteisiä? Saatan tietää, mitä tarkoitat."

"Jos keksit sen ja valitset supersankarivaihtoehdon... Se toimisi. Kunhan kaikki olisi kristallinkirkasta. Sinulla oli koko kuva. Tiesit riskit."

"Olisimmeko me siis edelleen tiimi? Mikset selitä sitä? Tee se helpoksi minulle?"

"Aiemmin, vaikka toverisi saivat voimia, joita sinulla ei ollut - et käyttänyt niitä. Sen sijaan te kolme istuitte ympäriinsä - tuhlasitte aikaa - ja odotitte, että kaikki tapahtuisi.

Eikö sinusta ollut outoa, kun Eriel ilmestyi huvipuistoon? Hän nosti Kolmen profiileja. Se ei ole arkkienkelin tehtävä. Se on sinun tehtäväsi."

Hän pudisti päätään. "En ollut sataprosenttisen varma, että se oli Eriel, kunnes hän tunnisti itsensä lopussa. Sitä ennen minulla oli epäilykseni. Kuka muu pukeutuisi kuin Abraham Lincoln?

"Sitä paitsi luulin, ettei kenenkään pitänyt tietää. Siihen asti luulin, että oikeudenkäynnit olivat salaisuuksia. Pelkäsin rikkovani sopimukseni kanssasi. Ophaniel sanoi, että jos kertoisin kenellekään, menettäisin mahdollisuuden nähdä vanhempani uudelleen. Noudatin minulle annettuja sääntöjä. En usko, että ymmärrät reilun pelin käsitettä."

"Tämä ei ole peliä. Arkkienkelit voivat tehdä, mitä haluavat!" hän huudahti ja siirtyi lähemmäs sitä, missä E-Z istui. Hän työnsi leukansa eteenpäin. "Päätimme, että sopisit paremmin supersankaripeliin kuin enkelipeliin. Silloin sinua avustettiin PR-osastolla. Kannustamaan sinua etsimään omia ihmisiä auttamaan. Luoja tietää, että maa on täynnä heitä. Miksi Shakespeare kutsuikaan heitä, niitä, jotka murehtivat ja oksentelevat hoitajansa sylissä."

"En ole lukenut yhtään Shakespearea, mutta olen sukua Charles Dickensille. Ei sillä, että sillä olisi merkitystä. Mutta, okei, haluat siis, että jatkan, supersankarina Alfredin kanssa, jos hän elää ja Lia rinnallani. Voimme helposti saada paljon tukea ja julkisuutta mediasta.

"Olen yhä sitoutunut sinuun. Jos annat meille vapaat kädet, niin taivas on rajana. Tunnemme paljon lapsia koulusta ja urheilualalta. Voimme perustaa supersankarilinjan ja nettisivut. Voimme käyttää sosiaalista mediaa ja olla yhteydessä ihmisiin ympäri maailmaa. Ihmiset tulevat jonottamaan, että voimme auttaa heitä. Siitä tulee aivan uusi peli."

"Ah, vihdoinkin hän puhuu aloitteellisuudesta... mutta rakas poikani, se on aivan liian vähän liian myöhään. Kuten sanoin jo aiemmin, haluamme pois velvollisuudesta teitä kohtaan. Et ole enää sidottu meihin. Teillä ei ole enää velkaa maksettavana."

"Mutta..."

"Te kaikki kolme olette osoittaneet, että olette tässä mukana vain itsenne vuoksi. Kun enkelit ehdottivat ensimmäisen kerran, että voisitte auttaa meitä, edustaa meitä täällä maan päällä - meillä oli suunnitelma. Alfredin kanssa oli sama juttu. Sitten Lia tuli mukaan. Sittemmin olemme onnistuneet jonkin verran teidän kahden kanssa. Otimme hänet mukaan kolmikkoon... mutta nyt teidät on tehty tarpeettomiksi."

"Me pelastamme ihmisiä, me autamme ihmisiä."

"Älä puhu tuollaisia. Jos tarjoaisin sinulle mahdollisuuden olla vanhempiesi kanssa tänään, tässä ja nyt, - Heittäisit pyyhkeen kehään. Lähtisit välittämättä tai ajattelematta niitä henkiä, jotka olisit voinut pelastaa, jos kokeet olisivat jatkuneet.

"Sama juttu Alfredin kanssa, jos hän selviää hengissä. Hän lähtisi perheensä kanssa päivänkakkarapellolle silmää räpäyttämättä. Ja silmistä puheen ollen, jos Lia saisi näkönsä takaisin - hänkin lähtisi.

"Huolellisen harkinnan jälkeen tajusimme, ettei kukaan teistä ole sitoutunut mihinkään muuhun kuin itseensä, joten olemme siirtyneet suunnitelmaan B."

"Hetkinen. Määritellään työ." Hän googlasi sen ja huomasi tyytyväisenä, että hänellä oli neljä palkkia. "Online-sanakirjan mukaan: tehdä työtä tai täyttää tehtäviä säännöllisesti palkkaa tai palkkaa vastaan. Tein töitä sinulle ilman palkkaa. Muuta kuin lupauksen korvauksesta. Meillä oli suullinen sopimus.

"En ole varma yksityiskohdista, millainen sopimus Alfredilla tai Lialla oli, mutta veikkaan, että heidän enkelinsä tarjosivat heille samanlaisia kannustimia. Minä pidin oman osuuteni sopimuksesta, ja sinun pitäisi pitää omasi. Olen kolmetoistavuotias ja", hän googlasi sitä. "Niin, kuten arvelinkin Yhdysvaltain työministeriön mukaan neljätoista on vähimmäistyöikä."

Hän nauroi ja oikaisi silmälasejaan. Hän huomasi, että hänen käsissään oli verta. Hän pyyhki ne mustaan vaatteeseensa. "Varhaiset lait eivät koske enkeleitä tai arkkienkeleitä. On kuitenkin naiivia ajatella, että niin olisi." Hän piti tauon. "Olemme valmiit tarjoamaan teille kaksi vaihtoehtoa. Vaihtoehto numero yksi: Jäät tänne sielusieppariin loppuelämäksesi."

"Mitä?"

Hänen sielusiepparinsa perustukset tärisivät. Ajatus siitä, että hänet haudattaisiin elävältä tämän metallisäiliön sisälle, kuvotti häntä.

"Elämäsi, sillä elävät, hengittävät päiväsi kuluvat niin kuin nuo typerät arkkienkelit ovat luvanneet. Vanhempiesi kanssa. Toisin sanoen, elät uudelleen elämäsi vanhempiesi kanssa siitä päivästä lähtien, jolloin synnyit, aina siihen hetkeen asti, jolloin heidän elämänsä päättyi. Sinä et koskaan joutuisi pyörätuoliin, eivätkä he koskaan kuolisi." Hän piti tauon. "Nyt voitte puhua."

"Tarkoitatko, että elän elämäni vanhempieni kanssa, jokaisen päivän, jonka vietimme yhdessä, uudelleen ja uudelleen ikuisesti?"

"Kyllä."

"Mikä on vaihtoehto numero kaksi?"

"Etkö osaa arvata?" hän kysyi hampaat irvessä.

Hänen hymynsä oli niin vilpitön, että hänen oli pakko kääntää katseensa pois.

Hän odotti.

"Vaihtoehto kaksi tarkoittaisi sitä, että palaat elämään elämääsi setäsi kanssa." Hän epäröi ja siirtyi lähemmäs, joten E-Z. Häntä palelsi jo valmiiksi, ja nyt hän teki hänestä vielä kylmemmän jokaisella siipiensä räpyttelyllä. Hän peitti itsensä huovalla. Hän jatkoi. "Kuten olet ehkä jo arvannutkin, et pääse etkä koskaan pääse vanhempiesi luokse kummallakaan vaihtoehdolla. Me loisimme menneisyyden uudelleen. Se olisi kuin eläisit näytelmässä tai televisio-ohjelmassa."

"Mitä! En suostunut tuohon!" E-Z huudahti. "Tarkoitatko, että Hadz. Reiki, Eriel ja Ophaniel valehtelivat minulle?"

"Valehtelu on vahva sana, mutta kyllä. Katsokaa ympäristöänne. Sielut talletetaan yksittäisiin lokeroihin. Jokaiselle sielulle on etukäteen valmisteltu lokero."

"Tarkoitatko siis, että vanhempani ovat kumpikin yhdessä näistä lokeroista?"

"Kyllä, heidän sielunsa ovat."

"Ja mitä heille sitten tapahtuu?"

"No, ne leijuvat taivaissa."

"Se on surullista. Luulin aina, että vanhempani olisivat yhdessä, jossain. Tiedän, että se oli ainoa asia, joka antoi Alfredille jonkinlaista lohtua. Että hänen vaimonsa ja lapsensa olivat jossain yhdessä. Kukaan ei halua ajatella, että hänen rakkaansa kuolee yksin. Saati sitten viettämästä ikuisuutta metallisäiliössä ajelehtimassa paikasta toiseen."

"Ihmisen sentimentaalisuus. Sielut ovat vain olemassa. Ne eivät elä ja hengitä, eivät syö tai tunne liian kuumaa tai liian kylmää. Ihmiset eivät ymmärrä tätä käsitettä."

Hän pilkkasi.

"En halua loukata lajianne. Mutta kun ruumis kuolee, jäljelle jäävää, sielua, on vaikea käsite käsittää. Ihmisen aivot ovat vain liian pienet käsittämään maailmankaikkeuden monimutkaisuutta. Siksi on luotu uskonnollisia oppeja. Kirjoitettu maallikon kielellä. Niitä on helppo opettaa ja noudattaa ilman todisteita."

"Koska sielut ovat arvokkaampia kuin kaltaiseni ihmiset, miten voisin elää loppuelämäni yhdessä näistä säiliöistä?"

"Olemme tehneet muutoksia, kuten nyt ja ennenkin. Sinulla ei ollut mitään ongelmia olla olemassa täällä, kun toimme sinut tänne, eihän nytkään?"

"Paitsi klaustrofobia", hän sanoi. "Ja ne kerrat, kun minua piti rauhoitella sillä laventelisuihkeella."

"Ai niin. Klaustrofobian uusiutuminen riippuu tietenkin siitä, minkä vaihtoehdon valitset. Jos valitset vaihtoehdon numero yksi, ympäristö tukee sinua kaikin tavoin, kunnes sielusi on valmis. Sitten maallinen muotosi voidaan hävittää. Ihmiset sopeutuvat, ja totutte siihen. Lisäksi olisit vanhempiesi kanssa ja eläisit uudelleen muistoja. Näin aika kuluu. Nyt, nimeä valintasi!"

"Odota, entä minun siipeni ja tuolini siivet? Mitä niille tapahtuu?" Hän epäröi: "Entä Alfredin ja Lian voimat? Jos valitsemme vaihtoehdon numero yksi, palaammeko siihen, mitä olisimme olleet? Siis ennen kuin sinä ja muut arkkienkelit sekaantuivat elämäämme?"

"Emme tietenkään aio repiä siipiäsi irti, rakas poikani, tai poistaa voimia, joita kenellekään teistä on jo annettu. Olemme arkkienkeleitä, emme sadisteja."

"Hyvä tietää, joten voimme jatkaa supersankareina olemista." "Hyvä tietää."

"Voitte, mutta teidän on luotava oma julkisuutenne - sillä kun me olemme poissa - olemme poissa lopullisesti."

"Voitte, mutta teidän on luotava oma julkisuutenne - sillä kun me olemme poissa - olemme poissa lopullisesti."

"Olkaa hyvä ja pysykää paikoillanne", ääni seinässä sanoi, vaikka E-Z:llä ei ollut paljon valinnanvaraa.

Arkkienkeli ei sanonut mitään. Sen sijaan hän harhautti itseään puhdistamalla silmälasinsa ja laittamalla ne sitten takaisin.

"Vielä yksi asia", E-Z kysyi, "koskien Alfredia."

"Jatka vain, mutta pidä kiirettä. Toinen käsite, jota ihmiset eivät ymmärrä, on se, että aikaa on olemassa koko maailmankaikkeudessa. Minulla on muitakin paikkoja, joissa minun pitää olla, ja muita arkkienkeleitä, joita pitää tavata."

"Hyvä on, minä hoidan asian. Alfred on nyt toisessa ihmiskehossa. Jos sielu pysyy ruumiin mukana, niin onko siinä sitten kaksi sielua? Odottaako sielun sieppaaja kahta sielua?"

Enkeli käänsi hänelle selkänsä. Hän raivasi kurkkunsa ennen kuin puhui: "Minä, me, toivoimme, ettet kysyisi tuota kysymystä. Olet fiksumpi kuin odotimme." Hän sulki silmänsä ja nyökkäsi: "Mhmmm." Hänen silmänsä pysyivät kiinni. E-Z katsoi, oliko hänellä korvatulpat, sillä hän näytti kuuntelevan jotakuta. Tai ehkä hän kuvitteli sen. Hän nyökkäsi. "Sovittu", hän sanoi.

"Onko täällä joku muu kanssamme?" E-Z kysyi.

Uusi ääni pauhasi hänen ympäriltään. Miksi kaikilla arkkienkeleillä oli niin kova ääni?

"Minä olen Raziel, Salaisuuksien Vartija. E-Z Dickens, sinun on kuunneltava sanojani. Sillä kun ne on kerran sanottu, et muista niitä. Eikä sitä, että olin täällä. Sielunpyytäjät ja heidän tarkoituksensa eivät kuulu sinulle. Olet ylittänyt rajasi, emmekä siedä sitä. Olemme antaneet sinulle kaksi vaihtoehtoa. Päätä NYT, tai oppinut ystäväni tekee päätöksen puolestasi."

E-Z alkoi puhua, mutta sitten hänen mielensä tyhjeni. Mistä he puhuivat?

Arkkienkeli sulki jälleen silmänsä, mutisi sanat "Kiitos", eikä Razielin ääni puhunut enää.

***

AIVAN KUIN AIKA OLISI hypännyt taaksepäin. "Odotat minun päättävän heti, antamatta minulle aikaa miettiä asiaa? Keskustelematta setäni tai ystävieni kanssa? Siitä puheen ollen, entä Alfred, hänelle kerrottiin, että hän pääsisi takaisin perheensä luo? Ja Lialle sanottiin, että hän saisi näkönsä takaisin."

"Koska Alfred on poissa, sinun päätöksesi - selviääkö hän maan päällä vai ei - on hänen päätöksensä. Hänen ykkösvaihtoehtonsa on sama kuin sinun. Haluaisiko hän elää elämänsä uudelleen perheensä kanssa toistuvasti? Kun hän on poissa, hänellä saattaa jo olla miellyttäviä unia heistä. Toisaalta eihän sitä koskaan tiedä, millaisia temppuja mieli voi tehdä. Hän saattaa olla painajaisten silmukassa, ja vain sinä voit pelastaa hänet ja hänen perheensä tekemällä hänelle oikean valinnan."

"Väitätkö, ettei hän koskaan pääse siitä pois? Lopullisesti?"

"Sitä en voi sanoa. Tiedän vain, että sielun sieppaaja ei ole valmis keräämään hänen sieluaan... vielä."

"Entä Lia?"

"Hänen ihmissilmänsä ovat kadonneet tässä elämässä, kuten jalkasi ovat. Hän voi elää näkevät päivänsä uudelleen, mutta hän saattaa haluta, että sinä valitset myös hänen puolestaan. Eihän hänellä ole ollut aikaa kasvaa ja kypsyä kuten tavallinen lapsi. Hän on menettänyt jo kolme vuotta elämästään, ja tämä ikääntymisjakso, emme ole varmoja, onko se ainutkertainen, vai tapahtuuko se uudelleen."

"Tarkoitatko, ettet tiedä myöskään, mitä hänelle tulee tapahtumaan?"

"Ei, emme tiedä. Sitä paitsi hän nukkuu yhä."

"En voi päättää tätä, meidän kaikkien kolmen puolesta määräajassa. Se on iso päätös ja tarvitsen aikaa."

"Sitten saat sitä." Kello ilmestyi näkyviin ja laski kuuttakymmentä minuuttia alaspäin. "Sinun aikasi alkaa nyt. Anna vastauksesi ennen kuin se lyö nollaa. Muuten kaikki, mistä olemme keskustelleet, mitätöityy. Ja löydätte itsenne takaisin hotellista ystävänne ruumiin kanssa." Hänen siipensä räpytteli ja hän nousi yhä korkeammalle.

"Odota, ennen kuin lähdet", hän huusi.

"Mitä nyt?"

"Onko täällä muita, tarkoitan muita kaltaisiamme lapsia?"

"On ollut mukava tuntea sinut", hän sanoi.

"Tunne ei todellakaan ole molemminpuolinen", hän vastasi.

KAPPALE 26

K UN MINUUTIT KULUIVAT, E-Z kävi läpi kaiken, mitä hänelle oli juuri kerrottu. Hän toivoi, että siilo olisi tarpeeksi leveä, jotta hän voisi liikkua enemmän. Ainakin hän istui mukavasti pyörätuolissaan. Yhdessä he olivat kuin dynaaminen kaksikko.

"Haluaisitko jotain syötävää?" ääni seinältä kysyi.

"Totta kai", hän sanoi. "Omena, vähän popcornia - juuston makuinen olisi hyvä ja pullo vettä."

"Tulossa", ääni sanoi, kun metallinen pöytä työntyi seinässä olevasta raosta, jota hän ei ollut aiemmin huomannut. Se pysähtyi hänen eteensä. Raosta tuli ulos koukku, joka kantoi ensin vesipulloa. Sitten toinen koukku kantoi lasia. Kolmas koukku seurasi omena mukanaan. Ennen kuin koukku laski sen alas, se kiillotti sen pyyhkeellä. Sitten esiin ponnahti neljäs koukku, joka kantoi kulhollista popcornia.

"Kiitos", hän sanoi, kun neljä tarttuvaa koukkua vilkutti ja katosi takaisin seinään.

"Olkaa hyvä."

"Voisitko mahdollisesti tuoda tietokoneeni minulle? Se tuhoutui tulipalossa. Haluaisin tosiaan laatia listan asioista, joiden perusteella voin tehdä tämän päätöksen."

"Totta kai. Anna minulle vain minuutti tai kaksi."

Kun hän oli viimeistelemässä omenaa ja miettimässä popcornia, toisesta aukosta vastakkaisella seinällä ilmestyi hänen kannettava tietokoneensa. Koukku piti sitä ylhäällä odottaen, että E-Z siirtäisi muita esineitä sen tilalle. Kun hän ei tehnyt niin, koukut ilmestyivät toiselta puolelta. Yksi poimi omenansydämen ja katosi takaisin seinään. Toinen kaatoi loput vedestä lasiin. Sitten otti tyhjän pullon takaisin seinässä olevan raon läpi. Koska hän halusi pitää popcornit ja vesilasin, hän otti ne pois pöydältä. Koukku laski kannettavan tietokoneensa alas ja palasi sitten takaisin seinässä olevasta aukosta.

E-Z:n mielestä koukut olivat hienoja lisävarusteita. Hän voisi helposti markkinoida niitä jollekin suurelle ruotsalaiselle ketjulle.

Nyt kun koukut olivat kaikki poissa, hän nosti kannettavan tietokoneensa kannen ja napsautti sen päälle. Ensin hän tarkisti Tatuointienkeli-tiedostonsa, kaikki oli yhä tallella! Hän oli niin onnellinen; hän olisi itkenyt, ellei kello olisi tikittänyt aikaa.

"Kiitos paljon", hän sanoi ja ahmii kourallisen juustopopcornia suuhunsa. Sitten hän alkoi kirjoittaa. Hän päätti ajatella itseään kolmantena. Ensin kirjoittaa ylös Alfredin hyvät ja huonot puolet. Heti alkuun hän tiesi, ettei Alfredia haittaisi elää menneisyyttään uudelleen perheensä kanssa toistuvasti. Mahdollisesti hän olisi valinnut sen vaihtoehdon heti.

"Silti E-Z:stä tuntui, että se ei ollut vaihtoehto, johon hänen perheensä olisi halunnut hänen tarttuvan." E-Z:stä tuntui, että se ei ollut vaihtoehto, johon hänen perheensä olisi halunnut hänen tarttuvan. Koska hän olisi elänyt uudelleen sen, mikä jo oli, eikä mennyt eteenpäin. Elämässä on tarkoitus mennä eteenpäin. Jatkamaan oppimista ja kasvamista.

Mitä enemmän hän ajatteli asiaa, sitä enemmän hän tajusi, että se olisi kuin katsoisi elämäntarinaansa. Kuvittele elämäsi 24 tuntia vuorokaudessa jatkuvalla silmukalla. Et koskaan tietäisi, milloin se loppuisi. Tai loppuisiko se koskaan. Se voisi muuttua toisenlaiseksi helvetiksi. Sellainen, jota hän ei kestänyt ajatella.

Paitsi jos hän tiesi varmasti, että Alfred olisi aina koomassa. Siihen arkkienkeli oli viitannut. Silloin hän välttyisi pahoilta unilta ja painajaisilta, jos tekisi valinnan. Alfred olisi perheensä kanssa ikuisesti. Vaikka se ei olisikaan todellista... se saattaisi riittää. Valitsisiko hän sen?

Hän vilkaisi kelloa, viisikymmentä minuuttia jäljellä. Hän alkoi ajatella Lian tapausta. Hänen unelmansa kuuluisasta balleriinasta oli katkennut. Haluaisiko hän elää lapsuutensa uudelleen tietäen, ettei unelma koskaan toteutuisi? Hänen kannaltaan kannattaisi ottaa riski tulevaisuudesta. Silmät kämmenissä tekivät hänestä erityisen, ainutlaatuisen... ja hän oli sympaattinen. Hän voisi olla jopa uusin versio ihmenaisesta, jos hän pystyisi valjastamaan kaikki voimat.

"E-Z?" Lia sanoi. "Kuulen ajatuksesi, mutta missä olet?"

Voi ei! Nyt kun Lia oli hereillä, hänen täytyisi selittää hänelle kaikki, ja se veisi aikaa, ja aika oli loppumassa. Hänen olisi tehtävä se, nopeasti. "Kuule Lia", hän aloitti, "minulla on pitkä tarina kerrottavana, älä pysäytä minua ennen kuin tarina on valmis. Aika loppuu kesken." Hän selitti kaiken, siihen meni kymmenen minuuttia. Taas kymmenen minuuttia kului. Jäljellä oli neljäkymmentä minuuttia.

"Okei, E-Z, ajattele sinä itseäsi, ja minä ajattelen itseäni. Pidetään viisi minuuttia, sitten puhutaan taas. Aika alkaa nyt."

"Hyvä suunnitelma."

Viisi minuuttia myöhemmin ja kello näytti kolmekymmentäviisi minuuttia jäljellä. E-Z kysyi Lialta, oliko hän päättänyt.

"Olen", hän sanoi. "Entä sinä?"

"Minä myös", hän sanoi. "Sinä ensin, viidessä minuutissa tai alle, jos pystyt."

"Päätös on minulle aika helppo, E-Z. En halua jäädä tänne ja elää elämääni täällä. Kun Sielun sieppaaja tuo minut tänne, kun olen kuollut. Se on ihan hyvä. Mutta en halua olla väkisin sidottuna tähän tilaan. En silloin, kun voisin olla ulkona ja tuntea auringon lämpöä, kuunnella lintuja, tuuli hiuksissani. Puhumattakaan siitä, että voisin viettää aikaa äitini ja Sam-sedän kanssa, ja toivottavasti myös sinun kanssasi. Elämä on liian lyhyt tuhlattavaksi, ja pidän uusista silmistäni suurimman osan ajasta." Hän nauroi.

"Olen samaa mieltä, ja sinuna tekisin samoin."

"Kiitos, E-Z. Paljonko aikaa nyt on jäljellä?"

"Vielä kaksikymmentäviisi minuuttia", hän vahvisti. "Tässä on nyt ajatukseni toivottavasti alle viidessä minuutissa. Minua ei haittaa olla täällä, ei se ole paljon erilaista kuin ulkona. Olen oppinut, ettei pyörätuolissa oleminen ole maailmanloppu. Itse asiassa olen tottunut siihen. Voin tehdä asioita, joita ennen tein, kuten pelata baseballia, enkä ole siinä täysin surkea. Ehkä sitä pelataan jonain päivänä jopa paralympialaisissa.

"Vanhempani eivät haluaisi minun tuhlaavan elämääni menneisyyteen. Eikä Samuli-setä haluaisi.   En ole valmis luopumaan kaikesta vain siksi, että nuo pöljä arkkienkelit antoivat muutaman sopimattoman lupauksen. Joten olen samaa mieltä kanssasi. Me häivymme näistä sielunpyydysjutuista. Elämme elämäämme, kunnes elämämme loppuu. Sitten se voi tulla ja ottaa meidät kiinni. Vuosia myöhemmin, kun olemme toivottavasti antaneet panoksemme ihmiskunnalle ja eläneet hyvää elämää. Voisimme ehkä löytää muita kaltaisiamme. Voisimme perustaa supersankaripuhelimen ja tehdä yhteistyötä ympäri maailmaa. Voisimme käyttää voimiamme, tehdäksemme maailmasta paremman paikan. Voisimme elää elämämme täysillä; luoda inspiroivia elämiä, joista olisimme ylpeitä ja joista perheemme olisivat myös ylpeitä."

"Bravo!" Lia huudahti. "Mutta onko olemassa muita, kuten me?"

"Kysyin enkeliltä, joka selitti minulle kaiken, mutta hän ei vastannut. Se saa minut ajattelemaan, että heitä on." Hän vilkaisi kelloa. "Vain kaksikymmentäyksi minuuttia jäljellä."

"Entä Alfred? Herääkö hän koskaan?"

"Enkeli sanoi, ettei hän tiedä, vain sielun sieppaaja tietää... mutta hän sanoi, että Alfred saattaa nähdä painajaisia. Jos on mahdollista, että hän on elävässä helvetissä, niin ehkä meidän on parasta päästää hänet menemään. Ehkä vaihtoehto numero yksi, se, että hän elää elämänsä uudelleen perheensä kanssa silmukassa, on hänelle se oikea?"

"Olen eri mieltä. Kukaan meistä ei tiedä varmasti, milloin sielunpyydystäjä tulee hakemaan meitä. Alfred ei haluaisi tuhlata aikaa täällä, koska pahat unet saattavat löytää hänet. Ei siellä, missä on mahdollisuus, että hän voisi auttaa jotakuta tai innostaa jotakuta. Tulimme tänne yhdessä ja meidän pitäisi lähteä täältä yhdessä. Minun mielestäni se siitä."

Neljätoista minuuttia ja tikittää.

Hän oli lähestynyt Alfredin asiaa ainutlaatuisella tavalla Oliko hän oikeassa? Haluaisiko Alfred todellakin luopua perheestään tässä skenaariossa tuntemattoman tulevaisuuden vuoksi? Emmekö me kaikki olekin olemassa tuntemattomassa maailmassa? Kurssin vaihtaminen, kyykistyminen ja sukeltaminen... Avataan ikkunoita, suljetaan ovia. Annamme tunteidemme viedä meidät harhaan ja sitten takaisin. Kyse on elämisestä. Kyllä, Lia oli oikeassa. Se oli tehty sopimus.

Kahdeksan minuuttia jäljellä.

"Taidat olla oikeassa, Lia. Kaikki yhden puolesta ja yksi kaikkien puolesta", E-Z sanoi. "Arkkienkeli käski minun sanoa sanat ennen kuin kello loppuu. Sitten me kaikki löytäisimme itsemme takaisin hotellista... kuin tätä Soul Catcher -välikohtausta ei olisi koskaan tapahtunutkaan."

"Luuletko kuitenkin, että muistamme vielä sielunpyytäjistä? Se on tavallaan tärkeä asia, jonka meidän on opittava tästä kokemuksesta. Vaikka emme jakaisikaan sitä. Pidä mielessä, että se tavallaan romuttaa kaiken, mitä tiedämme taivaasta ja kuolemanjälkeisestä elämästä."

Viisi minuuttia jäljellä.

"Niin tekee, mutta keskustellaan tästä toisella puolella." Hän puristi nyrkkejään, kun kello tikitti neljään minuuttiin. "Olemme päättäneet!" hän huusi. "Viekää meidät kolme ulos näistä, näistä sielunpyydystimistä - HETI!"

E-Z:n siilon seinät alkoivat täristä. "Oletko kunnossa, Lia?" hän huusi. Lia ei vastannut. Maa hänen jalkojensa alla tuntui kolisevan ja jyrisevän. Sitten se alkoi kääntyä, ensin myötäpäivään, sitten vastapäivään ja sitten myötäpäivään.

Hänen vatsansa sisällä vääntyi. Hän oksensi ulos juustoista popcornia ja pureskeli punaisia omenanpaloja kaikkialle.

Ne olivat ainoat muistot, jotka Sielunvartija saisi hänestä. Toivottavasti hirvittävän pitkään aikaan.

Kiitokset

Hyvät lukijat,

Kiitos, että luitte E-Z Dickens -sarjan ensimmäisen ja toisen kirjan. Toivottavasti nautitte näiden uusien hahmojen lisäämisestä ja odotatte innolla, mitä seuraavaksi tapahtuu.

Sarjan seuraava kirja on pian saatavilla!

Kiitos vielä kerran betalukijoille, oikolukijoille ja toimittajille. Neuvojenne ja kannustuksenne ansiosta pysyin aikataulussa tämän projektin kanssa, ja teidän panostanne arvostettiin/arvostetaan aina.

Kiitos myös perheelleni ja ystävilleni siitä, että olette aina olleet tukenani.

Ja kuten aina, hyvää lukemista!

Cathy

Kirjoittajasta

Cathy asuu ja kirjoittaa Ontariossa, Kanadassa, yhdessä miehensä, poikansa, kissansa ja koiransa kanssa.

Myös By:

NUORISOKIRJALLISUUS
E-Z DICKENS SUPERSANKARI KIRJA 3: PUNAINEN HUONE;
E-Z DICKENS SUPERSANKARI 4 KIRJA :ON JÄÄLLÄ

9 781998 304318